◎

吴秋林 著

20世纪
中国寓言文学论稿

甘肃少年儿童出版社

图书在版编目（CIP）数据

20世纪中国寓言文学论稿 / 吴秋林著. -- 兰州 ：
甘肃少年儿童出版社，2024. -- ISBN 978-7-5422-7230
-0

Ⅰ . I207.74

中国国家版本馆CIP数据核字第20246ZA548号

20世纪中国寓言文学论稿

20 SHIJI ZHONGGUO YUYAN WENXUE LUNGAO

吴秋林　著

策　　划：段山英
责任编辑：马亚兰
封面设计：郑　屹
出版发行：甘肃少年儿童出版社
　　　　　（730030　兰州市读者大道568号）
印　　刷：兰州银声印务有限公司
开　　本：710毫米×1020毫米　1/ 16
印　　张：14.75
插　　页：1
字　　数：210千
版　　次：2024年8月第1版　2024年8月第1次印刷
书　　号：ISBN 978-7-5422-7230-0
定　　价：49.00元

如发现印装质量问题，影响阅读，请与出版社联系调换。
联系电话：0931-8773267

序

吴秋林教授的大著《20世纪中国寓言文学论稿》即将面世，作为朋友当然高兴。

秋林兄发来邮件，希望我为这部论著写篇序，说我最适合写这篇序，还说"于公于私"都应该写。秋林过奖了。其实，有机会为秋林大著作序，是我的荣幸。

秋林兄提及"于公于私"，倒也是实情。

先说"公"。

这个"公"，主要指与我们共同相关的中国寓言文学研究会。中国寓言文学研究会为民政部和中国作家协会双重领导下的国家一级社团组织，创设于1984年，首任会长为公木先生。中国寓言文学研究会历经四十年发展，如今依然生机勃勃活跃于文坛。我和秋林都是资深会员，1984年，研究会创会那年我俩就是首批会员了。我们共同见证了研究会的创设、发展和壮大。

目前，我担任中国寓言文学研究会会长，秋林担任中国寓言文学研究会副会长，我俩是地道的研究会同仁。在研究会，我们彼此支持，相互鼓劲，配合默契，一起做了不少事情。

再说"私"。

秋林长我一岁，我俩同属恢复高考后的"新三级"（77级、78级、79级），大学毕业后，我们都把自己的爱好和精力投入到了学术研究领域。秋林早期主要从事寓言研究，后期介入文化人类学、民族学等研究。他是我们这一代学人中，最早投入寓言研究并取得重要学术成果的寓言理论家。迄今为此，他已出版数十种论著。我几乎拥有他出版的所有寓言论著，比如《寓言辞典》（吴秋林副主编，1988）、《寓言文学概论》（1991）、《世界寓言史》（1994）、《中国寓言史》（1999）等，皆秋林当年签名赠送。我也陆续将自己的论著赠送秋林指正。也即是说，我们自三十多年前就开始学术交流和切磋了，而且，这样的学术交流和切磋一直保持延续到了今天。

秋林这部论著完成后，我向出版社作了推荐，出版社审读完书稿后决定给予采用。这也算是我为这部论著的问世尽的一点绵薄之力吧。

中国寓言文学研究会成立四十年来，众多学者踔厉奋发，学术研究扎实推进，人才辈出，硕果累累。但坦白说，也还有诸多领域有待开掘与深耕。20世纪中国寓言文学整体研究，即是其中重要的研究课题。

作为国内寓言文学研究领域有重要影响的学者，秋林从事寓言文学研究四十年，由他来担纲 20 世纪中国寓言文学整体研究，可谓十分恰当和合适。

《20 世纪中国寓言文学论稿》分为概述、寓言理论、寓言文学与文化、作家与作品四个部分。

概述部分阐释了中国现代文学、当代文学中寓言发展的历史和新中国寓言文学的发展历程，以及中国少数民族民间寓言三十年的发展概况。

寓言理论部分涉及寓言的本质、论寓言的美、论寓言的形式、论寓言的分类、希腊的伊索式寓言与中国的先秦式寓言等内容。其中，本质、美、形式、分类，讨论的是中国古代寓言的辉煌成就与现代文学、美学的理论的生成基础。这些话题在中国寓言文学研究中鲜有人涉及，新见多多，具有开拓意义。古希腊伊索式寓言和中国先秦式的寓言，讨论的是东西方两种寓言形态对于世界寓言文学的形式美的历史贡献。

寓言文学与文化部分的研究表明，寓言不但与文字的关系密切，而且还与人类文化中的某些趋势和状态关联，比如在古代人文进程中的一个重要的文学标志——从世界各民族寓言文学的发生看古代人类文化意识的一次觉醒的研究中，作者认为，寓言的出现可以视为人文精神发扬光大的一种文化标志。故寓言文学许多时候不仅仅是文学现象，还一定程度上是文化现象。而且寓言文学作为一种文学样式，在后续的文学历史中具有多方面的影响。论小说的寓言化倾向、浅论《红楼梦》的寓言色彩、《红楼梦》贾宝玉与《老人与海》桑地亚哥——谈贾宝玉形象的寓言性质、母语教育中的寓言等方面的论述，涉及寓言影响文学的诸多方面。

作家和作品部分主要选取了20世纪现当代在中国寓言文学中具有突出贡献的9位寓言作家来进行代表性的评述。鲁迅、茅盾、冯雪峰三人为现代寓言文学的当然代表。茅盾寓言为现代寓言的滥觞，鲁迅寓言隐匿于犀利的散文作品中，冯雪峰寓言为现代寓言文学的集大成者。金江和湛卢为新中国当代寓言文学前期的双璧，盖壤、黄瑞云、凝溪、胡树华皆为中国当代寓言文学代表性寓言作家。通过这些个案研究，一定程度上可以窥视中国现当代寓言文学的基本面向。

在鲜有人关注的领域趟一条自己的路，《20世纪中国寓言文学论稿》一书的意义和价值也正在于此。

祝贺秋林兄。

同时，也期待秋林兄的研究给更多的青年学者以启示和激励。

是为序。

孙建江

2024年5月2日于杭州柳营

前　言

　　1984年，中国寓言文学研究会在长春市成立，吉林大学中文系原系主任张松如（公木）为第一任会长，拉开了中国新时期寓言文学的序幕。后来，中国寓言文学研究会被韶华先生接手后，正式"入户"中国作家协会，成为中国作家协会的一级学会至今。在这几十年间，中国寓言文学从以文学（古典文学）研究者为主体，逐步发展到以创作者为主体，兼及故事、童话作家，编辑出版者、教师的学会，他们见证了中国寓言文学辉煌的历史，成为中国文学发展史中的一个重要组成部分。这期间，公木、仇春林、马达、金江、湛卢、顾建华、鲍延毅等一批老一代中国寓言文学家相继离世，笔者作为1984年的"青年"，也步入了"暮年"，令人感慨万千。

　　作为参与了中国寓言文学运行和发展历史的我，寓言于我有恩。不记得是什么动机，我于2013年写了一篇名为《我与寓言》的小文，其最能体现我的心境，特录于后：

　　寓言是我的恩师。

　　1978年，我从一个矿山里出来，到贵州大学中文系汉语言文学专业学习。从高强度的体力劳动中走出来，学习是一件幸福的事情。自己学习读书是没有问题的，但到底要往哪个方向走却很茫然。这时候，我读到俄国寓言大师克雷诺夫的一句话，大概是：没有品达的才华，就不要吟颂赞美亚历山大的诗篇。此言如雷灌顶,自己的路径开始明朗起来。我收起刚进入学校时的种种不切实际的幻想,开始要认认真真地做点什么了。这时已经是1980年了,我就开始学习写一些寓言,收集整理中国和国外寓言文学的种种资料,把自己的毕业论文定在"中国现当代寓言文学研究"这个题目上······这才开始了我与公木、陈伯吹、吴岩、韶华、杨啸、仇春林、金江、湛卢、吕德华、林植峰、申均之、鲁芝、刘征、陈浦清、鲍延毅、谷恒东(谷羽)、黄瑞云、凝溪、盖壤、吴广孝、况金鼻······以及后来一大批中国寓言作家、学者、翻译家的交往。

目标既定,但是从何下手呢?我只能求助于我们贵州大学的图书馆。先在图书馆里的旧杂志中抄写寓言,一抄就是半年,积累了中国从1950年开始到1980年前后所有在杂志上发表的寓言作品,有十数万字。再从中梳理出一批重要的中国当代的寓言作家,一一去信求教。多数收到我的信件的寓言作家都回了信,并且寄来了他们出版的寓言集。这其中给我印象最深的寓言集有金江先生的《乌鸦兄弟》,这是一个最早的版本,当时金江先生说他手里只有两册,就寄给我一册。我拿着这本书时,心情难以言表。

为此,我愿意把生命中的一些时间交给寓言。

后来我完成了本科毕业论文《中国现当代寓言文学研究》,有7万字,获得了我一生中唯一的一个学位——文学学士。在我教授本科生学习写毕业论文时,看着他们写个7千字的毕业论文就很痛苦的样子,我也很痛苦!在我教授一些硕士研究生写作毕业论文时,看着他们为自己写了三五万字就比较满意的样子,我也很痛苦!在我看到一些被我称为"菜鸟博士"的青年在我面前不吭气时,我又很悲哀!

这时,当回想起寓言——我的恩师!

我现在已经是博士生导师了,还有许多的成就,但寓言还是我的恩师!

1984年,中国寓言文学研究会在长春成立,我参加了这次成立大会。

这是中国寓言文学人第一次全国性聚会，一些老前辈相聚感慨万分；一些年轻人聚会，英姿小发。这是我参加的第一个全国性的学术研究会，也是第一个接纳我这样一个边地小青年的研究会。在这次会议上，公木任我们的会长，一位写解放军军歌的人任我们学会的会长，我心里一直很自豪，如今依然如此！我与周冰冰等年轻人成为该会的理事，心里也一直很自豪，如今依然如此！

无论是金江先生，还是中国寓言文学研究会，都使我愿意把生命中的一些时间交给寓言。

回到家里，我实践了心中的诺言。1988年，我与鲍延毅、谷恒东共同主编了《寓言辞典》（山东明天出版社）；1991年，我主编出版了《寓言文学概论》（辽宁少年儿童出版社）；1994年我主编出版了《世界寓言史》（辽宁少年儿童出版社）；1999年我主编出版了《中国寓言史》（福建教育出版社）。在寓言文学研究上，我还有《中国现当代寓言文学研究》书稿未敢贸然出版，因为许多寓言作家当时还在世，还没有到"盖棺定论"的时候。

我也发表了一些关于寓言文学研究的文章，比如《中国少数民族寓言三十年》，发表后不久就被《新华文摘》转载。

我在寓言的收集整理上也做了一些事情，主要有：《外国民间寓言选》（天津新蕾出版社1989年出版）、《外国民间寓言大全》（湖南少年儿童出版社1994年出版）、《世界寓言精品屋系列》（福建教育出版社1996年出版）、《世界寓言经典》（春风文艺出版社1997年出版）、《世界寓言经典丛书》（山西教育出版社1999年出版）。

我也写了一些寓言作品，1988年出版了《金盘子与红苹果》（天津新蕾出版社），1999年出版了《躲雨的兔子》（福建少年儿童出版社），另外还出版了《秋林寓言集》等等。

寓言是我的恩师，我人生中第一批学术研究的成果，就是从寓言中来的。

同样，我人生中创作的最为重要的文学作品，也可以说是寓言。

在1984年的第一次中国寓言文学研讨会上，我有幸与湛卢先生相遇。他当时为重庆出版社的编辑，因为是四川人，与我这个贵州人言语上"土味相投"，说"闲话"的时候多一些。有一次我们一起钻进了长春一个公园的树林里，言语间我颇为我的寓言研究得意，但湛卢老人轻言细语地说："寓言这块园地有点小，恐怕不是你唯一的发展之地……"我记住了这句话，它虽然没有克雷诺夫那段话那么"雷"，但也影响了我的下半生。

这些寓言老人是我善良的恩师！其实，我后来转向了文艺学、艺术学、宗教学、民族学、文化人类学的研究，根还在寓言！

1990年后，我的研究和学习的方向逐渐转向了其他学科，在新闻领域干过，在艺术领域干过，最后在2002年进入了贵州民族大学任教师。这时候我清醒地认识到，这里可能是我最终的退休之地，现在看来我当时的感觉是对的，因为我现今还服务于这个机构。

在1990年后的日子里，我怀着从寓言那里得来的"心"，干了不少事情。在艺术学研究上有：《艺术概论》（云南美术出版社1998年出版）、《戏剧艺术概论》（贵州民族出版社2000年出版）。在民族学、文化人类学研究上主要有（17部550万字，属于本人撰写为450余万字）：《居都》（贵州人民出版社，1997年出版）、《美神的眼睛》（贵州人民出版社2001年出版）、《梭嘎苗人文化研究》（中国文联出版公司，2002年出版）、《众神之域——贵州民族民间信仰文化调查与研究》（民族出版社2007年出版）、《影视文化人类学》（民族出版社2008年出版）、《贵州少数民族面具文化研究》（贵州民族出版社2008年出版）、《"蒙恰"苗人文化研究》（贵州大学出版社2008年出版）、《中国土地信仰图像人类学志》（民族出版社2009年出版）、《盘县非物质文化遗产描述与研究》（贵州大学出版社2009年出版）、《居都仡佬族文化研究》（贵州民族出版社2009年出版）、

《月亮河流域布依族文化研究》（贵州大学出版社 2009 年出版）、《图像文化人类学》（民族出版社 2010 年出版）、《"蒙恰"古歌研究》（西南交通大学出版社 2011 年出版）、《文化边缘——六枝彝族文化研究》（西南交通大学出版社 2011 年出版）、《盘县羊场布依族盘歌》（贵州大学出版社 2011 年出版）。

另外，我还发表了很多论文，获得了不少奖励，主持研究了许多国家课题。这里不是显摆我自己，是我的一种感恩于寓言的献礼！是寓言给予了我力量，使我有能力为国家和人民献上我的一份礼物。

1991 年，我的《世界寓言史》完稿，在找出版社时，一家出版社的编辑告诉我，你找一个名人写序，我就给你出版。我一般不喜欢请人写序，我以为，书稿的好坏，不是序言来决定的，要靠书稿自身。所以，这位编辑的话让我内心不爽，我就说："请钱钟书写序怎么样，可以吗？"当时钱老的声誉如日中天，此编辑一听，立即应声："那当然可以！"我说了这话就后悔不已，我哪认识钱老啊！不过，寓言出身的我还是"出手"了，给钱钟书老人写了一封信：

"钱钟书'老狮'：您好！有人说我是一只兔子，要我借你头上的'狮毛'一用，请写个序！兔子：吴秋林。"

钱老可能也有"寓言情怀"，"魔颜"一展，居然回了我一封信。"秋林同志：来函奉悉。我因老病，遵医嘱久罢笔墨之役。尊著范围广阔，尤非我熟悉。'作序'之事，实不胜任。原稿你手写，故特挂号寄还。即致！钱钟书。"

我看到钱老的歪斜的字迹，简直不敢"热泪盈眶"，但由此我坚信人间的至诚至真！

我把这件事写在《世界寓言史》的后记中，以此永远怀念这位老人。我后来看过钱钟书老人的照片，他的眼光深邃，也是我们寓言的眼光。

我可能不一定是一个守在寓言家里的孩子，更像一个从寓言家园中走出了的"浪子"，但寓言是我的家永远不会改变。

2013 年 12 月 19 日于贵州民族大学

　　这样来表达自己与寓言的关系和情感，不管合适与否，都是我要完成这本《20 世纪中国寓言文学论稿》的原始动力。在笔者的寓言研究经历中，《寓言辞典》《寓言文学概论》《世界寓言史》《中国寓言史》都在为推动中国的寓言文学研究作出一定贡献，但在这一系列研究中，似乎还缺少《中国当代寓言文学》研究的这一部分。如前所述，文学史（其他历史一样）研究的惯例为"盖棺定论"，所以一直没有敢早早妄言。现今，似乎该研究议题的条件已经逐步成熟，可以继续我之于寓言文学"报恩"了。于是，我找出 1982 年手写的《中国当代寓言文学概述》的初稿，希望继续我寓言研究的最后一环。但是，我在查阅了这一稿后发现，其中的一些议题已经在笔者研究寓言文学的过程中进行了一系列的拓展，多数内容已经形成文章发表在各地刊物上，即当下的《20 世纪中国寓言文学论稿》的议题，基本上可以完整地呈现在这一批文章之中，而且这些已经发表和没有发表的文章，在 20 世纪中国寓言文学研究的深度和广度上，大大超越了那个最初的稿本。这样，在这一批发表和未发表的文章之上，来组织《20 世纪中国寓言文学论稿》就是顺理成章的事情了。

　　20 世纪中国寓言文学从基本概念上而言，应该包括两个部分：一是中国现代寓言文学，二是中国当代寓言文学。这两个部分均深置于中国的现代文学和当代文学之中，为中国现当代文学的一个重要组成部分。

　　1840 年鸦片战争爆发，封闭的中国被西方列强用大炮敲开了国门。从这时起，整个中国就陷入了异常艰难的岁月，国人仿佛在一夜间才发现，中国距离世界文明已经很远了。于是乎变革、求新、图强，就逐渐成为近现代中国社会的主潮。这种变革在五四新文化运动中表现得最为彻底，因为它触及了文化最深层的结构变革，即语言文字的变革，这就是白话文运动的展开和兴起。在中国的白话文运动兴起的同时，中国的新文学运动也开始兴起，人们在新的语言表达方式的基础上，力图建立自己新的文学。这个新的文学也是在西方的文学艺术和文艺理论思想的参与下构建的。它既蕴含了中国传统的文学精神，也广泛吸收了西方文学的表述方式和文学思想。这个新的文学就是人们所称的中国现当代文学，它的起始年代从1919年的五四运动开始。中国文学史迄今又有两种说法：一种说法是从五四运动开始到1949年的中华人民共和国成立，这段时间为中国现代文学的时期，而1949年后至今的时间为中国当代文学的时期。另一种说法是从五四运动开始到至今，均称为中国现代文学时期，没有现代文学和当代文学的划分。

20世纪中国寓言文学使用的是第一种中国文学史分期概念。

这就是20世纪中国寓言文学的背景。但本书不是20世纪中国寓言文学史的一般记录，而是关于20世纪中国寓言文学领域多方面的论述，包括寓言理论，寓言作为一种文学体裁与历史文化的关系，寓言文学与其他文学体裁之间的关系，以及作家、作品。寓言在20世纪中国寓言文学发展中有被童话化、故事化的情形，但寓言也深刻地影响了诸如小说、诗歌、戏剧、电影的发展，并且在多种文学体裁中留下了自己的"身影"。在这样深入的探讨中，寓言在一定程度上还是某一种历史发展过程的表征，代表了某一种人与神的关系，深入到人的智慧、人性等更为深层次的地方。

本书在编写中基本保留原文稿的出处和基本样态，但都会在原稿的基础上进行或多或少的修订。特别是一些有新材料的地方，一些有失误的地方，一些需要深化论述的地方……均会展开作出一些新的论述和修订，使之更符合中国寓言文学的历史现实。

本书的第一部分为概述，基于《20世纪的中国寓言文学》《中国当代寓言的分期及概况》等已发表过的文章。

本书的第二部分为寓言理论，基于《论寓言的本质》《论寓言的美》《论寓言的形式》《论寓言的分类》《希腊的伊索式寓言与中国的先秦式寓言》等已发表过的文章。

本书的第三部分为寓言文学与文化，基于《古代人文进程中的一个重要的文学标志——从世界各民族寓言文学的发生看古代人类文化意识的一次觉醒》《论小说的寓言化倾向》《浅论〈红楼梦〉的寓言色彩》《〈红楼梦〉贾宝玉与〈老人与海〉桑地亚哥——谈贾宝玉形象的寓言性质》等文章。

本书的第四部分为作家与作品，基于《鲁迅与中国现代寓言》《茅盾与寓言》《评金江寓言》《中国俗语文学的初典——评盖壤的〈中国俗语故事集〉》《评胡树化寓言》等未发表过的文章。另有《评冯雪峰寓言》《评湛卢寓言》《评黄瑞云和凝溪寓言》等文章，其主要内容从《中国寓言史》有关章节中析出。

归总而言，这是一本20世纪中国寓言文学的历史性总结之书，上个世纪新时代文学中有寓言文学的身影，几有功勋，而且还成为许多相邻文学品类的"内涵因素"，使得中国文学的历史故事出现了许多"寓言"。现今，中国的寓言文学像草一样遍布每一个可以生长的角落，春风一过，绿意满眼。上个世纪著名儿童文学家严文井老人比喻说"寓言是一个魔袋"，而今天寓言的魔性依然！在今天的中国，没有哪一个儿童的益智离开过寓言，没有哪一个少年的人生教诲离开过寓言，没有哪一个成人的智慧观念和人生哲理离开过寓言……中国的寓言成就了春秋时代的中国哲学，也将在未来成就每一个中国儿童的美好前景！

目
录
Contents

第一部分 概述

　　在重新焕发中华民族文化活力，重塑中华民族精神文化形象的历史大背景下，20世纪的中国文学取得了巨大的成就，开创了在工业文明支持下的新的文学天地。寓言作为一种在文体产生初期就已经出现的体裁，其历史跨度非常大，深刻影响着小说、诗歌、戏剧、电影等的发展。因此，人们从理论研究上对寓言给予了极大的关注。

20 世纪的中国寓言文学

　　20 世纪中国新文学产生时，寓言作为一种文学样式也呈现了自己产生、发展的历史，并在后期成为中国自先秦寓言之后的又一个黄金时代。本文全面观照了 20 世纪的中国寓言文学，表述了它的年代、基本现状以及作家、作品，认为这是 20 世纪中国新文学很有成就的一个组成部分。

　　世纪之交，中国的现当代文学历史大致已近百年，百年的中国现当代文学，不管是光荣还是遗憾，都已成为历史。在重新焕发中华民族文化活力，重塑中华民族精神文化新形象的历史大背景下，20 世纪的中国文学取得了巨大的成就，开创了在工业文明支持下的新的文学天地。对这一文学历史，人们从理论研究与批评上给予了极大的关注，对小说、诗歌、散文的创作，以及作家、作品、风格、流派等，都有无数的研究文章和专著。这对 20 世纪中国文学发展而言，也形成了新的文学理论与批评体系。这是 20 世纪中国新文学的重要方面，但也存在许多缺撼。众所周知，文学的品类形成不但有小说、诗歌、散文，还有童话、故事、寓言等众多的"小"品类，可我们百年来的文学研究注重了前者，却大大地忽略了后者，其中寓言更是"小字号"中的"小字号"。在现今的文学研究中，我们对先秦的寓言文学赞不绝口，却对 20 世纪出现的同样文学品位的寓言文学关注极少，这种状况虽然并不影响 20 世纪中国寓言文学的"穿透力"，但它不利于 20 世纪中国文学的整体发展。故而，展示 20 世纪中国寓言文学的历史面貌，研究寓言文学发展规律和在文学史上的状况，意义是很大的。

一、概况

20 世纪的中国文学实际上是一种世纪新文学，它虽然在 19 世纪末期有一定的发端，但它却完全是在五四新文化运动的驱动下出现的，一种与中国传统的古文学完全不同的新文学，它从文字运用到文化背景，从思想内容到表现形式，都是全新的，这是西方文化、西方文学与古老的中国文化、中国文学相融汇的产物。中国的寓言文学也是在这样的背景下产生的，并且由于中国具有悠久而光荣的寓言文学传统，它的产生就更具必然性。

一般而论，1919 年的五四运动是 20 世纪中国文学的分界线，从这时开始，中国文学走向了自己的现代文学时期，20 世纪的中国寓言文学也是从这一时期开始的。在这个分界线之前，中国文学的变化有一个发端或过渡时期，即半文半白的文学作品在 19 世纪末 20 世纪初出现。20 世纪的寓言文学也有这样的过渡，这就是清末吴研人的《俏皮话》。在《俏皮话》的寓言中，既有中国寓言的传统文法和精神，又有新时代来临的气息。经过一段时期的酝酿，20 世纪中国新文学随伟大的五四运动来临而诞生，同时 20 世纪的中国寓言文学也产生了。

据多方考察研究，20 世纪中国寓言文学的第一个作家当首推茅盾。1917 年 10 月，他编纂出版了《中国寓言初编》，这个集子是一个中国古代寓言选集，也是茅盾文学创造的起步作品。1918 年，茅盾出版了中国现代文学史上的第一本寓言集《狮骡访猪》，同年又出版寓言集《平和会议》，两书共 10 则寓言，加上其他的寓言创作，就构成了 20 世纪中国寓言文学的开篇。

著名文学家鲁迅，在寓言作品出现的年代里，他可算第二个有寓言作品的作家。应该说鲁迅的寓言作品不是有意为之的东西，即他的本意是杂文等的创作，但其作品的性质则是地道的寓言，如 1919 年 8 月 20 日在《国民公报》"新文艺"栏中发表的《螃蟹》《古城》等就如是。像这样的寓言在鲁迅笔下还有不少，这说明"寓"是鲁迅杂文的"工具"之一。

进入 20 世纪 20 年代，郑振铎、林语堂等一批文学家对寓言创作亦有一定的涉及，出现了一些寓言佳作。20 世纪 30 年代，中国的现代寓言文学有了自己的表现，周玉群的《小朋友寓言》、白丹宁的《孩子们的寓言》、程园如的《小小寓言》等无名作家的寓言作品，表现了寓言为儿童教育服务的倾向。另外，丰子恺、陈伯吹、郭沫若、贺宜等人也创作了一些寓言，其中陈伯吹、贺宜的寓言是代表。这时期，胡怀琛的《中国寓言研究》出版，成为 20 世纪中国寓言文学研究的第一本专著。

20 世纪 40 年代，中国寓言文学走向了第一个高潮，出现了一批真正意义上的寓言作家，冯雪峰、天戈、莫洛、仇重、何公超、张天翼等人的作品最多且最有影响。冯雪峰、张天翼又是其中的代表作家，他们创作了一批堪称中国现代文学中最优秀的寓言作品。冯雪峰的成就又最大，是中国现代寓言文学当之无愧的集大成者，他 1947 年出版了寓言集《今寓言》之后，又连续出版了数本寓言集。寓言是冯雪峰一生文学创作成就的主要构成。

在 20 世纪中国文学的历史分期中，人们一般把 1949 年前的时期划为中国现代文学时期。归结这一时期的寓言文学，大致还处于模仿、学习的阶段，在寓言文学上还没有完全统一的认识。这一时期中国的新文学注意力多在小说、戏剧、散文、诗歌等体裁上，寓言的开拓自然也就不太引人注目。但是，中国这一时期的寓言文学，在冯雪峰等人的努力下，完成了来自中国古代寓言精神及表现形式和外国伊索寓言精神及表现形式的融和、贯通，确立了作为 20 世纪中国寓言文学的基本形象，实现了中国新文学中寓言的现代化。

1949 年，中华人民共和国成立，人们习惯把这之后的文学时期称为中国当代文学时期。在这个时期里，由于"文化大革命"的"历史停顿"，在寓言文学的发展中又分为两个时期，即"文化大革命"前期和"文化大革命"后期（新时期）。前期最早出现的寓言文学作品是《狡猾的狼》和《农夫和蚯蚓》，它们为配图寓言集，1951 年由上海文艺出版社出版，但其为改编作品，真正的原创寓言是 1954 年初出现的。1954 年 1 月 30 日，金江在《大公报》上发表了四则寓言，就是这时期最早见的作品。这之后，寓言创作渐盛，几年间就出现了大量的作品，形成了 20 世纪中国寓言文学的第二个高潮，较著名的作品有《乌鸦兄弟》《猴子磨刀》《高山与洼地》《三戒》《帆与舵》等，涌现了一批很有影响力的寓言作家。其中代表作家为金江、湛卢，另外吕德华、林植峰、仇春霖、申均之、刘征、韵华等也是有名的寓言作家。这一时期寓言文学的翻译和研究也比较活跃，在寓言文学构成中的份量加大。

20 世纪 60 年代，寓言文学与其他文学样式一样，走上新的发展道路，并渐渐兴盛，形成 20 世纪中国寓言文学的第三个高潮，呈现出寓言文学全面开拓发展的势态，取得显著成就。

这时期出版的寓言作品集数不胜数，较著名的有《黄瑞云寓言》《凝溪寓言 2000 篇》《中国俗语故事集》《芥末居杂记》《无药的药方》《寓言百篇》《风筝和雄鹰》《海燕戒》《寓言的寓言》《弄蛇者与眼镜蛇》

《春风燕语》《许润泉寓言选》《吴广孝寓言选》等；寓言作家人数众多，创作水平也在一个较高的层次上发展，最著名的作家有黄瑞云、凝溪、盖壤、黄永玉、吴广孝、许润泉、胡树化、海代泉等；寓言作品选集具有总揽性，较重要的有《中国现代寓言集锦》《中国新时期寓言选》《当代中国寓言大系》，其中以《当代中国寓言大系》规模最大；寓言翻译也向大型、全面发展，几乎世界上比较重要的寓言作品都有了较为全面的翻译本。

进入 20 世纪末，中国寓言作家亦出现了一批新生力量，发表了一批很有分量的传统作品，并且在新的时期，对寓言创作进行了多角度的创新和发展，为 21 世纪的中国寓言文学发展奠定了坚实基础。

这一时期是寓言文学研究最辉煌的时期，1982 年陈蒲清的《中国古代寓言史》出版后，相继有《先秦寓言概论》《寓言辞典》《世界寓言通论》《中外寓言鉴赏辞典》《寓言文学概论》《世界寓言史》《寓言概论》《中国寓言文学史》《中国寓言史》等寓言文学研究专著的出版。这些全面的寓言文学研究，对寓言文学的贡献是不言而喻的。

自从 1917 年茅盾选辑的《中国寓言初编》出版后，编选、注释、译述中国古代寓言也成为 20 世纪中国寓言文学的一个重要方面。这一时期对中国古代寓言的整理是空前的，仅贯通整个中国古代寓言史的大型寓言集就有数十种。另外，此时期对民间寓言的收集整理也取得了很大的成果。

总的来说，1980 年后的这 20 年，是 20 世纪中国寓言文学的鼎盛时期。它的存在，对 20 世纪中国新文学的发展是有重要意义的。如果说上两个世纪的世界寓言文学历史是欧洲的"伊索时代"，那么，这个世纪的八九十年代则是中国的"伊索时代"。

二、作家和作品

中国古代的寓言文学是非常发达的，它以先秦寓言为重要标志，是世界寓言文学的三大体系[①]之一，故中国寓言文学有着优秀的传统和丰厚的土壤。但是，20 世纪中国寓言文学产生之前，当时的国人对寓言文学存在普遍的"亡失"，即中国古代寓言在明清嬗变之后，人们并不清楚什么是寓言。这种寓言文学的"亡失"是在我们对《伊索寓言》作品的翻译中被唤醒的。1902 年，林纾与严璩合译的《伊索寓言》出版。从那时起，人们才开始认识寓言文学的形态和性质，并反观中国古代的寓言文学，激起了创作欲望，从而在伊索寓言文学和中国古代寓言文学的基础上开创了 20 世纪的中国寓言文学。

20 世纪中国寓言文学的第一批作家和作品就是在这样的历史背景下产生的。在这些作家中，茅盾、鲁迅、郑振铎、林语堂、周玉群、白丹宁、程园如、陈伯吹、贺宜、张天翼、仇重、莫洛、冯雪峰等人的寓言作品最有影响力，其中尤以冯雪峰的寓言成就最为突出。

茅盾是中国著名的文学家，1918 年的寓言创作也是他的文学成就之一，并且在他的儿童文学中占有一定地位。他的寓言作品，不但是中国现代最早的一批作品，其中数则至今仍可视为较优秀的寓言。这些寓言作品的意义应该从以下几个方面来认识：一是这批寓言的出现，标志着中国新的白话文寓言，即新文学寓言的开始；二是这种基本处于模仿和转变中的寓言创作，真实地反映了中国现代寓言创作最初阶段的风貌；三是他的作品为后来的寓言文学创作，在艺术表现上奠定了坚实的基础。茅盾开创了 20 世界中国寓言文学的篇章之后，便没有续作，不过，后来的作家们由此向寓言文学创作的道路上走来。

---

① 指古希腊寓言、古印度寓言、古中国寓言。

鲁迅就是一个无意创作了不少寓言的作家。鲁迅是中国现代最伟大的文学家之一，他的杂文和小说，是公认的 20 世纪中国文学中最重要的一部分。但多数人并未注意到，他的许多杂文中深藏着一批 20 世纪中国寓言文学的优秀作品，如《古城》《螃蟹》《立论》《狗的驳洁》等。这些寓言简练旷达，不失为冷峻峭拔的大家风范。

这一时期除茅盾、鲁迅外，还有一些文学家也创作了寓言。如叶圣陶的《一粒种子》、胡适的《差不多先生》等。

如果说茅盾、鲁迅他们有意无意间打开了 20 世纪中国寓言文学创作的大门，那之后的郑振铎则是从多方面刻意地推进 20 世纪中国寓言文学的发展。作为翻译家的郑振铎，这时期不但翻译了许多国家的寓言作品，还改编、创作了一些寓言，并把寓言作品向儿童文学方面推进，如《小鱼》《兔子的故事》（四则）等。这些寓言富于儿童文学特色，十分适合儿童阅读。它们的出现直接影响了 20 世纪中国寓言文学，使儿童情趣成为寓言创作的重要要求，童话化的寓言成为 20 世纪寓言文学的重要构成。这一时期的林语堂也有寓言创作，主要作品为《增订伊索寓言》。

前述数人全是中国现代著名的文学家，他们开了寓言文学风气之后，20 世纪的中国寓言文学就在一定程度上展开，许多人投入了这一文学样式的创作中，没有什么名声的周玉群、白丹宁、程园如等人就是代表。周玉群的《小朋友寓言》有 40 则，白丹宁的《孩子们的寓言》有 39 则，程园如的《小小寓言》有 34 则，这些作品都富于儿童文学的色彩，艺术的表现各有千秋。这三位寓言作家的作品，对寓言文学有一个最重要的贡献，即注意到对中国现代寓言文学形象的追求，在创作中力图摆脱对西方伊索寓言的依赖，力图表现中国寓言文学创作的个性。这一点不管做得如何，对 20 世纪中国寓言文学的发展都是十分重要的。

　　以上三人的作品是 20 世纪 30 年代寓言文学的重要组成部分，另一些著名的文学家也有寓言作品，如丰子恺的《羊奸》、续范亭的《车夫解围》等，当中尤以贺宜和陈伯吹的寓言作品最佳。陈伯吹的寓言是描述生动、细腻的儿童寓言，作品多见于《小朋友寓言》；贺宜的寓言是讽刺性强、富于现实意义的寓言，主要作品有《同盟者》《牛喂大了母鸡》《装甲乌龟》。两人都是著名的儿童文学家，对寓言文学的研究也都有一定的建树。

　　20 世纪 40 年代是中国现代寓言创作最兴盛的年代。仇重、莫洛、天戈的寓言创作有一定的影响。张天翼是中国现代著名的儿童文学家，也是重要的寓言作家。他当时的寓言创作仅次于冯雪峰，《老虎问题》《一条好蛇》《画眉和猪》等是其优秀的寓言代表作。他的寓言有对现实的讽刺和揭露，又有对哲理的形象表达，且文笔简约，特点鲜明。20 世纪中国寓言文学在张天翼这里已经形成了自己较为独特的品味和形象了。

　　20 世纪中国寓言文学，发展到中国现代文学的末期就渐渐走向了成熟，其标志就是冯雪峰的寓言。冯雪峰的寓言是在 1947 年出现的，几年间他就出版了数个作品集，由此把中国现代寓言提升到一定的高度，奠定了中国现代寓言的基础。

　　冯雪峰是个寓言作家，同时也是诗人和文学理论家，他在文学上的荣誉是多方面的，其中寓言创作则是他的主要方面，他是中国现代文学中真正以寓言创作获得文学声誉的作家。可以说如果我们不了解他的寓言创作，就很难理解他的文学创作，或者说很难理解冯雪峰的文学成就。他的寓言作品集有《今寓言》《冯雪峰寓言三百篇》《雪峰寓言》《寓言》等，其中的优秀篇目数不胜数。冯雪峰用寓言表现了广泛的社会生活，总结了带有时代印记的日常社会生活的经验教训，发掘生活的哲理智慧，同时还在寓言中展现了他的艺术才华，书写了他的世界观、人生观、价值观等。冯雪峰的寓言的艺术特色有多方面的表现，寓言的时代性、深刻性，以及理性与诗情力量的有机结合等特点，都是后世寓言的楷模。

20世纪中国寓言文学进入中国当代文学时期后，很快就登上了一个新的台阶。在中国现代文学中，以寓言创作为主的作家极少，但在中国当代文学的20世纪50年代里，却出现了一批专门从事寓言创作的作家。

吕德华是在这一年代成名的寓言作家，作品有《蜗牛搬家》等。他的寓言温和，童趣十足。他在20世纪80年代仍有寓言创作。林植峰的寓言创作在20世纪60年代前后产生影响，1980年后集结出版《笼中狮》。他的寓言故事性强，语言流畅，富于哲理。仇春霖是20世纪60年代成名的寓言作家，作品有《帆和舵》《无花果》等，其寓言清新自然，生动有趣，教训鲜明，是这一年代最有影响的寓言作品之一。在这一时期里，鲁芝、申均之、韶华等人的寓言作品也很突出。1962年，刘征发表了寓言组诗《三戒》，使其成为当时中国最有影响的寓言诗人。

以上寓言作家都有自己的出色之处，但20世纪50年代的代表作家当数金江和湛卢。

金江原本是个诗人，1954年闯入寓言领域之后，就找到了自己文学创作的最佳位置，一连出版了《乌鸦兄弟》《小鹰试飞》等5个寓言作品集，成为中国当时最有成就的寓言作家之一。20世纪80年代后，金江又重新焕发青春，连续出版近10个寓言作品集，表现突出。金江的寓言寓意深刻，形象鲜明生动，儿童韵味深长，艺术特色鲜明。他的寓言作品的出现，形成了有时代特色的一种寓言风格，对中国当代寓言文学的发展有很大的影响。

湛卢的成名作是1956年出版的《猴子磨刀》。此寓言集一出版，就受到人们的广泛关注，影响很大，并被译成多种文字出版海外，是当时最富盛名的寓言作品之一。湛卢在 20 世纪 80 年代也有大量作品，并形成了前后不同的寓言风格，前期寓言轻松明快而直率，后期寓言深沉有力且含蓄。湛卢的寓言多数都比较规范和完整，完全继承了伊索寓言的表现形式。另外，湛卢的寓言形象多为动物，这也继承了伊索寓言的精神，可以说，他的寓言是对伊索寓言表现形式和精神完美的继承和发展，同时又有充分的个性表现。如果与金江的寓言相比，金江的寓言是富于中国趣味的故事，湛卢的寓言则是伊索寓言最好的中国式表达，各具风格和特色，为时代所注重。

进入 20 世纪 80 年代，中国寓言文学在更为广阔的领域里展开自己的面貌，出现了更多的作家作品。最具代表性的作家是黄瑞云和凝溪，他们所取得的寓言文学成就也最大。同时，盖壤的寓言创作以奇特的描述角度，黄永玉的寓言创作以大反常规的寓言实践，成为寓言文学的两朵奇葩，其地位亦无人可以替代。至于这一时期取得了相当的寓言成就，富有特色的寓言作家就更多，其中吴广孝、许润泉、陈乃祥、胡树化、海代泉的寓言表现突出，徐强华、李延祜、鲁兵、崔亚斌、叶永烈、彭万洲、周冰冰、卢培英、李继槐、吴树敬、叶树、邝金鼻、邱国鹰等人也有一定建树和影响。如果说 20 世纪 40 年代是冯雪峰的寓言独领风骚，20 世纪 50 年代是数位作家的天地，那 20 世纪 80 年代后，中国寓言文学就已有了庞大的寓言作家群了。

黄瑞云的寓言主要收录于《黄瑞云寓言》，深刻地表现了作家对社会生活的关注和对哲理严谨的思索。作品大多都有深厚的社会生活基础和背景，强烈地表现了作家力图用寓言来剖析和把握生活的意识。黄瑞云的寓言形式很庄重，叙述和刻画既传统又生动，故事性强，对寓言道德教训的总结也很精湛。这些都体现了作家在寓言创作上的卓越才华和表现力。因此，在 20 世纪 80 年代黄瑞云的寓言已经是中国新文学中融汇伊索寓言精神和中国古代寓言精神的最高典范。如果湛卢的寓言中还有一些伊索寓言形态方面的笔迹，而在黄瑞云的寓言里，其融合已是极精神化的了。

凝溪的寓言创作始于 20 世纪 80 年代。他的寓言作品主要汇集在《凝溪寓言 2000 篇》中，其寓言质量品位极高，独具风格。凝溪还是中国最多产的寓言作家。凝溪的寓言创作对社会生活非常关注，极注重从生活中发掘真理，与黄瑞云的寓言一样，均以表现寓言的深刻哲理性为根本追求，而且也很成功，故他的寓言中常常涌出一些奇思妙想。凝溪的寓言篇幅短小精悍，很少有超过 400 字的寓言作品，但他却能在有限的文字中，最大限度地表达思想内容。凝溪的寓言对伊索寓言的表现形式把握得很透彻，而且更为生动，其寓言中往往是两三个情节一起演进，使一个普通的故事闪烁着真理的光辉。

黄瑞云、凝溪都是中国最杰出的寓言作家，二者相较，前者的寓言凝重、肃穆，理性色彩浓重；后者的寓言则轻灵、活泼、流畅，想象丰富，趣味盎然。

除黄瑞云、凝溪外，盖壤、黄永玉是风格最独特的作家。盖壤并不是严格意义上的寓言作家，但他在 1989 年出版的《中国俗语故事集》中创作了一大批角度独特的寓言作品，且品质极佳，韵味独特，是中国寓言文学难得的优秀作品集。盖壤的寓言从思想内容到表现形式都是地道的中国民族化的，他把世俗社会中的一粒粒智慧的金子，在创作中铸型，并使之发出理性的光芒。他的寓言构思都极巧妙，在极窄的、俗语的既定命题中，表现了他在寓言创作上的卓越才华。由于俗语是典型的民间智慧的结晶，故盖壤的寓言表现也有许多民间文学的意味和情调，加上作者自身的努力，其创作的寓言成为最具中国民族色彩的寓言。

　　黄永玉的寓言也不是刻意为之的作品，这个著名的画家在胸意充盈之时也同样表现了他非凡的创作能力。他的寓言作品主要集中在《芥末居杂记》等配画文集中。寓言用半文半白的文字写成，每则寓言都自配一幅水墨画。寓言嘲讽世俗生活中的丑态，揭露人性中的缺陷和弱点，笔力健奇，入木三分，面上是作者对生活的戏笔，但深处却是对社会生活的深刻理解和关注。黄永玉的寓言短小精悍，幽默风趣，只言片语，不但深刻，还让人玩味不已。如果说盖壤寓言的基本根由源于民族民间，那么，黄永玉的寓言则源于对中国古代文化的理解和感悟。

　　除以上作家外，吴广孝是一位在短期内取得众多寓言创作成果的作家，且在寓言翻译上也颇有成就；许润泉也拥有大量寓言作品，艺术表现上也有自己的特色；陈乃祥是 20 世纪 80 年代初崛起的寓言作家，有一定的影响力；胡树化的寓言作品并不多，但他的寓言创作给寓言界带来一股清新之风，引人注目；海代泉在寓言创作上也取得了一定的成就，表现上也有自己的独到之处。另外，徐强华的系列寓言、叶永烈和吴树敬的科学寓言、卢培英的知识寓言、高洪波的寓言诗，也代表了这个时期寓言创作的各个方面。

　　就整个 20 世纪的中国寓言文学而言，冯雪峰、金江、湛卢、黄瑞云、凝溪是最杰出的代表作家，他们的作品无论在寓言文学中，还是在中国新文学中，都有重要的意义和地位。

三、研究和翻译

　　进入 20 世纪，中国人在塑造自己的寓言文学形象时，也较早地关注了寓言的研究和翻译，并很快使之成为 20 世纪中国寓言文学的重要组成部分。

　　19 世纪 20 年代，中国的文学家对童话、寓言等文学样式有了一定的关注，这一时期已有相应的研究性文章问世。1930 年，古典文学家胡怀琛的《中国寓言研究》出版，开创了中国系统研究寓言文学的先河。此书仅 3 万余字，对世界范围内的寓言都有涉及。这是中国现代文学史上第一部寓言文学研究专著。

1957 年，王焕镳的《先秦寓言研究》出版，此书共计 5 万余字，从来源、社会根源、特征、影响等方面研究了先秦寓言。

真正拉开寓言研究大幕的是 1982 年陈蒲清出版的《中国古代寓言史》，此书共计 22 万字（后又有增订的新版本），全面地论述了中国古代两千多年的寓言文学历史，有许多开创性的建树，成为中国古代寓言研究的重大突破。随后是公木的《先秦寓言概论》出版，此书深入地研究了先秦寓言文学的诸多方面，把对先秦寓言的研究提升到一个新的高度。这两本书对中国古代寓言的研究都形成了自己的体系，相对于过去分散的、个别性的研究，这无疑是一个极大的突破，而且至今人们对中国古代寓言的认识和理解，大都基于这两本书的观点。

对寓言基础性的理论研究出现在 1990 年前后，鲍延毅主编的《寓言辞典》1988 年出版，此书共计 50 多万字，是 20 世纪中国寓言文学的一个基础性构成，它的出现对寓言文学的影响是多方面的。不久，陈蒲清主编的《中外寓言鉴赏辞典》出版，此书角度独特，也极具影响力。这两本书是寓言研究的重要研究成果。

20 世纪 90 年代初，《寓言文学概论》《寓言概论》《世界寓言通论》的出版标志着 20 世纪的中国寓言文学奠定了自己坚实的理论基础。《寓言文学概论》共计 15 万字，从纯理论的角度研究了寓言的本质、审美、形式、分类等多方面的问题。这是中国寓言文学史上第一次从理论的高度来把握寓言这一文学样式的巨作。《寓言概论》共计 20 余万字，从多方面探讨了寓言文学的理论、作家和作品。《世界寓言通论》共计 30

多万字，对寓言的本质、起源、发展和应用进行了多方面的研究和探讨。以上三本书都有研究者们对寓言文学体系的见解和认识，这对中国寓言文学的发展意义是重大的。

在寓言研究中，史述也是一个重要方面。20 世纪 90 年代的寓言研究于此也取得了重大成果，出版的《世界寓言史》《中国寓言文学史》《中国寓言史》等均属巨制。《世界寓言史》共计 30 万字，是中国人第一次以自己的角度来审视世界范围内的寓言文学历史；《中国寓言文学史》共计 47 万字，是一部通述中国古今寓言的著作，也是在《中国古代寓言史》之后，人们第一次通述中国寓言文学历史的努力成果；《中国寓言史》共计 50 万字，以严谨的史述语言对中国寓言文学历史作了全面系统的观照。

以上不难看出，在寓言创作取得巨大成就的同时，寓言研究也全方位的展开，并取得骄人的成绩。客观地说，对寓言的收集整理也是某种意义上的研究。对寓言的整理，特别是对中国古代寓言的整理，从茅盾寓言创作开始，一直都是 20 世纪中国寓言文学的组成部分，即我们在创作新时代寓言作品的同时，大量的中国古代寓言作品也被整理出来，二者共同构成新时代的寓言文学作品。这个过程一直贯穿整个 20 世纪中国寓言文学，但形成集大成的局面还是在 1980 年之后。从 1980 年到 1990 年的十年间，许多寓言的研究者、辑录者多角度地出版了大量中国古代寓言选集，仅贯穿整个中国古代寓言史的"中国历代寓言集"就有数十种，其中以三卷本的《古代中国寓言大系》规模最大。同时出现的译述对中国古代寓言的收集整理、分类等也具有研究意义，在很大程度上促进了 20 世纪中国寓言文学的发展。

寓言的翻译在 20 世纪中国寓言文学中的地位是特殊的，因为 20 世纪中国寓言文学的"神经"，就是由外国寓言在中国的翻译而被触动的。

即伊索寓言等外国寓言的翻译，打开了人们对寓言这一文学样式的眼界，使人们依托于此，再结合中国丰厚的寓言文学传统创建了新的寓言文学。

中国翻译外国寓言，最早可追溯到 1600 年前对印度佛经的翻译，那时在佛经翻译中，已包含了大量的古印度寓言。在明代，伊索寓言就有译本出现，之后就不断有人把它翻成多个译本，如《况义》《意拾蒙引》《海国妙喻》等。1902 年，林纾的译本问世，称为《伊索寓言》，其广泛而深入的影响才大致形成。随后，世界各国的重要寓言作家的作品开始零星出现，并出版了个别的选集。20 世纪 50 年代，这些重要寓言作家的作品才大都出版了选集。这一时期，克雷洛夫寓言的翻译最引人注目，最著名的当数吴岩从英译本转译的《克雷洛夫寓言》的全译本。这个集子在当时影响很大，几乎是区别于简练有余、故事性不足的伊索寓言的另一种典范。

1980 年以前，大都是寓言翻译的"选本阶段"，1980 年后，译界才全面系统地译述了世界各国历史上重要的寓言作家的作品。全译本、多种译本是这一时期的基本翻译状况。伊索、拉·封丹、克雷洛夫、莱辛、达·芬奇等寓言作家的一系列作品都有全译本，有的还有多个译本。

从某种意义上讲，译述也是一种创作，伊索寓言是欧洲各国民族寓言创作的总源头，法国、德国、俄国、英国、西班牙等，几乎整个欧洲各国的寓言作家们，虽然都用自己的民族语言进行寓言创作，但他们创作的题材、内容、表现方式的根基都在伊索寓言，也就是说，他们结合本国现实，把伊索的故事进行了民族化的叙述，或者译述。中国对世界各国寓言的翻译，也有这样的性质。这些译述作品大大丰富了 20 世纪中国寓言文学，促进了中国寓言文学的发展。从这个意义上讲，寓言翻译家也是寓言作家。

四、意义和使命

20 世纪的中国文学是一种世纪的新文学，是在西方文化和文学的影响下，结合中国文化和文学的实际新创造的文学。故而，它的小说、诗歌、散文、戏剧以及童话、寓言、故事等，从内容到表现形式都有自己全新的风格。在这种世纪文学的开创中，寓言也参与了其中的创造性活动，也是五四新文学的一个组成部分。五四新文学运动之初，虽然许多中国新文学运动的巨匠把注意力大多投向了小说、诗歌、散文、戏剧的创作，但也有人用白话文抢下了寓言这种文学样式的"滩头"，使中国新文学一开始就有寓言这一文学样式的存在。相比于另一些"小品类"的文学样式，寓言的出现和发展是比较顺利的，究其根源，应该是我们拥有丰厚的寓言文学传统，拥有值得骄傲的大量的古代寓言作品。以伊索寓言为主的西方寓言，从外在形式上决定了中国新文化寓言的发展，但内在的精神和气质，仍是中国传统的寓言内涵。茅盾开创的白话文寓言是 20 世纪中国寓言文学的源头，作品的篇幅虽小，但它对后来寓言的发展产生了广泛而深远的影响。

首先，寓言作为中国新文学的一个品类，一开始就有了自己独立的风格，并且一直对整体的文学作出了自己的贡献。茅盾、鲁迅、郑振铎、林语堂这些老一辈文学家的创作中，寓言虽不是他们的主要部分，但也参与了他们文学成就的构建。后来的人们谈茅盾的小说创作，也谈他在儿童文学上的贡献，而其儿童文学中有很大的成分就是寓言创作；鲁迅是中国的杂文大家，但似乎一些文章从寓言而言则更见其精妙；郑振铎的文学译述在中国新文学史上是很重要的，且寓言的译述也是作品的重点之一。这是中国新文学开创时寓言对文学作家的影响。作为一种独立的文学样式，寓言对文学的整体发展也是有意义的，是整个文学创作的重要组成部分。故而，寓言作品的出现，必然丰富和推动整个文学创作的发展。

其次，初期形成的寓言文学样式，即当时对寓言的理解和创作模式，对后代的寓言文学创作有决定性的影响。中国新文学中的寓言文学一开始是被作为儿童文学的类别来对待的，茅盾的寓言作品就是与一般的童话、故事共同编类的。这种认识和理解下的寓言作品范本对后世的影响很大，正是因为如此，在三四十年代，就有一批专门从事儿童文学研究的专家和儿童文学作家关注寓言、创作寓言，更加促进了寓言在儿童文学方面的发展。以致我们现今见到的周玉群、白丹宁、程同如等人的寓言集，全都自动归为儿童文学。这种寓言的儿童文学性在冯雪峰的寓言那里有了一个很大的转变，其影响至今犹存。这种视寓言为儿童文学的观点是不正确的，伊索寓言、中国古代寓言以及古代印度寓言全是以深厚哲学思想和世俗智慧为根基的文学表现物，是一种特定的文学产物，自古就一直是"理性的诗篇"，并不是小儿科的"戏言"。但这在中国新寓言文学起始上走偏了许多。这种偏颇使 20 世纪的中国寓言文学从儿童情趣、通俗易懂、故事性等方面获得了一些好处和发展，但它作为"理性诗篇"的性质受到削弱。在艺术种类的分属上就把寓言归为儿童文学的二级品类，而没有应有的与小说、诗歌、散文同等的地位，从而也在一定程度上制约了寓言文学的发展。20 世纪中国寓言文学就是在这样的情况下产生和发展而来的，当然，这种制约在后来的发展中有了相当大的改变，在实际的创作中，多数的作家都自觉地转向了"理性诗篇"。

20 世纪中国寓言文学也就是从这条道路上走来，经过近 50 年的聚集和发展，在 20 世纪 80 年代后就全面地展示了自己的辉煌，并成为中国文学的一个重要构成。

20 世纪中国寓言文学相对于整体的文学的意义，首先是出现了一大批寓言作家。1920 年到 1940 年，中国新文学史上的许多文学家都染笔于寓言，这对寓言文学是一种幸运（这种情形很像 18 世纪的俄国，当时罗蒙诺索夫等人也染笔于寓言），但他们却没能发挥自己的影响力。周玉群等人的寓言创作也能成"家"，但影响太小了，直至 20 世纪 40 年代冯雪峰寓言的出现，中国现代文学史才有了第一位真正的寓言作家。那个时期能跻身于小说家、诗人、散文家、戏剧家、理论家的人很多，但是能称为寓言作家，即以寓言创作而成为作家的人，也只有冯雪峰，其意义是重大的。冯雪峰的寓言创作，让后来的寓言作家们看到了作为一个寓言作家的基本定位和品格，是后来寓言作品不断涌现的良好起点。这之后，金江、湛卢、黄瑞云、凝溪、盖壤、黄永玉等一大批寓言作家出现，并以其优异的寓言文学创作成就在文学中赢得了自己的地位和声誉。20 世纪 50 年代后的这批寓言作家比以前的寓言作家更潜心、更专注于寓言创作，也在更高的层次上追求寓言文学真谛。20 世纪 80 年代后是中国文学大发展的时期，小说、诗歌、散文等文学作品层出不穷，寓言文学也是其中最富活力的主力军之一，而且相比较而言，寓言文学的作品比其他文学作品要多得多。20 世纪 40 年代，寓言作家中有鲜明的写作特色的也就是冯雪峰、张天翼等人，而今天，有这种影响程度的寓言作家则很多，以上诸位是当中最有影响力的代表。这些寓言作家们在文学创作中已有自己特定的地位和价值，也有自己的成就和光芒，不会被其他文学种类的作家替代和掩盖。

其次是一大批优秀寓言作品的出现。任何一个作家最终都是拿作品说话，只有作品才能确立作家的地位和价值。20 世纪中国寓言文学拥有一批作家，他们也是以寓言作品为基础的。冯雪峰之所以成为著名的寓言作家，源于他创作了一批优秀的、富于开创性的寓言作品。这些作品不但对冯雪峰、对寓言文学有意义，而且在中国整体的文学领域也很有意义。金江和湛卢的寓言作品，一方面继承发扬了前辈寓言作家的优良传统，另一方面又有自己独到的理解和表现风格。20 世纪 80 年代，黄瑞云、凝溪、盖壤、黄永玉等人的寓言作品除了具有自己独特的风格特色之外，对整体文学的影响力和渗透力也很强烈，即文学的表现力增强，赢得了更多读者的关注。如果在 20 世纪 50 年代的金江、湛卢的寓言时期，人们对寓言仍是"小儿科"的理解，那到了 20 世纪 80 年代的黄瑞云、凝溪的寓言时期，这种理解就大大改变了。把寓言作为与小说、诗歌、散文、童话、戏剧有同等地位和品格的种类，已是人们一个大致的共识，因为 20 世纪 80 年代后的大多数寓言，已完全具有了"理性诗篇"的基本性质，是全方位针对每个层次读者的作品了。这些作品中，有许多是优秀的寓言作品，也是反映这个时代的优秀的文学作品。这一时期，不但小说等文学种类能代表时代文学的风貌，某些寓言作品也能表现这一时代文学的风貌。也就是说，20 世纪 80 年代后，中国寓言文学创作在较大程度上体现了这个时代的文学精神。

另外，20 世纪中国寓言文学中寓言研究方面也对中国新文学的整体有特定的意义。对文学分品类的研究一直是文学研究的重要方面，中国新文学中早就展开了对各自文学类别的研究，诗论、小说论、戏剧论、童话论等比比皆是，但是，像寓言这样深入的、多方面、多层次的研究还不多见，更不要说迅速地取得如此之多的研究成果。这些研究中，理论、历史、作家、作品都有涉及，而且已经形成体系，有自己独立的见解和认识，它们不断丰富着中国新文学。

从以上不难看到，寓言作为一种独立的文学品类，不但对整体的文学有多方面的意义，而且其本身在对整体文学的发展上也有自己一定的使命，它在表现文学的多样性，促进文学多元、全面发展上拥有自己的神圣职责。

寓言是一种具有魔术意味的文学品类，它很小，也很大；它很古老，也很年轻；它的体裁很小，但它的思想包容性很强……它几乎贯穿了整个世界文学史，是许多文学历史中的"珍珠"或不可缺少的组成，并且，它的存在还深刻地影响着其他的文学种类。20 世纪中国寓言文学也是如此，面对这些来之不易的荣誉，我们更要认真善待它。

（原稿发表于《枣庄师专学报》1999 年第 1 期）

中国当代寓言文学的分期及概况

　　"中国当代寓言文学"的概念，指 1949 年至今 ① 在内的全部寓言文学作品和寓言文学研究、收集整理等活动。

　　当代寓言的命运与中国其他文学的命运相同，它的发展受到我国历次政治运动和文艺斗争的影响，故我把它以"文化大革命"为界，划分为当代寓言的前期和后期。前期即 1949—1966 年。"文化大革命"十年是空白。后期即 1976 年至今，后期时间上没有什么要说明的。前期理论上的分期却与实际上的分期不大相符，当代寓言最早出现的时间在 1952 年。1952 年 10 月，人民文学出版社出版的《雪峰寓言》开创了中国当代寓言的先河。前期实际截止时间也不是 1966 年，而是 1964 年，这样，前期的实际分期应该是 1952—1964 年。

　　冯雪峰是跨越现代和当代寓言文学的优秀作家，《雪峰寓言》的出版，

---

　　① 实际的时间点应该在 20 世纪的 90 年代末，因为发表此文时为 1980 年代中期，有许多后来的优秀作品未能论及，但也基本表现"中国当代寓言文学"的分期和成就了。

起到了承前起后的作用。从 1952 年到 1953 年，全国的期刊和书籍出版中没有一则原创寓言和一个原创寓言集子出现。直到 1954 年 1 月 30 日，《大公报》发表了金江的《寓言四则》①，这才逐渐拉开了中国当代寓言创作的序幕。

这时候，国民经济的恢复已经完成，国家把注意力开始转向文化产业的恢复、建设和发展上。一些过去停办了的刊物复刊了，一些规模小的刊物开始扩大，另一些新刊物在新政策的要求下不断创刊。各种各样的文学样式都得到了恢复和发展，一些过去不被重视的文学样式也得到了较公平的对待。因此，寓言也同其他文学样式一样得到了应有的恢复和发展。1954 年寓言创作的前奏一响起，1956 年下半年就达到了前期寓言创作及其他诸多方面的高潮，其间只有一年多的时间。但是，这样快的发展速度也不是偶然的，如果把当代寓言与其他文学样式的发展联系起来看的话，你就会发现，无论是创作，还是理论研究，其他文学样式也在以同样快的速度，或者更快的速度发展着。这一点，如果你对照地翻一翻那个时代留给我们的众多的成果就可以证实。因而，当代寓言就是在这样一个历史背景下迅速发展起来的，这也是中国当代文学发展史在那个时代的一个方面的体现。

前期最后出现的一则寓言是 1964 年 6 月在《广西文艺》刊上刊登的依易天的《罐破狐狸走》，从这以后，寓言也就暂时消失了。"文化大革命"十年是空白，只在 1973 年有几则所谓"国际题材"的寓言出现。

当代寓言后期，寓言的出现是在 1976 年。1976 年下半年零星出现了一些寓言，以后日益渐多，至今有了很大的发展。

据目前收集的资料来看，当代寓言前期出现的作者有 200 多人，他

---

① 为《乌鸦和画家》《批评家》《小鹰试飞》《两段木头》。

们创作的寓言多属业余作品，当中的代表作者有严文井、金江、湛卢、舸夫（仇春霖）、大曼（鲁芝）、申均之、刘诤（刘征）、吕德华、余毅忠、韵华、林植峰等。前期出现的作品总数有几百篇，寓言集子有几十种，其中影响较大的有《乌鸦兄弟》《好好先生》《猴子磨刀》《小鹰试飞》《知道了》《狐狸和螃蟹》《帆与舵》《无花果》《高山与洼地》《蜗牛搬家》《鲤鱼告状》等。1956年2月，由作家出版社出版的冯雪峰的《寓言》一书值得着重一提，它是冯雪峰一生寓言创作的集粹和总结，且对当代寓言的发展有着深远的影响。1980年，这本书由人民文学出版社再版时，书名改为《雪峰寓言》。

1957年，金江的《乌鸦兄弟》和《好好先生》两本寓言集被教育部推荐为全国优秀儿童读物，前者还在1980年获全国第二次少年儿童文艺创作三等奖。《小鹰试飞》曾被翻译为朝鲜文和维吾尔文出版。湛卢的《猴子磨刀》也是一本较有影响力的寓言，出版不久就被译成俄文介绍到苏联，在苏联的《少先队真理报》上连载。后来，新疆青少年出版社把它译成哈萨克文出版，延边出版社也曾把它译成朝鲜文出版。

在这些寓言集子及刊载的寓言中，出现了一批优秀寓言，它们为当代寓言奠定了牢固的基础，为当代文学增添了光彩。

这个时期作家们对古今中外寓言的搜集整理、翻译、介绍、评论等形式的研究都十分活跃。影响比较大的有魏金枝与其他人合编的《中国寓言》（共五册）；魏金枝自己编写的《中国古代寓言》；蒋星煜编译的《刘伯温寓言》；卢叔度搜集整理成集的《俏皮话》；吴岩翻译的《克雷洛夫寓言》；项星跃翻译的《谢德林寓言选集》；倪海曙翻译的《拉·封丹寓言》；周启明翻译的《伊索寓言》等。1959年，对世界寓言史产生过广泛影响的古印度民间寓言故事集《五卷书》，也由季羡林翻译，在人民文学出版社出版。

民间寓言虽然没有形成集子，但分散在各个刊物上的民间寓言数量不小，质量也不差，这为当代民间寓言后期的搜集和整理创造了良好的条件。在前期的民间寓言搜集和整理中，新疆和西藏地区的民间文学工作者成绩较为突出。

寓言研究的成果也不少，较重要的有魏金枝的《试谈我国的寓言》；贺宜的《智慧的语言，锐利的武器——试论寓言》；臧克家的《寓言诗杂谈——读刘征寓言诗纪感》；张振华的《谈中国古代民间寓言》；段宝林的《说古代寓言》；莫干河的《谈寓言》；等等。这时，还出现了中国当代第一部寓言研究的专著《先秦寓言研究》，作者是王焕镳。这部著作近六万字，对寓言研究作出了贡献。

当代寓言发展的道路是曲折的。1955 年初为低谷，1956 年下半年至 1957 年则为高峰，这个时期创作的寓言约占总数的 75%。不但一般写寓言的人在努力创作，而且就连一些一向与寓言毫无关系的作家、诗人、翻译家也都提笔写起寓言来了，如艾青、吴岩等，真有点儿像别林斯基所描绘的俄国寓言盛况时的情景。

反右斗争一开始，昔日欣欣向荣的景象不见了，寥寥的几株寓言小苗散布在不同的时间和不被人注意的角落里。直到 1962 年，刘征、韶华等作家的寓言作品出现，当代寓言前期才有了小小的复苏，可惜四清运动一来，寓言也就消逝得比以往任何时候都干净了。

但是，当代寓言前期的一些寓言作者并没有放弃对寓言创作的历史使命和自我要求。他们虽然都在"文化大革命"中受到不同程度的冲击，身心受到影响，但他们大都挺过来了，并在后期的寓言创作中，继续发挥他们的作用。这些人中最著名的要数金江、湛卢、刘征、吕德华、韶华、林植峰、鲁芝、申均之等。对他们的这种精神，著名的儿童文学家严文井同志在他的《关于寓言的寓言》（金江著《寓言百篇》一书中的序）

一文中给予了高度评价。他说：

　　　"它（指寓言）做了大量的有益的工作，而从不炫耀自己，也不指望从别人手里得什么。我想，寓言作家也是具备这样的品质的。这就是为什么金江同志能够耐住寂寞，在寓言这个领域内三十年如一日，坚持到今天的缘故……这一百篇寓言是金江同志心血的结晶。在接受这样高贵的礼品的时候，我们也要学会正确地使用自己的心，并在将来把自己的心奉献给别人。"

　　1976 年，寓言又得到恢复，1978 年渐渐兴盛，1979 年至 1980 年间又形成当代寓言的第二个高潮，之后，当代寓言便在一个高的水平上趋向平稳地发展。

　　后期出现的寓言新作者人数比前期多得多，代表作者有：黄瑞云、凝溪、陈乃祥、叶永烈、海代泉、吴广孝、鲁兵、胡树化、卢培英、崔亚斌等。这些代表作者中，黄瑞云、凝溪二人的寓言最富于个性和特色，后者的进取精神比前者更强烈。叶永烈创作的科普寓言，应该说是科普知识和寓言结合的新尝试，也是寓言文学中的一个新品种。胡树化的寓言清新扑面，在当代寓言创作题材的开拓方面是一个突破。卢培英创造了"知识寓言"新品种。崔亚斌在中国寓言史上第一次正式使用"动物寓言"的概念。

　　前期出现的多数寓言作者在后期仍然十分活跃。在新老两代作者的共同努力下，后期的寓言作品数量大增，寓言集子有近百种。其中较好的有《黄瑞云寓言》《猴子的舞蹈》《猫头鹰的疑问》《狐狸与"真理"》《老驴推磨》《寓言百篇》《狐狸审案》《怕"羞"的画眉》《风筝与雄鹰》《海燕戒》《喜鹊嘲牡丹》《大磨二拖和三糊》《猫法官》《西郭先生》《鸭子开会》《得意的狐狸》《寓言的寓言》《侦探和小偷》《弄蛇者与眼境蛇》《知识寓言百篇》《袋鼠请客》《无药的药方》《狐狸的生日》《向狮子挑战的青蛙》《春风燕语》等。除了这些寓言集子之外，刊载的寓言数量也数不胜数。在以上的这些寓言作品中，涌现出了一大批当代寓言的佳作，成绩十分可喜。

特别值得提到的是，刘征的寓言诗《春风燕语》在全国 1979—1980 年优秀诗歌评选中获奖。1980 年全国第二次少年儿童文艺创作评奖中，有金江的寓言《乌鸦兄弟》、吕德华的寓言《蜘蛛和桑树》和罗丹的寓言诗《乌龟和兔子第二次赛跑》获奖。1982 年举办的全国 1980—1981 年优秀儿童读物评奖中，金江的《寓言百篇》和海代泉等著的《得意的狐狸》获奖。以上这些奖项大大地鼓舞了全国寓言作者的创作热情，对寓言创作的繁荣和发展起了巨大的推动作用。

当代寓言后期较前期相比，还有一个特点，就是寓言集子出得多而快，并且规模都比较大。前期大多数的寓言集子薄薄的几十页，包括几十则寓言，而后期的寓言集子一般都在百页左右，或百页以上，有近百则或上百则寓言。

在当代寓言后期，总结性的寓言选集也出现不少，如《寓言选》《中国现代寓言集锦》《中国现代寓言选》等。其中《中国现代寓言集锦》收有现当代近 50 位作家、230 篇寓言，这种情况是以前不可能出现的。这标志着中国当代寓言进入了一个新的发展阶段。

当代寓言后期对中国古代寓言、外国寓言、民间寓言的翻译、搜集整理以及对寓言的研究都取得了可喜的成绩。人们从不同的角度，采取不同的形式，对中国古代寓言进行了大规模的发掘，出现近百种寓言集子。单是贯通中国古代整个寓言史的"历代寓言选"就有五个集子，包括《中国历代寓言选》（一册），《中国历代寓言选》（上、下册），《历代寓言选》（上、下册），《中国古代寓言选》（一册），《寓林折枝》（上、下册）。这五个集子中少则收有 400 余则古代寓言，多则收有 600 多则古代寓言，它们几乎囊括了中国古代所有较好的寓言，系统地反映了中国古代寓言在各个不同历史时期的变化和发展，展现了中国古代寓言的整个历史面貌，其意义是不可低估的。

外国寓言的翻译在当代寓言后期有了新的进展。伊索寓言有了直接从希腊文翻译的译本；克雷洛夫寓言出现了直接从俄文翻译的译本；拉·封丹寓言、莱辛寓言也有了新的全译本；从未与中国读者见过面的达·芬奇寓言，以及其他各国的寓言也有翻译介绍。

民间寓言的搜集整理也大有起色，除了上海文艺出版社出版的"故事大系"中含有大量的民间寓言外，其他民间故事选集也有民间寓言出现。可喜的是，当代寓言后期还出现了好几种民间寓言专集，最引人注目的是《中国少数民族寓言故事选》，此书收有 38 个民族的 151 则寓言故事，为 30 余年民间寓言搜集整理的总结。按族别收集整理出版的《蒙古族寓言故事》也是一件大喜事，它是族别民间寓言集的一个突破。

以上诸多方面的工作，较前期有了显著变化。从零星走上系统、全面，从重可读性走向重资料性，这是一种历史的进步。

寓言的研究方面出现了大批有质量的论文。这些论文课题广泛，有一定深度，内容大都是关于中国古代寓言诸多方面的研究。中国古代寓言研究在后期有了新的突破，它的显著标志是《中国古代寓言史》（陈蒲清著，湖南教育出版社 1983 年版）的出现。

当代寓言的发展还在继续，路还很长，且寓言的未来充满希望。

（原稿发表于《枣庄师专学报》1985 年第 1 期，《贵州大学学报》1986 年第 4 期）

中国少数民族民间寓言三十年

三十多年来的中国当代民间文学取得了很大的成就。民间寓言是一颗闪亮的明珠，它与其他体裁的民间文学作品一起，为中国当代民间文学增添了夺目的光彩。

一、少数民族民间寓言搜集整理概况

中国当代少数民族民间寓言，指的是中华人民共和国成立以来，从各个少数民族民间搜集整理出来的全部的民间寓言。

中国当代少数民族民间寓言的搜集整理大致是从 1955 年后开始的（这里指的是搜集整理作品见刊的时间）。这时的民间寓言最先载于《民间文学》，作品多数是藏族的。也就是说，藏族的民间寓言搜集整理工作做得最早，是中国当代少数民族民间寓言搜集整理工作的先声。藏族民间寓言作品的出现，在当时起到了两个很有历史意义的作用：一是对民间寓言品种搜集整理的引导；二是以实际范例提出了搜集整理民间寓言的基本要求。总的来说，当时民间寓言的搜集整理工作还没有普遍展开，除遥遥领先的数十则藏族寓言外，其他民族民间寓言作品整理出来的还不多。

1958 年，"民歌运动"促进了民间文学作品搜集整理工作的开展，也给各民族民间寓言搜集整理工作带来了福音。对"民歌运动"的评价另当别论，但在引起人们对民间文学宝藏的重视方面起到的作用是积极的。

由于广大民间寓言搜集整理工作者的努力工作，在 1962 年前后，民间寓言搜集整理出现了极其可喜的局面。这时不但藏族、蒙古族、维吾尔族等民族的民间寓言不断被整理出来，而且其他民族的民间寓言也受到极大的重视。藏族民间寓言在原有的基础上不断有新的作品出现，蒙古族、哈萨克族、乌孜别克族、壮族、傣族等民族的民间寓言作品也涌现不少。作品最多的则是维吾尔族民间寓言，在前后不长的时间里，这个民族的民间寓言就在报刊上发表了数十则质量很高的翻译整理作品。这一时期还有另一方面的变化，即原来刊载民间寓言作品的刊物为包括寓言在内的民间文学作品开辟了一定的园地。这些，自然也促进了中国当代民间寓言搜集整理工作的发展。

1981 年，中央民族学院汉语言文学系的几位同志，在过去民间寓言搜集整理成果的基础上，选了 38 个民族的 151 篇民间寓言作品，编选了一本《中国少数民族寓言故事选》[①]。虽然有的作品是否属于寓言范畴，尚有待探讨，但它无疑是当时各民族民间寓言的集大成，基本上包含了民族民间寓言的优秀作品。这本集子的出现标志着中国当代民间寓言搜集整理工作进入了一个新的发展阶段。从这个时候起，各民族民间寓言的搜集整理工作基本全面铺开，而且出版了族别民间寓言集。1983 年内

---

① 甘肃人民出版社 1982 年版。文中没有注明出处的民间寓言均出自该书及《蒙古族寓言故事》《乌孜别克族寓言故事集》。

蒙古民族出版社出版了《蒙古族寓言故事》，这是在 1979 年甘肃人民出版社出版的《乌孜别克族寓言故事集》之后的又一规模较大的、按族别编选成集出版的寓言集。这本集子有 111 则蒙古族民间寓言，它的题材广泛，内容丰富，语言也比较精练，是一本质量较高的民间寓言集，在中国当代民间寓言搜集整理的历史上占有一定的地位。另外，这一时期对一些人口不是很多，地域不是很大，寓言土壤不是很丰厚的民族，学者们也给予相应的重视。民间寓言的搜集整理工作者们已经不满足于个别族别的民间寓言的搜集整理，而是将民间寓言搜集整理的触角伸到了各民族民间可能存在寓言的土壤的角落，并力求从中发掘出民间寓言的珠宝。

二、少数民族民间寓言的成就

经过三十年的努力，中国当代民间寓言取得了较大的成就。目前，整理发表民间寓言作品的民族有几十个，成就特别突出的有维吾尔族、藏族、蒙古族、哈萨克族、乌孜别克族、壮族、傣族等。

蒙古族民间寓言与读者见了面的有一百多则。其中《小骆驼的遭遇》让我们看到塞外民族的生活环境特点和生活在他们周围最常见的动物形象；《空心树》哲理地表达了这个民族的求实精神；《水獭和鸿雁》让你感受到这个征战民族警觉的心理；《骑驴赴宴的老灰狼》则让你领略蒙古族人民在日常生活中的机智、幽默和风趣。《小猫钓鱼》《骆驼和羊》这两则寓言连续几十年被选入小学课本，启迪着每一个小朋友的心灵。蒙古族民间寓言提供了相当一批精品，除上述外，还有《瞎子和瘸子》《六个强盗》《白狮》《雄鹰和乌鸦》等。另外，蒙古族民间寓言还有一些明显来自其他民族的故事，以及各民族都应用的陈旧题材，但一经蒙古族民间艺人的加工，就富于鲜明的民族特色，成为难得的佳品，如《金戒指》《披着羊皮的狼》等。蒙古族民间寓言展示了这个民族的智慧和理性，在中国当代民间寓言中有着比较显著的地位。

哈萨克族民间寓言是哈萨克阿肯（歌手）的产物。阿肯用歌声讲述着远古的故事，表达男女之间的爱情，描绘社会习俗、风情，也用歌声创造寓言。《明净的泉水》表达了哈萨克人崇高的做人准则。《芦苇和橡树》的情节也许来自其他民族，但是阿肯的歌唱让这个故事更优美，其中的教训更鲜明，整个寓言充满了哈萨克族的神韵。与克雷洛夫故乡的"橡树与芦苇"相比，哈萨克族的"橡树与芦苇"长得更为茂盛，更为动人。《自作聪明的小兔》辛辣地嘲讽了一种普遍的虚荣，那带走三只小兔的三对鹰爪，让人触目惊心，铭记不忘。

乌孜别克族是一个人口很少的民族，但其民间寓言却颇为丰富。这个民族被整理出来的寓言作品，主要见于魏鸣泉同志翻译整理的《乌孜别克族寓言故事集》。其中《两只山羊》《自作聪明的毛驴》是乌孜别克族土生土长的优秀寓言，也是中国当代民间寓言的精品；《贪婪的狗》《狐狸吃肉》《饿狼》明显受外民族相似故事的影响，加工后有了一定的民族色彩和民族语言的风趣。

壮族民间寓言中的大鹏、龙虾、金竹、蜗牛令人想起潮湿的南方。《大鹏和龙虾》《蜗牛和它的硬壳屋》是这个民族富于特色的民间寓言，当然也是中国当代民间寓言的佳作；《狼和天鹅》《老鼠吃犁耙》是外来故事的再加工，《莫笑邻居起火》《请教吹笛》是壮族民间寓言多风格的具体范例。

高山族民间寓言则通过一个又一个的教训，警戒人们改掉坏习惯，养成好品格，起到一种民族道德教育的作用。高山族民间寓言在中国当代民间寓言中很有特色和韵味。在原始色彩很浓的民间寓言中《乌鸦和翠鸟》是代表作。

傣族人对于寓言的口味最为纯正，出现在广大读者面前为数不多的几则民间寓言，大都简洁明快、精练活泼、寓意深刻。《大象和毒蛇》《狗做国王》可堪称中国当代民族民间寓言珍品，《绿豆雀和象》《爱护主人的大象》可以与同题意的著名的印度寓言媲美。

此外，布依族的《雄狮和小兔》《狐狸洗澡》，彝族的《蛐蛐》，侗族的《小鹿遇虎》，瑶族的《穿山甲的教训》，佤族的《草房和太阳》，景颇族的《斑鸠和蚂蚁》，怒族的《老虎和獐子》，独龙族的《乌鸦、青蛙和蛇》，等等，也都是中国当代民族民间寓言中的优秀作品。

最后提及的是中国当代成就较大的两个民族的民间寓言，即藏族民间寓言和维吾尔族民间寓言。藏族和维吾尔族的民间寓言与蒙古族民间寓言一样，历史渊源很深，寓言土壤也较其他民族丰厚，在中国当代民间寓言中也最为成熟。

藏族民间寓言被搜集整理出来，与读者见面的作品数量并不多，但这冰山一角就已经让人赞叹不已。藏族民间寓言故事优美生动、想象丰富，注重对事物的认识，常常渗入该民族的优秀思想。如《金腔、银锭、镥镥、藏靴和粮食的争执》教育人们尊重粮食，《锦鸡、兔、猴、象吃果图》告诉人们要团结，尊重他人的劳动等。《咕咚》这则寓言文字风趣，寓意深刻，民族特色鲜明，堪称中国当代民间寓言的稀世珍宝。这则寓言被人们按各自的需要，改写、编绘成各种各样的故事和连环画，并且还拍摄成电影艺术片，其改写、编绘的次数和种类之繁多，在中国当代是罕见的。多数藏族民间寓言尤如一幅幅意义深刻的风俗画，连续跳动的画幅和生动的情节让人们看到藏族人民生活的智慧。

藏族民间寓言可分为两类：一是本土寓言，二是受外来故事影响的寓言。前者如《六个东西的活路》《锯树赶乌鸦》《咕咚》等，它们是该民族文化的直接产物。后者如《鹭鸶和小鱼》《兔子报仇》《乌龟和猴子》等，故事多来自印度，通过再加工出现在藏族民间寓言作品中。本来同一个寓言在几个民族中同时流传，是常见的事情，但像藏族那样大量借用外来的寓言故事再加工，是不多见的。藏族民间寓言受印度寓言的影响，有两个方面：一是直接的民间寓言的影响；二是有浓厚宗教色彩的佛经寓言的影响。这种影响使藏族民间寓言结出了不少硕果，虽然这种影响在一定程度上削弱了藏族民间故事的本土气息，但对于丰富和发展藏族民间寓言，仍利多弊少。

维吾尔族民间寓言也能分为"本土寓言"和"受外来故事影响的寓言"，但这种区分不如藏族民间寓言那么明显，因为维吾尔族民间寓言受外来影响要比藏族民间寓言纷繁复杂得多。维吾尔族民间寓言由于历史、地理等原因，受到来自欧洲伊索的寓言以及波斯、阿富汗等中东、中亚诸国的寓言的广泛影响。它有许多题材取自上述国家和地区，有的干脆就是外民族寓言的翻译和转录，这样的情况是中国其他各民族民间寓言绝无仅有的一大奇观。

维吾尔族民间寓言《狐狸的分配》与阿富汗寓言《狐狸的分配》相同；维吾尔族民间寓言《吃不到口的肉是臭的》《乌鸦与狸》与伊索寓言《狐狸与葡萄》《大鸦与狐狸》类似；维吾尔族民间寓言《蜻蜓蚂蚁》与克雷洛夫寓言《苍蝇和蜜蜂》也很相像。维吾尔族民间寓言在对外民族寓言的翻译、记录、借用上表现得最突出的是《没乘过船的王子》，把它与《蔷薇园》中的一则波斯寓言《没乘过船的奴隶》相比，两者的区别也只有，前者的叙述大胆和随便一些，而后者的行文拘谨一些。

维吾尔族民间寓言的这种特殊存在，对中国民间寓言的发展实际是一种贡献。它给中国其他各民族民间寓言吸收和利用外来寓言，丰富自己的民间寓言创作树立了榜样。当然，吸收和利用中还有许多问题值得深入探讨，比如是生搬硬套，还是吸收消化；是不顾民族实情，还是灵活选择；是消失自己的民族特色，还是利用它们表现更强烈、更浓郁的民族色彩……维吾尔族民间寓言的本土资源很丰厚，如果能更好地利用外来影响的优势，那前景一定很可观。

三、中国少数民族民间寓言对中国当代寓言的影响

伊索寓言具有永世不灭的光辉，最重要的原因是它的根深深地扎在民间寓言及其他民间故事的基础上。民间寓言是当代寓言的重要土壤，它在题材、创作方法、认识方式、描述对象等诸方面对作家创作寓言产生影响。

中国当代收集整理的民间寓言作品对当代寓言的影响是多方面的，其中影响最大的要算民间寓言中包含动物形象的故事。

在古代很长一个时期里，中国的寓言主要是人的寓言。到了当代，动物形象大量进入寓言创作中，这是由于受到了两个方面的影响，一是以伊索寓言为主的各国寓言的影响；二是中国当代各民族民间寓言的影响。在这两个方面的影响中，当代各民族民间寓言的影响更为直接，给作家创作寓言带来的动物活性更为生动和更为符合国情及民族心理。在1982年出版的《中国现代寓言集锦》中，230则寓言就有140则动物寓言，20多则植物寓言，真正的人物寓言比例很小。

各民族民间寓言的故事被借用，也是民间寓言影响当代作家寓言创作的又一个重要方面。在中国当代寓言创作中，这种借用是常见的。它们大致可分为两种形式：一是全部借用其故事，二是部分借用其故事。全部借用的如《王老三救火》与壮族民间寓言《莫笑邻居失火》，二者故事完全相同。部分借用的如《峨眉山的猴子》，它的情节就是壮族民间寓言《爱争吵的小猫》中的一段。

在这些借用中，程度有所不同，有的借用其故事时连同教训和道理

一并挪用过来，而有的只利用其故事得出另外的、甚至相反的教训和道理。

中国当代少数民族民间寓言影响中国当代寓言的方面还很多，这对中国当代寓言的存在和发展是重要的。

四、少数民族民间寓言整理中的一些问题

三十多年的少数民族民间寓言搜集整理工作是成功的，但同时也存在着一些普遍性的问题。

首先是民间寓言与民间动物故事在搜集整理中的区分十分混乱，一个故事既是寓言，又是动物故事。如1978年再版的《中国动物故事集》共收录25个民族的219篇动物故事，其中有近三分之一的故事同时一字不变地作为寓言选入《中国少数民族寓言故事选》。固然，民间寓言与民间动物故事有着极其密切的关系，各民族有许多著名的民间寓言就是从民间动物故事中演化而来的。民间动物故事和民间寓言作为两种不同的民间文学题裁，有着各自不同的要求和目的。

民间动物故事的基本目的是对动物特征、习性、性格的解释，传播动物知识，追求这些形象的乐趣，没有寓意，或者说虽有一定的教训成分，但还未赋予道德观念。正如英国民俗学家柯克士所说的那样："在原来的动物寓言里，本没有道德的教训，也不曾进入当今澳大利亚人、刚察狄尔人、波里尼西亚人、北美的印第安人、巴斯克人以及特伦西争尼亚的吉卜赛人所叙说的寓言里。"在这样的民间动物故事中，是没有寓言理性的。我们如果把寓言的理性人为地赋予到一定的动物故事情节，让这些情节或部分情节表现出了一定的教训，使这部分民间动物故事产生形象的哲理或理性认识，那它们就被改造成了民间寓言。这样的过程实际上在各个时代都不断发生，很早的时候人们就对二者的相互关系有

了一定的认识，而现在我们仍然模棱两可地对待它们，似乎不利于中国民间寓言的健康发展。

中国当代民间寓言搜集整理中的另一个普遍问题是缺乏民族特色，如藏族民间寓言《饿狼吃老马》《豹和山猫》就是如此。前者是伊索寓言《驴和狼》的翻版，后者则是一个在各民族普遍流传的故事"猫是老虎的师傅"的实录，而"翻版"和"实录"丝毫不存在"借用"的吸收和消化，自然也就谈不上什么民族和特色。

民族特色是民间寓言的生命。各民族民间寓言带着各自不同的风姿，到中国当代民间寓言大家庭中争辉夺彩，是各民族民间寓言的己任。如果所有民族民间寓言都是一个面孔，那就不具备任何存在的价值。

以上是当代民间寓言搜集整理工作中最为关键和最具有普遍意义的两个大问题，应予高度重视。在关注重要问题的时候，也不要忽视了诸如民间寓言与民间笑话、幽默的区别，收集整理技巧、规范等其他次要因素。

（原稿发表于《贵州民族学院学报》1989 年第 1 期，后为《新华文摘》1989 年第 11 期转载）

第二部分　寓言理论

　　寓言理论是世界寓言的一个重要组成部分，在世界著名的文艺理论家中，别林斯基（俄国）、莱辛（德国）等都广为人知，尤其是莱辛对于世界寓言理论的贡献最大。在先秦，庄子等人对寓言理论"只言片语"也涉及，但纵观整个中国文学史，研究者对于寓言文学理论的探索都较为薄弱，故笔者于此处着力较深，希望能改善这样的状态。

论寓言的本质

寓言是人类最古老的文学样式之一，具有非常悠久的历史。人类最古老的寓言是西亚苏美尔人的作品，年代约在公元前三千年前后，据萨缪尔·克莱默的《历史始于苏美尔》中记述和转载的寓言来看，当时苏美尔人的寓言从形式到内容都已经十分成熟，并不逊色于伊索寓言。不妨转引一则如下[①]：

> 狐狸向恩利尔神要求得到一对野牛的角，于是它长上了野牛的两只角。可是不久风雨大作，它再也进不了自己的洞。到了夜深的时候，冷风凄雨浸透了它。它说："只要天一亮……"

可惜，这是一段被寓言忽略了的历史，因而，一般认为，寓言从形式到内容的基本式样的形成是在公元前 6 世纪的希腊。这种看法，不但忽略了巴比伦的苏美尔，而且忽略了对世界寓言发展有过巨大贡献的印

---

① 这是从《世界上古史》的转述中见到的寓言。此为比较典型的一则寓言。其转述中还有其他几则寓言。据说这些寓言源自两河流域考古发掘的泥版之上的古代苏美尔人的楔形文字记录，故有世界文化历史上最早的寓言之说，因为古代苏美尔人的文明出现约为公元前 3000 年。但这是"孤证"，存说而已。

度。因此在这方面，还有许多问题需要我们去认识、探索和发现。

在我国，先秦寓言几乎与伊索寓言在同一时期完成了寓言基本式样的构建，而且还有所创造，形式比伊索寓言更为丰富，同时，更具有中国特色。但先秦寓言与伊索寓言有一点不同，即没有形成一种独立的文体，直到唐代才趋于完成。而伊索寓言在当时就形成了一种独立的文体，受到希腊社会极其广泛的重视。形成一种独立的文体，这是对世界寓言史一个划时代的贡献，希腊寓言成功的秘诀就在这里。

伊索寓言、中国先秦寓言造就了寓言史上不可攀越的时代，永远为后代敬仰。但是，什么是寓言？寓言的本质何在？在古希腊和中国先秦时期，人们对这些问题只限于较直观的认识。古人能明白什么是寓言，什么不是寓言，但在理论上的认识却是浅薄的。

在我国，"寓言"这个词最早见于《庄子》："寓言十九，借外论之。""以天下为沉浊，不可与庄语。以卮言为曼衍，以重言为真，以寓言为广。"这是中国最早对寓言的认识，这时庄周所谓的寓言，意为寄托之言，就是假借别人的话，论说自己的理。这自然与今天人们所理解的寓言相差甚远，但这却是中国寓言本质探讨的滥觞，不可忽视。况且，庄子对寓言的认识对后人产生了极其深远的影响，时至今日，仍有一些人把寓言的含义简单地理解为"寄托"。

在我国，对寓言较早的探讨者还有刘勰，他说："讔者，隐也；遁辞以隐意，谲譬以指事也。"

"谲譬以指事也"，指的就是寓言。但他把隐语、笑话、寓言一概论之，没有把寓言从中区别出来，而且，他对寓言的认识仍限于寄托——寓意于言。这在当时是有意义的，但对今天的寓言认识来讲，局限性太大。

后来，人们对寓言的认识逐渐丰富起来。

"寓言是理性的诗歌。"（别林斯基）

"寓言是一种文学作品。"（陈伯吹）

"寓言是世界上最古老的文学体裁之一。"（陈洪文）

"寓言是比喻的最高境界。"（藏克家）

"寓言是譬喻的最高形式。"（王焕镳）

"寓言是一种譬喻，是一种象征或影射……"（贺宜）

"寓言是一种小的讽喻故事。"（刘诤）

"寓言是委婉说理的艺术形式。"（邱永山）

"寓言是一种通过短小有趣的故事说明一个道理的文学样式。"（邱振声）

"寓言是基对于人生现象和自然现象的真实精密的观察而采取的一种特殊的文学样式。"（莫干河）

"寓言总是一种短小而精悍的'匕首'。"（魏金枝）

"寓言是人类智慧的语言。"（贺宜）

还有诸如：

"寓言是讽刺文学的鼻祖""寓言是叙述体的文学样式"等等。

它们在排除了某些不正确的见解之后，都能多多少少地说明和解决寓言中的某方面的问题。

别林斯基说明了寓言应是寓言的理性与诗歌的诗情力量的有机结合。

陈伯吹强调寓言是文学作品，肯定了寓言作为一种文学样式的独立性。

陈洪文肯定了寓言这一体裁在文学史上的历史地位。

刘诤则强调了寓言的短小和它的讽刺性。

邱永山、邱振声则通过寓言的用途来说明寓言是什么样的文学样式。

莫干河则通过寓言人物与生活的密切关系来解释的寓言概念。

魏金枝形象地表述了寓言这种文学样式的轻捷、精悍。

贺宜总结了寓言对人类语言发展的贡献。

　　以上种种对寓言的理解，单单从个人的角度来讲，都是有一定道理的，但是，关健的问题在于他们并没有揭示寓言的本质。寓言的本质是什么呢？1759 年，德国的莱辛花费了大量的心血，对寓言的本质问题进行了比较深入的、详细的探讨。他对寓言本质的认识的结论如下：

　　"要是我们把一句普通的道德格言引回到一件特殊的事件上，把真实性赋予这个特殊事件，用这个事件写一个故事，在这个故事里大家可以形象地认识这个普通的道德格言，那么，这个虚构的故事便是一则寓言。"

　　这是目前为止对寓言概念最科学、最接近寓言本质的解释了。"格言"是表达真理和显现智慧的语言，冠其予"道德"，是把真理和智慧的言语提高到哲学的高度，使之在具有一定倾向性的同时更富有普遍意义。这是对寓言的最高要求。通俗点讲，莱辛要求每个寓言都能表达具有普遍意义的人生哲理，达到哲学意义上的最高境界。也就是说，莱辛要求每一个真正的寓言作家所写的寓言合起来都能是一部形象的、容易被人接受的哲学著作。这个极其严格的要求不是没有根据的，只要你去看看先秦寓言和伊索寓言，就可看出莱辛这个要求的现实基础。《庄子内篇·人世间》几乎通篇都是一连串的寓言；人们从伊索寓言中所学到的世俗的人生哲学比从任何一本哲学著作中所学到的要多得多。这些都是人们所熟识和公认的事实了。

　　"把真实性赋予这个特殊事件"是在"把一句普遍的道德引回到一件特殊的事件上"之后的一个最重要的环节。所谓"把真实性赋予这个特殊事件"，就是要求这个特殊事件在带有普遍意义的"道德格言"的时候，还要有自己寓言形象的个性存在。没有个性的存在，也就无从谈起这个特殊事件的真实性，也无从谈起寓言艺术的根本要求。这方面，拉·封丹寓言和克雷洛夫寓言作了最彻底的证明，它们的许多故事——特殊事件是伊索的、印度的，但寓言却是拉·封丹的——法国民族的和克雷洛夫的——俄国民族的。因此，如果仅限于"把一句普遍的道德格言引回到一件特殊事件上"，那就是用寓言诠释意图，使寓言没有真实感，因而也就缺乏生动、形象的认识。

接着，莱辛要求把这个事件写成一个故事。狐狸花言巧语地骗到了乌鸦嘴里的肉；一个画蛇人在他最先画好的蛇上又添了多余的四只脚；一个大零圈圈嘲笑一个小零圈圈无知等。这些故事有它自己的情节。狐狸骗到了乌鸦嘴里的肉，至此，寓言的情节也就完成了，人们没有必要再继续看到狐狸吃肉时的得意情景和乌鸦受骗后的哀伤和悔恨。乌鸦受骗这一情节已经完成了这则寓言贯穿在其中的意图，使人们形象地看到了一个有关虚荣的道德教训，故事的目的已经达到，因此故事结束后的情节与寓言是无关的。

莱辛说："叙述诗和戏剧的情节，除了诗人贯穿在情节的意图之外，必须具有一种内在的属于情节本身的意图。而寓言的情节却并不需要这种内在的意图。它只要能使诗人达到自己的目的，也就足够了。"

那种在故事结束后继续下去的与寓言无关的情节，就是"内在的属于情节本身的意图"。

"这个普遍的道德格言"中的"这个"是有独特意义的。"这个"决不能同时又是"那个"，要么是此，要么是彼。也就是说，从一则寓言中引出的道德教训只能有一个，而不能同时有两个或两个以上。而且寓言情节中的变化都必须为同一个道德教训服务。莱辛说："所有这些变化必须汇合起来，在我们心里唤起一个独一无二的形象化的概念。倘若这些变化在心里唤起若干个概念，这虚构的寓言中所包含的教训不止一条，那么情节就不一致，也就是说，情节缺少了原来成为情节的东西。准确地说，它不能叫做情节，而只能叫做事变。"而其情节成为事变的寓言还能叫做寓言吗？不能，因为它已经具有了情节本身的内在意图，就变成一个故事、一个童话、一部叙述诗或戏剧了。

以上是我对莱辛这个寓言概念的理解，它包含了寓言的情节要求、寓言的真实性和寓言道德教训的单一性；指出了寓言是虚构性的故事等诸方面的内容；论述明确兼顾了寓言的多个方面。赫尔德高度赞扬了莱辛在寓言方面的建树，说他的寓言理论是"最简洁明晰、最富于哲学意味的理论"。

但是，这位大师的解释是不是就完美无缺，没有什么要补充的了呢？不是的，因为对"寓言"和"寓言故事"这两个概念的区分和解释而言，他的解释就有些无力了。原因在于，世界上百年来的寓言创作中出现了一些新的东西，如谢德林式的寓言大大扩张了寓言的讽刺属性，已经不是本真的寓言了，而应该叫做"寓言故事"或者"寓言小说"①。"寓言故事"在新的历史时期有了新的含义，不能再与"寓言"相提并论了。这时，如果不对这两个概念作一个适当的区分和解释，势必造成对寓言认识的混乱，不利于寓言创作。

本来，"寓言"和"寓言故事"并没有什么区别，寓言就是一个具备了寓言特征的故事，也可以说它是故事的一种。寓言包含了构成这个寓言的故事，寓言故事则表明这个故事的属性，以区别于其他故事，如童话故事、动物故事、风物故事等。应该说，寓言和寓言故事是一个概念，但寓言中新东西的出现，已经破坏了二者的统一关系，这也就需要新的解释，以适应寓言的发展。

我们知道，寓言包含了一个故事，但是这个故事的情节有着自己的特殊要求：即只有"贯穿在情节的意图"，而没有"一种内在的属于情节本身的意图"。"寓言故事"或"寓言小说"却同时具有这两种意图。

---

① 我国在明代就出现了这类作品，最著名的当属马中锡的《中山狼传》。

这是寓言与寓言故事、寓言小说最本质的区别所在。

寓言十分注重故事的寓言性，而寓言故事却更多地注重故事性，准确地说，这样的寓言故事、寓言小说应当叫做"故事寓言""小说寓言"。寓言只服从于"贯穿在情节的意图"，故事常常无因无果；而"寓言故事"则可突破第一个意图，应用第二个意图把一个寓言故事写得既有道德教训，又有始有终，有因有果。从这一点出发，寓言故事带来了一系列新的变化。首先，它可以把故事写得很长，而没有本真寓言短小精练的限制；教训单一、明了的特征在这里也不要求了，语言的质朴、简洁更不是必须的了。

在这个问题上，莱辛虽然没有明确地阐述过，但他肯定是有一定的思考的。他反对拉·封丹对寓言的娇饰就说明了这一点，因为对寓言的娇饰的根源就在于寓言作者对故事的过分偏爱和对寓言真理的淡漠。

寓言故事还有寓言的教训存在，但已脱离了寓言，更接近于童话、动物故事（现代的），即有道德教训存在的同时，又有道德意义的存在（这方面，陈伯吹生先已经敏锐地感觉到了）。这样一来，这种寓言故事常常只为了话中有话而出现，以表达一些不好直接表达的东西。因而，它大大扩张了讽刺、象征、影射这些只属于本真寓言某方面的特性，把讽刺、象征、影射提升到另一个高度，以达到另外的目的。这些表现使寓言故事的讽刺性、象征性、影射作用比本真寓言要强烈得多。

说到这里，我们看到了寓言故事中有了许多本真寓言不应该有的东西，我们暂且不管这些东西对于寓言有何价值，但正确地区分它们，是有利于本真寓言纯洁健康地发展的。这里有一点需要表明，我的这种区分不是为了否定某一种，而是力求对寓言的本质深入广泛的探讨。应该说，寓言故事在某些方面，特别是对社会生活中某些问题的揭示是十分深刻的，如谢德林的《野地主》。这是文学反映现实的另一种方式。

　　总的说来：寓言要用个别表现一般，这个"个别表现一般"不是逻辑上的思辩，而是具体的"特殊事件"，这个事件表现为虚构性质的故事，来完成这个故事的人、动植物、无生物都是要有个性的，即要有"真实性"。对寓言的情节，只要求猫干什么，狗干什么，并不要求猫为什么这么干，狗为什么这么干。这一点，应该在寓言创作中得到进一步的强调，狗和猫的形象、善和恶的判别都是附加和次要的，这些构成了寓言的情节，通过它引出一个道德教训，寓言的情节就算完成，哪怕是最引人入胜的幕后情节最后都得中止。狐狸吃不到葡萄说葡萄是酸的，这就够了，再说如何咽口水，如何一步三回头就多余了。莱辛说："倘若这篇寓言包含的内容多了一点，超过了使这条教训生动明显地显示出来所需要的，或者少了一点，不足以使这条教训生动明显地显示出来，那么，这则寓言便不成其为十全十美的寓言。"

　　伏尔泰老人说过："哲学的真正的装饰应该是井然有序，清晰明了，特别是真理。"

　　最后，我还想谈谈由于寓言理性所决定的一个问题，即寓言中的激情。严格地讲，寓言不欢迎激情，不需要同情和怜悯，它需要的是机智和诙谐。感情的激动必然破坏理智上的认识，而寓言恰恰就是理智上的认识而产生的艺术品。它主要是为了认识服务，而不为激情服务，不是催人泪下的艺术品。因此，寓言中出现的激情有害无益。

　　寓言的语言要求尽量质朴、简洁、凝练、准确，过分的修饰是不必要的。寓言中采用动植物作主人公，最重要的原因就是为了简化它的主人公性格。狐狸的狡猾，驴的愚蠢，这样固定的、众所周知的性格是不必再多说一个字的。那么，作为寓言的文字运用还有什么理由不遵循它的法则呢？

　　　　　　　　　　　　（原稿发表于《贵州大学学报》1985 年第 2 期）

论寓言的美

在贺拉斯的《诗艺》里有这样一段话："得到普遍赞赏的是融会实益和乐趣的人，他叫读者同时得到快感和教训。"在一切文学艺术的种类中，使人"同时得到快感和教训"方面表现得最为突出的种类是什么呢？我敢说是寓言。让人从寓言中得到教训，这是最自然不过的了，因为寓言最基本的要求就是要从每个寓言里都能见到教训。但是，说从寓言中得到快感却让人费解。我们知道，从文学作品中得到快感的实际含义是审美意识的发生，即欣赏者感觉到了审美对象的美，产生了愉悦的心情。这样的推论结果是：因为寓言能发生快感，所以就有一种美存在其中，随之带来了寓言在美学上的一系列意义。这个结论未免太大胆了点。因为多年来，人们已在寓言欣赏上结了一层厚壳，认为寓言的存在意义只是教训，认为寓言有了教训便有了一切。使寓言发光的根本固然是真理，但使寓言喷射真理，产生"五色烟火"的美却被人们很快忘却。很多年来，人们对诗歌、戏剧、小说、绘画和雕塑的美侃侃而谈，从一个方面跳到另一个方面，认真并喋喋不休地叙述它们，可从来没有一个人在美上谈论我们的寓言，以至于历史都怀疑寓言的美的存在。尽管历代也有一些独具慧眼的人发现了寓言的美，但都因为寓言体裁的微小和强烈的道德教训，以至于长期以来都未打破人们忽视、忘却、怀疑寓言也具有美感的局面。但是，你忘却也好，忽视也好，怀疑也好，有一点已足够我们欣喜，那就是寓言本身固有的美并没有因为这样不公平的待遇而消失。这一点，数千年的寓言发展史就是确凿的证据。如果长期以来的寓言只有刻板的教训，僵硬的真理，教条的判断，怎还会吸引到千千万万个读者呢？如果读者在这样的寓言里忍受的是抽象深奥的哲学，没有享受到寓言应有的美感，那寓言就失去了生存下去的可能性，寓言的历史也就不复存在。真理是寓言生存价值的根本，但寓言的美提供的是这种寓言真理生存的可能性。这一系列论述的结论是：寓言的美是确切的。

那寓言的美是什么呢？"美好像是一个很简单的观念。但是不久我们就会发见：美可以有许多方面，这个人抓住的是这一方面，那个人抓住的是那一方面；纵然都是从一个观点去看，究竟哪一方面是本质的……"这段话是就美而言的，对寓言的美同样适用，寓言的美也存在着哪一方面是本质的问题。当然，这是指寓言特殊的美的本质。

在艺术美学的领域里，各种体裁的文学艺术作品都能有一个大致相同的美的本质，但同时又有个别的美的特殊表现。小说有小说特有的美感，散文、诗歌、戏剧、绘画、音乐也同样，寓言当然也不例外。寓言的美是与众不同的。艺术的美的大部分是来自各种文学艺术种类中的形象、意境等，这些均属于感性色彩的美，它们多强调纯粹的美对心灵的陶冶。而寓言则属于理性色彩的美，它在带给你愉悦的美的享受的同时，其审美对象不是一个美的形象，也不是一个美的意境，而是一个喷射着"五色烟火"的美的真理。并且，在人们意识到寓言的美的同时，也有了对真理的认识。我们知道，寓言的一般目的是用虚构的故事来解释普遍真理。确实，一个只用于解释普遍真理的虚构的寓言故事在形象上是次要的，在意境上也是不必要的。它的美感是靠寓言中虚构故事轻松、机敏、优美的形式与真理的有机结合而产生的，这种寓言所具备特殊的美就是：真理的优美。

"真理的优美"这一词见于德国莱辛的寓言《幻象》，这则寓言说：

在那座我窃听过一些动物谈话的森林里，在那座森林最寂静的深处，我躺在一个不大湍急的瀑布旁边，努力想给我的一篇童话添加小巧的诗意装饰，拉·封丹最喜欢这样打扮寓言，他几乎把它惯坏了，我冥思苦索，我斟酌推敲，我舍弃画掉，额头在发烧，毫无所获，纸上什么也没写出，我气得跳了起来；可是，看哪！骤然间寓言缪斯出现在我的面前。

她微笑着说："学生，干吗要这样吃力不讨好呢？真理需要寓言的优美；可寓言何必要这种和谐的优美呢？你这是往香料上涂香料，它只要是诗人的发现就够了；一位不矫揉造作的作家，他讲的故事应该和一位智者的思想一样才对。"

这是人们第一次给寓言提出美学意义上的要求，第一次接触到寓言的美。当然，这是指比较直接明朗的接触，对与寓言相关的理性色彩的美，古人早就有论述。

两千多年以前，希腊的两位大思想家德谟克利特和柏拉图说过这样的话："至于智慧的美则是老年所特有的财产（德谟克利特）。""我们追求智慧以及其他美的东西（柏拉图）。""智慧的美"就是寓言真理的构成。可以说，不管他们说这些话的真实含义是什么，把带有理性色彩的智慧之类的事物也视为一种美，并承认这种理性色彩的美的存在是千真万确的。这一点非常重要，它实际上打开了评述寓言美感的大门，尽管后来几乎所有的评论家都对寓言的美保持沉默，但理性色彩的美对历史上人类认识寓言美感的意义是不可低估的。

18 世纪，德国著名的文艺理论家莱辛在寓言研究上一连写出了五篇文章，有《论寓言的本质》《论寓言的分类》《论寓言中采用动物》《论寓言的写作》和《论寓言在学校教育中的特殊功用》。这一组文章被赫尔德在《论绘画、诗歌和寓言》一文中称赞为"亚里士多德时代以来，人们对一种文艺形式所作的最简洁明晰，而且一定也是最富哲学意味的理论"。但这些研究都没有直接正面地揭示寓言的美的秘密，反倒在莱辛的寓言作品中有那么一瞬间让人们看到了寓言的美。可是最终他也没有抓住寓言的美，更没有用他的笔，把寓言的美展现出来，这是遗憾的。即便如此，遗憾中留下的东西，对寓言而言已经非常珍贵了。

到 19 世纪，黑格尔在《美学》一书中也对寓言作了专门的论述，他很轻视寓言，认为寓言、影射语及宣教故事等只是"一些处于附属地位的混种，简直看不出艺术必要的因素。它们在美学里所处的地位就像某些动物变种或其他自然界偶然现象在自然科学里一样……"他还认为"它们只是些还有缺陷的形式，刚离开发展的上一阶段而还不能达到下一阶段"；认为这些"混种体裁只能被看作正常且固定的种类在开始分化和过渡到新种的过程中所产生的变种"；认为它们的艺术创造过程"只是追求真正艺术的一种企图，尽管具有造成真正形象的因素，但是只就有限、分裂和单纯的联系方面去掌握这些形象，它们仍然处在附属的地位。所以，我们在谈寓言、影射语、宣教故事之类体裁时，并不是把它们看作真正属于既有别于造形艺术又有别于音乐艺术的诗这一门艺术，而是着眼到它们从某种观点看，毕竟和一般艺术形式有一种关系，也就是从这种关系才能说明这些附属种类的特性……"

黑格尔把美局限于"真正形象的因素"，故他也用这种带局限性的美的标准来要求寓言，并按照文学形式的要求就把寓言否定了。仅仅只存在着"一种企图"，而不是能实现企图的寓言自然也就没有什么美感可言了，当然更谈不上寓言的美的特性了。但黑格尔的上述观点，仅就寓言而论，是站不住脚的。如果寓言这一文学体裁真的"见不出艺术的必要的因素"，几千年前就形成了稳定的文学要素，那么一直延续至今的这一文学体裁的存在便是虚假的？如果寓言真是一种"变种"和"偶然现象"，那寓言独立的、数千年的发展史难道就是一场儿戏？在十九世纪的俄国，寓言诗会"获得过比其他一切诗歌体裁更为优先的发展"。这又是什么东西使它获得按照黑格尔老人的解释根本不可能得到的胜利呢？黑格尔所指的艺术的必要因素又是什么呢？如果没有什么特殊的含义，那他的寓言"见不出艺术的必要的因素"的说法就是错误的。众所周知，寓言从内容到形式早在古希腊伊索时代和中国先秦时代就形成了基本规范的格式，并不存在什么过渡变种的历史现象，几千年前的寓言和今天的寓言在本质上并没有什么大的差异，丝毫不存在种与种之间的变化和发展。寓言就是寓言，它从来就不存在什么过渡、分化，它作为一种独立的、特殊的文学体裁产生了，并延续至今。在世界文学史上，曾经衰亡过不知多少文学艺术体裁，但寓言却奇迹般地生存下来并发展着。如果仅凭错误的种类推断寓言为文学史的"偶然现象"，那是不符合事实的。

黑格尔拿"真正形象"的美来要求寓言的美是一种遗憾，在黑格尔一系列论述中，他实际上是看准了寓言的美的外在特征。他说寓言对于形象是"只就有限、分裂和单纯的联系方面去掌握这些形象"，这一点是非常确切的，寓言一直都是这样去掌握它的形象的。也就是说，寓言中的形象在寓言的美的要求中处于次要地位。差别就在于，说寓言中的形象处于次要地位，不等于说寓言失去了显现艺术美的可能性，而应当说寓言的美是有特殊性的美。黑格尔走的是前一条路，因此他丧失了认识寓言的美的机会。

以上是对寓言的美的一个历史追溯。

寓言的美一般目的不是形象,而是真理的优美。真理的优美,别林斯基也把它叫作"理性的诗歌"。诗歌在艺术哲学上几乎就是美的含义,在这个意义上,也可把寓言的美叫作"理性的美"或"理性的优美"。这种美是特殊的,但在审美意识、美感发生上与其他体裁的文学作品没有什么差别。我们在欣赏一首诗歌、一篇散文、一篇小说、一出戏、一部音乐作品或一幅画时,如果这些作品是美的,那由各种旋律、节奏、关系、意境、形象以及形式等综合而成的美的感受,就将深入、震撼我们的心灵,从而产生愉悦的快感。我们在欣赏一则寓言时也同样,但它不是节奏、意境、形象等属于和谐的美的发生。动植物、无生物或人登台表演了一个属于寓言的(这里的含义是寓言的情节也有与小说、戏剧情节不同的要求)小故事,它们的出现和表演如果属于真正的寓言,符合寓言的基本要求,那它们的行为过程将把某个真理的光芒焕发出来,利用真理与形象及事件相互关系的有机结合,产生一种奇特的美感,给人一种有别于其他文学作品,但又同样令人产生愉悦的快感。还应当记住,这种美感之所以特殊,是因为有认识真理等带有理性色彩的美感存在。

在寓言的美这一特殊的美中,真理自然是最重要的,因为"凭它的和婉去怡悦和感动人的理解力的那种美只是真理所焕发的光辉。这种光辉只要照亮了我们的心灵,凭它的和婉,就会逐出我们的无知,在我们心里引起一种美妙的快感,一种由衷的感激,形成这种光辉的因素是简洁、明晰、新颖、高贵、有用、壮丽、比例匀称、布局妥贴、近情近理以及其他可能跟着真理走的一些优美品质"。这是意大利的新古典主义美学家缪越陀里的一段话,他的见解,准确地把握了寓言的美的本质、美感发生及审美过程，同时，还规定了寓言在美学上的一系列的要求。这些要求对我们的寓言创作和欣赏都有很大的指导意义，引文中的"和婉"对寓言的美也是很重要的，真理是严肃的，但如何把它变成"怡悦和感动人的理解力的那种美"，便是所有寓言创作者面对的重要课题。

真理是寓言的美的第一要素，但寓言的美的因素还有很多，寓言创作多采用的是动植物形象，就给寓言总的美感带来了很大的好处，因为"动物的声音和动作使我们想起人类生活的声音和动作来：在某种程度上，植物的生长、树枝的摇荡、树叶的摆动，都使我们想起人类的生活，这些就是我们觉得动植物界美的另一个根源"。这方面给寓言带来的美是生机跃动的美，当然联想也同时起了部分作用，它们给寓言带来活泼和欢乐的气息，因为蓬勃的生命总是与欢乐联系在一起，作为寓言，应该好好地利用它们。当然我们也不否认以人物为主人公的寓言，更不希望奢侈地利用动植物带来的好处，去追求与寓言无关的、和谐的优美，干出"香料上涂香料"的蠢举。

寓言的美是寓言真理与寓言跟着真理走的优美品质的有机结合。也就是说，寓言真理的优美在与其他文学作品和谐的优美存在着根本差别的同时，内部还存在着二者相互关系的问题，真理在寓言中的地位无疑是重要的，但怎样理解那些跟着真理走的优美品质与它的相互关系呢？在这里，我想借用 18 世纪德国寓言作家马格努斯·弋特弗里德·利希特尔的一首诗来解释这个问题，诗的题目为《被劫掠的寓言》，诗中这样写道：

> 诗人的女神正漫游四方，
>
> 寓言，走向异国他乡。
>
> 那儿，歹徒成群结党，
>
> 她却孤身流落街头小巷。

她交出的钱袋，早已空空如洗，
她只好被剥去件件衣衫。
女神呵，
默默地忍受这一切。

简直是飞来横财，
一件衣衫套着另一件；
全是各种各样的兽皮，
尽是些奇珍异宝。
取之不尽的衣服，从天而降。
"上帝啊，谢谢您！"

强盗们嘶喊着，
"您将一个女人
送到我们的手中，
她穿着那么多衣服，
胜过一只满满的衣柜。"
他们继续抢夺着，
透露出珠光宝气的衣衫，
剥了一件又一件。

他们狂欢嘶喊着，
霎时间，
如同神话奇迹——
赤裸裸地站的，

竟是纯洁的真理！

……

这首诗恰当地表现了寓言中真理与优美的相互关系。真理是寓言的"核"，它决定着寓言的存在价值，也决定着寓言是否具有真理的优美的根本。如果一则寓言的这个"核"不存在，那么寓言就不存在，关于叙述寓言的美的一切努力都将付诸东流。待一则寓言有了"核"，是不是就能写好这则寓言了呢？也不是，这还要看这个"核"是否简洁、明晰、证据确凿、气派、新颖、有用等。如果寓言的"核"都具备以上这些特征，是不是可以万事大吉了呢？仍然不是，简洁、明晰、证据确凿在很大的程度上还得需要寓言的美的帮助，如果这一点能妥善解决，再加上寓言的体例匀称、布局妥贴、情节合理等，那这则寓言就能完善地表达寓言的美——真理的优美了。

在寓言的美的内在相互关系问题上还有一点值得注意，任何的譬喻都是蹩脚的，以上用来譬喻寓言真理与优美的相互关系的那首诗也同样。诗中寓言的衣服是可剥的，而真正的寓言真理的外衣是不可剥的，它的美的最高要求是装饰与本原的浑然一体。严格地讲，能剥走外衣的寓言不是好寓言，寓言的真理没有外衣也不是寓言，寓言的外衣对真理的装饰也不是简单、单向的装饰，寓言的外衣装饰着寓言的真理，寓言的真理的光辉辉映着外衣，二者合二为一，不可分割。

"诗人的愿望应该是给人益处和乐趣，他写的东西应该给人以快感，同时对生活有帮助。""对生活有帮助"在寓言写作中很早就被人们所注重，但"给人以快感"也就是给人以寓言的美，这一点却很少被人重视。在现在和将来，我们为什么不能用真理的优美的光照亮寓言本身呢？"寓教于乐，既劝谕读者，又使他喜爱，才能符合众望。"

是的，用寓言的真理的优美使他喜爱，才能符合众望。

（原稿发表于《东岳论丛》）1987 年第 5 期

论寓言的形式

形式是内容的外在或外观，一切事物自然形态的持续性和相对稳固性，便是形式的主要内涵。形式之于内容是一种较轻、较次要的东西，但同样也是探索事物本质的重要窗口，这在文学艺术研究领域中，则显得更有意义。

形式对于一切文学艺术作品来说都是十分重要的，寓言作为文学作品中的一种自然也不例外。而且在某种程度上，寓言的形式对寓言的影响还大于寓言对其他文学作品的影响。

寓言的发展历史是非常悠久的，无论在东方和西方都能追溯数千年，由此，寓言形式的渊源亦很深远。在被公认的世界寓言的三大发祥地中，古希腊寓言形式定型于公元前 6 至 7 世纪；中国寓言形式也定型于同一时期；古印度寓言从古至今，其形式的持续性和稳固性都不强，其雏形形成时间可能很早，但缺乏发展，也就是说，古印度寓言在形式上对世界寓言的影响是微弱的。在数千年的历史背景下，当今世界寓言的形式是丰富的，但产生世界性影响的只有中国的先秦式寓言和古希腊的伊索式寓言，它们构成了世界寓言的两种基本形式。

　　根据历史的既定因素和后来的变化发展，这两种寓言形式的基本内涵是：所谓先秦式寓言，即指那种故事结尾没有教训话语，只有主人公结局型或者解释结局型的寓言。如："兔不可复得，而身为宋国笑（主人公结局）。"又如："曰：'人畏焉。或令孺子怀钱挈壶而往酤，而狗迓而龁之，此酒所以酸而不售也（解释结局）。'"前者说这个人没有再得到兔子，反而遭到宋国人的耻笑，宋国人的"耻笑"，就是"守株待兔"这则先秦式寓言主人公的结局。后者先有酒酸而不售的结局，最后才是对为何酒酸不售的解释。这是先秦式寓言形式上最典型的两则寓言，但像这一类的例子，在现当代寓言作品中也有很多。

　　所谓伊索式寓言，即指那种故事结束后，接着就是一段教训话语点明题意的寓言。人们把这种寓言的结构分为两个部分：一是一则虚构性的故事——寓言的身体，二是一段教训话语——寓言的灵魂。这两个部分的排列在伊索式寓言及以后很长一个历史时期，都是"身体"在前，"灵魂"在后，无一例外。到了克雷洛夫创作寓言时，才出现了把"灵魂"放在前面，"身体"放在后面的翻新样式，但这种寓言和伊索寓言的基本性质是相同的。

　　"先秦式"这一名称来源于先秦寓言[①]。主人公结局型的寓言在世界寓言范围内，最先大量见于中国的先秦时代，其形式的各种要素在先秦寓言中表现得最为完备，最为典型，对后代的影响很大。可以这样说，先秦式寓言虽不是东方寓言形式上唯一的源头（像伊索式寓言之于西方寓言那样），但它大致概括了整个东方寓言的形式，更接近事实。

　　先秦寓言在形式上对寓言的贡献是巨大的。主人公结局型的寓言在

　　[①] 印度寓言的历史也许比先秦寓言的历史悠久，但由于它的许多的寓言与其他文学种类相混杂，基本无固定的寓言形式，许多寓言有先秦式的特点，但又有诗体化的教训话语，故寓言形式上的外在特征不明显，在形式上对后代的影响不大。

先秦寓言中数量最多，形式也最典型。解释结局型的寓言，多用于说理辩论之中，在数量上少于主人公结局型的寓言。除了主人公结局型和解释结局型这两种本质上相同的形式，历史上所出现过的寓言形式，在先秦寓言中均能找到例子。除此之外，像伊索式寓言这种形式也能找到。如《佝偻承蜩》的寓言故事讲完后就有"用志不分，乃凝于神"的"灵魂"部分。再如《月攘一鸡》的寓言故事后的"如知其非义，斯速已矣，何待来年"也是一段典型的教训话语。所谓的"翻新伊索式"，在先秦寓言中也不乏其例。如《弈秋论弈》的教训话语"今夫弈之为数，小数也，不专心致志，则不得也"，就是放在这则寓言故事的前面来说的。除以上几种寓言形式之外，先秦寓言中还有其他的形式存在。如《买椟还珠》在故事讲完后写道："此可谓善卖椟矣，未可谓善鬻珠也。"这不是寓言主人公的结局，也不是解释结局，更不是一段教训话语，而是一段评语，或称作议论。这样的寓言形式介于"先秦式"与"伊索式"之间，它既不直接得出一个教训，也不只是依靠寓言主人公的结局来使人有所联想和启示，而是稍稍评议一下，适当表达作者对此事件的看法。既让读者有自由联想、思考的余地，又具有一定的引导作用。这种具有中间性质的寓言形式，在先秦寓言中为数不少，对中国当代寓言的创作有深远的影响。

先秦寓言的形式是丰富的，它容纳了寓言多种多样的形式，但为什么不把先秦寓言中大量的所谓"伊索式"也叫作"先秦某式"呢？原因是这种寓言形式的影响主要来自伊索寓言，先秦寓言中的这种形式对后来寓言的创作影响也不大。

先秦寓言形式的概念也是复杂的，我们把"伊索式"归于古希腊的伊索，"先秦式"的概念归结起来，仍要包括以下三种寓言形式：一是主人公结局型，二是解释结局型，三是结局型和训话型之间的中间型。

这三种寓言的形式构成先秦式寓言的基本内涵，结局型又是基本内涵中的典型代表。为了方便，这三种寓言形式可分称为"先秦 A 式""先秦 B 式""先秦 C 式"。

"伊索式"这一名称自然是源于伊索寓言，它与先秦寓言一样，伊索时期的寓言，最完整地表现了伊索式寓言形式各方面的特征，故而以此来命名。伊索式寓言的形式十分单一，但根据伊索寓言成书的过程来看，这种单一的形式并不一定是古希腊寓言的唯一形式。按理来说，伊索时代的寓言形式也应该是丰富的，如果那时的寓言著作完整地保存下来，我们也许能看到如先秦寓言一样丰富的古希腊寓言形式。现在的伊索式寓言的形式，严格地来讲，应多半是有心人无意间的功劳。但就是这样的寓言形式，对世界寓言形式的发展产生了极其深远的影响。整个欧州几千年的寓言形式，基本上被伊索寓言一笔写定。法国著名的寓言大师拉·封丹在他的《磨坊主人、他的儿子和驴》的寓言中就写过这样的话："艺术的发明就像长子的特权一样，我们要把寓言的发展归功于古希腊，这块园地的收割进行得那样好，以至于后人就没有什么落穗可拾。"这句话针对的是整个寓言，而就伊索式寓言的形式而言，更为如此。

除以上两种寓言形式外，在世界寓言中还有其他的寓言形式，但它们都带有很大的局限性和形变特征。如"谢德林式"的寓言形式就是如此，它们影响不大，并且形式上生命力也很弱。

在我们给寓言的形式分类之余，有一点要注意：把世界寓言的形式分为先秦式和伊索式是一种概括，不是一种排挤，即先秦式也包括印度、波斯、阿拉伯、东南亚、日本等国家和地区的寓言中具备先秦式寓言形式特征的寓言。伊索式寓言亦然。我们在论述寓言形式的时候，无论是先秦式还是伊索式，都是具有世界意义的寓言形式，它们不是狭隘的，而是广义的、全面的。这一意义本身的根据是这两个时代的寓言在形式上对于世界寓言的贡献，它们在寓言形式上的杰出表现已经对世界寓言形式的发展产生了巨大的影响，因而把它们作为世界寓言形式的分类是有意义的。

在世界寓言史中，寓言形式的历史感和历史继承性都很强烈，先秦式和伊索式这两种寓言形式，实际上在数千年前就已经大致完成，并延续至今。在寓言形式的世界分布上，先秦式主要在以中国为主的东方，伊索式则主要在以欧洲为主的西方。这二者形式相互交错的地方在印巴次大陆和西亚、南亚诸国家。可以这样说：先秦式是东方特色、东方风格，伊索式是西方特色、西方风格，前者含蓄、凝重，后者奔放、活泼。二者的形式都各有千秋，都紧密地与其寓言内容有机地融合在一起，为不同国家、民族、地区的寓言创作有效地服务着。

在世界寓言史中，伊索式寓言的影响大于先秦式寓言，但二者都有各自的长处和短处。

先秦式寓言的道德教训不是靠教训话语来表露的，而是要求寓言的情节本身能明显地显现出这个寓言的道德教训，因此，它的道德教训更形象、更生动、更具体、更能让人接受。这样一来，先秦式寓言对情节的要求比伊索式寓言对情节的要求要高。因为有教训话语的伊索式寓言可以依靠教训话语来消除寓言所要表达的某些含混和模糊；而没有教训话语的先秦式寓言就只有靠寓言自身单一、明了、生动的情节来显现了。对这两种寓言形式进行情节方面的比较并没有扬此抑彼的意思，它们犹如两幅风格不同的绘画杰作，前者的精妙之处无须任何解释，而后者的精妙之处则是画面的显现与语言解释的有机结合。"无须任何解释的精妙"是困难的，"画面与语言的有机结合"也是困难的，但它们克服困难的途径不一样，这当中有不可比因素，但途径不一样带来的困难程度还是有差别的。我们说先秦式寓言的情节要求要比伊索式高，就是根据这个意义而言的。因此，我们认为在同等条件下，优秀的先秦式寓言比优秀的伊索式寓言更好一些，更难一些。

但是，先秦式寓言也有自身的缺点。由于没有教训话语，单靠读者直接从寓言中引出一个道德教训，这就可能造成理解上的偏差：一是每个人从中引出的道德教训不一样；二是从中引出了多个相互削弱的道德教训。第一种情况在先秦式寓言中比较常见，但这种情况下出现的理解不一定是错误的，它们得出的道德教训往往大同小异，只是有所侧重而已。可是，这种多个大同小异的道德教训同时出现在一则寓言里并不是一件好事，它往往会出现许多疑问，也就是说会造成寓言道德教训的模糊，影响人们对寓言真理的认识。第二种情况是在第一种情况偏差很大的时候出现的，理解的偏差大到一定的程度时，就造成了多个道德教训的出现，《朝三暮四》这则寓言就是最好的例子。此寓言本来的道德教训是"形式的改变决定不了内容的改变"，但它同时还有一个"朝三暮四，心无恒定"的道德教训的理解。这种情况对寓言显现自己真正的道德教训是不利的。你讲了一则寓言来表现一个经验教训、一个哲理，目的都在于要说明一个寓言式的真理，而真理的基本属性必须是明了、直接的，不能存在多种选择。在一则寓言里同时出现两个或者两个以上的道德教训，实际上就忽视了寓言真理单一、明了的特征。在这样的寓言里，通过多个道德教训理解这则寓言的真理会不知所措，不同的道德教训相互干扰、相互变换，导致对寓言真理的认识更加模糊，失去真理的自信和确切，而失去自信和确切的寓言真理是不能称为真理的。发生"模糊"和"相互干扰的多个教训"，在一般的情况下是先秦式寓言从形式上带来的不足，但有时则属于寓言本身的错误所致。那种在创作时不顾寓言的基本要求，把寓言的情节写成一个事件，把属于另一种类的寓言故事、寓言小说当成寓言来写的情况就是如此。当然，寓言故事、寓言小说自有其存在价值，说寓言本身的错误是指用故事、小说所属的完整的情节代替寓言情节，表现寓言目的的行为，并没有否认寓言故事、寓言小说的含义。

以上所述的由寓言形式的不足导致的两种情况，当然指的是一般的先秦式寓言，而真正优秀的先秦式寓言是没有，也不应该有这样的弊病的。比如我们对《掩耳盗钟》这样的寓言，除了"自欺"的理解外，还能有什么其他的理解呢？从这里我们还得到这样的启示：寓言的形式之于寓言有这样一个倾向，优秀的寓言吸取了寓言形式的长处，而一般的寓言则很容易受到寓言形式不足的影响。寓言的形式在表现其长处的同时，也出现形式上的不足，出现让你犯错误的机会，这就要看你如何发挥前者，如何尽力避免后者了。

伊索式寓言的道德教训是在寓言故事的基础上，依靠寓言的教训话语来表露的，因而它的道德教训显得特别直接、明了。优秀的伊索式寓言的故事和教训话语是浑然一体的，故事是为了教训话语服务，教训话语又是故事自然而然的结论。与此同时，教训话语还能从平凡的故事中迸发出金子一样的语言，产生出人意料的特殊效果，使寓言大增光彩。而先秦式寓言就没有这种积极主动地对待寓言创作的条件。

伊索式寓言多数的教训话语都是单一、精确、有分寸、明了的。它一般没有先秦式寓言模糊的道德教训及多个道德教训出现的不足之处，避免了先秦式的短处，带来了许多长处。

但伊索式寓言在形式上也有自身的缺点和局限。我们知道，伊索式寓言的主要特征就是寓言分为身体、灵魂两个部分，这样的形式带来了上述种种好处，但也带来了两个部分的配合问题，造成了种种失误的机会。身体与灵魂脱节，教训话语与故事互相矛盾，或者是教训话语的不适当、不精确等，是伊索式寓言最易出现的问题。在伊索式寓言中，教训话语与故事本应浑然一体，但许多时候却不是这样。在一个极好的故事前，它也许会吞吞吐吐地不知说什么好；同样，在一个普通的故事前，它却滔滔不绝地说一大通，更有甚者，会把风马牛不相及的故事和教训话语捏和在一起。这样一来，它们还能帮助寓言引出一个道德教训吗？不能，反而妨碍了正确有效地引出寓言道德教训。这种寓言形式还可能助长那些只追求教训话语，不注重故事情节的不良风气的发展。当然，以上这些由形式带来的局限也只是一种失误的可能，它们对于寓言如先秦式寓言一样，也有扬长避短的问题。

通过以上的论述，我们看到了先秦式和伊索式这两种世界寓言的基本形式的优点和不足之处。这些局限和长处不可能对寓言创作产生决定性的影响，但它们在寓言创作中的作用也决不可忽视。因为"形式是借助能表现艺术内容特点的那种特殊手段创造出来的"，所以它担负着这样的重任："只有当艺术不仅内容是美的，而且体现这种内容的形式也是美的，只有当这种形式完全符合它所体现的内容的时候，艺术才真正是美的。"寓言在文学上的美学要求虽与其他文学作品相比有自己的特殊性，但形式对作品的影响却是基本相类似的。

如何在寓言创作中运用好寓言的诸种形式，使其从形式角度对作品产生最良好的影响，是寓言创作的一个大课题，也是探讨和研究寓言形式的最终目的。可以肯定地说，由于寓言形式的稳定性，先秦式和伊索式是现在世界寓言的两种基本形式，也将是未来世界寓言的两种基本形式。因此，如何扬长避短、充分发挥这两种寓言形式的优点，如何充分地融和东西方寓言风格的精华，是寓言创作同仁的己任。如果能做好这些，必将给寓言创作带来新的生机，使寓言文学蓬勃向前发展。

（原稿发表于《贵州民族学院报》1986 年第 2 期）

论寓言的分类

　　世界寓言的构成使寓言的分类成为可能，而寓言的分类又使我们更清晰、更有条理地认识寓言，从而促进寓言的发展。

　　寓言的分类是消除寓言混乱的一个过程，准确地说，是消除人们对寓言类别概念混乱的一个过程，因为寓言在创作实践中产生的类别本身并不意味着混乱。寓言文学的历史是悠久的，几千年的发展历史给我们留下了丰富多彩的寓言，也给寓言研究提出了许多重要课题，寓言的分类就是其中最重要的课题之一。在古代，很早就有了关于寓言研究的文字，在这些文字中有很多就是关于寓言的分类，而且有些寓言研究者们的起点就是寓言的分类。在这些分类的研究中有三家最为系统：一是古希腊的修辞学家阿弗特纽斯，二是中国先秦时代的庄子，三是法国的莱辛。他们都在不同的时代里，为寓言的分类作出了卓越的贡献。虽然由于历史的局限性，他们的分类对于今天的寓言而言已经很不适用了，但作为历史上寓言的分类，仍是我们今天寓言的分类的起点。

　　古希腊的阿弗特纽斯将寓言分为以下三种：合理的寓言——以人类为角色者，道德的寓言——以不具备理性者为角色者（不具备理性者指动、植物），混合的寓言——综合前二者的寓言。

中国的庄子把寓言分为以下三种：卮言、寓言和重言。应该说中国庄子的分类是不自觉的，他在《庄子·天下》篇中有这样的话语："以天下为沉浊，不可舆庄语。以卮言为曼衍，以重言为真，以寓言为广。"并在《庄子·寓言》等篇中多次论及这"三言"。这三言在庄子的文章中并没有专门作为一种寓言的分类被介绍，但在行文中已经出现这样的内容，故现代的许多学者认为这是一种寓言的分类。这种分类的可靠性如何呢？下文将进一步论及。

德国的文艺理论家莱辛在《论寓言的分类》一文中将寓言分为以下数种：一是合理的寓言——个别的事件在无条件的情形下成为可能的寓言；二是道德的寓言——个别的事件在只有某种条件下成为可能的寓言，这种寓言莱辛又把它分为以下两类：道德式的神话寓言——出现神、虚构的人、精灵等的寓言，道德式的超自然寓言——出现理性行为的动物、超人之特性者（预言者）、巨人等的寓言；三是混合前两者的寓言，这种寓言又被莱辛分为：合理的神话寓言、合理的超自然寓言和超自然的神话寓言。

以上三种寓言的分类，我们简称为希腊分类、中国分类和德国分类。很明显，希腊分类是以寓言中的角色来区分的，合理的寓言就是今天的人物寓言，道德的寓言也就是今天的动植物寓言，混合的寓言就是今天的人物与动植物同台表演的寓言。当然，希腊分类的角度与今天按表演者分类角度是不一样的，今天的角色分类是直接的，而希腊分类是根据表演角色判断寓言的性质来区分的。希腊分类是简略的，但它却构成了寓言的分类，主要是欧洲寓言分类的基础，并第一次较系统地提出寓言的分类，成为寓言分类的鼻祖。虽然中国分类在年代上与其不相上下，但在明确性上则不如希腊分类。德国分类和希腊分类是一脉相承的（中

国分类后叙），它继承了希腊分类的方法和基本模式，只不过更为精细
罢了。希腊分类有三类寓言，德国分类也是同样的三类，二者分类的角
度也是相同的。但是，它在合理的寓言中仍基本保持人物寓言的前提下，
强调了寓言文学个别与一般的相互关系，在道德的寓言中，它仔细地区
分了相同道德的寓言的界线，把道德的寓言分为两小类，从而把神、虚
构的人、精灵、超人之特性者、巨人这些中间性角色，从原来的人物寓
言中区分出来。西方的神在某种意义上是神化了的人，虚构的人的实质
是概念的、抽象的人，精灵则是想象的人，超人之特性者是具有非凡能
力的人，巨人则是具有人形但失去人性的人。这些角色在莱辛创作寓言
以前是混杂在合理的寓言，即人物寓言中的，到莱辛创作寓言时，他把
它们区分开来，使寓言的分类在这里取得了进一步的发展。莱辛在道德
的寓言这一分类中是有很大贡献的，但不知为什么在道德式的超自然寓
言这一小类中他丢掉了植物这一角色，这不得不说是个缺憾。在希腊
分类中，道德的寓言的基本内涵是动植物角色的寓言，但到了德国分
类时莱辛为什么舍弃了它？说莱辛时代缺乏动植物角色寓言的创作实
践是说不过去的[①]，这根源恐怕在于莱辛时代对植物寓言的轻视。这方
面，人们只要在他的《论寓言中采用动物》一文中，看到莱辛对动物
角色是如此的推崇就明白了。德国分类的第三类模式与希腊完全相同，
但它又细分为三小类：合理的神话寓言、合理的超自然寓言和超自然
的神话寓言，从而在合理的神话寓言、合理的超自然寓言中提出了人
化的神和人化的动物的概念。因而，它们就在某种意义上区别于希腊
分类的混合寓言，进一步深化了寓言的分类。

　　如前所述，中国分类是一种不自觉的产物。在先秦及以后很长一个

---

　　① 在《伊索寓言》里就出现了少量的植物寓言。

历史时期里，人们并没有认识到这是一种寓言的分类。直到现代，许多学者在充分肯定庄子是一个先秦时代的寓言作家的同时，才肯定了庄子的作品中出现的卮言、寓言、重言就是一种寓言的分类。庄子没有明确地提出寓言的分类，但庄子的作品中出现的"三言"能不能作为一种寓言分类？有没有寓言分类的实质呢？这首先要解决的是卮言、重言的基本实质，看它们是不是一种形式的寓言。

庄子在《庄子·寓言》篇中说："寓言十九，重言十七，卮言日出、和以天倪。"寓言，这名称没有什么难点，文中的意思也就是说庄子自己的文章属寓言的十之有九。那么重言呢？这也很明朗，庄子集解有云："姚云庄生书，凡记为人言者，十有其九，就寓言中，其记为神农黄帝尧舜孔颜之类言，是为世重者，又十有其七。"它表明，重言指的就是寓言中假借尊老之言的那部分寓言，这自然是一种分类。最后是卮言，卮本身是一种古代的酒器，它的性质是满则倾，空则仰，不持常故，有日月常新的意思。但此为卮言，就有了多重意义，其他意义这里且不谈，以"卮言日出，和以天倪"来说，就有表达自然、人生真理的含义，加之庄文中的其他文字，这卮言在某种程度上有哲理寓言的意思。再以"以卮言为曼衍"而言，古人谓卮言为"支离无首尾言"或"无心之言，即卮言也"，"曼衍"则"因其事而推衍之"，在这里卮言则有了旁支寓言的含义。

卮言、寓言、重言属于一种寓言的分类是无疑的，但我不认为卮言、寓言、重言像有些学者认为的那样是一种平行关系的分类，我认为它们是一种包容式的分类。以第一个角度而言，即认为卮言是一种哲理寓言，那么寓言是其总称，而从中分出大部分的寓言是重言（它类似今天的历史题材寓言），再从中分出大部分寓言称之为卮言，以表明其寓言中大部分寓言是为了"和以天倪"的哲理寓言——更纯粹点是哲学寓言。这是一个本体不变的双角度的分类，前者是题材分类角度，后者是内容分类角度。我们再从第二个角度而言，即认为卮言是旁支寓言，这实际上是从寓言的结构上来分类，寓言是本体主干，重言是着重性质的寓言，而卮言是以求重寓言或借重寓言的旁支寓言。当然，以上对中国寓言分类的看法自是一家之言，无奈称全，但证明中国寓言分类是确切无疑存在的。进而，此分类的不明朗、含糊也是应该承认的。

以上是在世界上出现的较为系统的三种寓言的分类。希腊分类和中国分类较为简略，德国分类比希腊分类更精细，但局限性更大，其视野也不开阔，对寓言存在的包容性也不大，特别是对今天的寓言现状更显得乏力。现代寓言在几千年寓言历史的基础上，从题材、内容、表现形式、形象、角色等方面都有较大的发展，呈现出千姿百态的现状，如果再沿用旧有的分类，显然已经很不合适了。这样的现状自然谋求新的寓言分类，而新的分类又以什么样的姿态和方式来包容新的寓言现实呢，任何一个单一角度的寓言分类都很难较全面地反映寓言现实，这种封闭式的寓言分类只能囿于自己，而过去的寓言分类最大的缺陷莫过于此。因此，我认为新的分类的基本精神应是开放式的，即从多个角度审视寓言，对寓言进行分类，力求真实立体地反映寓言的客观存在。这些角度大致有：以角色分（这是过去分类的起点）；以内容分；以体裁形式分；以题材分；以读者对象分；以边缘性品种分；等等。当然，这些角度不是应有的角度的全部，我们不过选择了其中最重要的罢了。

以角色来分类，寓言有以下几种。

人物寓言，即以人物为寓言形象的寓言。这也就是希腊分类和德国分类中的合理的寓言以及中国分类中的重言。这重言是假借遵老之言，自然全部是人物寓言，而在先秦又为"重言十七"，人物寓言是中国古代传统寓言。而现今的人物寓言中，包括了虚拟人物寓言、历史人物寓言、傻瓜寓言、滑稽人物寓言、小概念人物寓言五类。虚拟人物寓言中的主人公形象是人，但不是很明确的个人，而是冠于"郑人""宋人"等虚称的人，这与德国分类的道德寓言中的"虚构的人"相似。历史人物寓言与中国分类中的重言相同，它利用历史人物作为寓言的主人公，以取得"为真"的效果。这种寓言在中国，特别是在中国先秦时代最为常见，而其他国家较少，是中国的"特产"。这种人物寓言与虚拟人物寓言相比，一个是"凭空"，一个是"据史"。傻瓜寓言是东方幽默的产物，人物形象与一般人物寓言差别不大，但人物行为却与一般人物寓言大不相同。傻瓜寓言中的主人公总是干一些傻事，并通过一系列违反常理的行为表现普遍的人生哲理，使寓言充满愚味，较之其他人物寓言别有一番情趣，这样的寓言在佛经里最多见，《百喻经》就是这种寓言的典型代表。滑稽人物寓言与傻瓜寓言有相似之处，但主人公并不傻，只是滑稽好笑而深有意味，中亚流传的以纳斯尔丁·阿凡提为主人公的寓言就是这样的寓言。小概念人物寓言是除去以上四种人物寓言之外的，一般的以常规人物为寓言主人公的寓言。

　　动物寓言，即以动物为主人公的寓言。这种寓言在德国的分类中属于道德的寓言，它是西方寓言的传统，是世界寓言的主要构成，数量最多。随着寓言的发展，它已经有了野生动物、家养动物、昆虫等寓言的区分，这些区分虽不能如人物寓言那样构成内部的小类，但它反映了寓言利用动物形象作为主人公的历史。因为从这些区分中我们看到：在古代寓言中，最多出现的是野生动物，而在现当代寓言中家养动物和昆虫则有较多的出现。并且，在古今这条发展线上，有最先出现较大型的动物，较后出现较小型的动物的现象。另外，还有一个明显的趋势，动物在寓言中充当的角色种类越来越多，越来越丰富。

　　植物寓言，即以植物为主人公的寓言，这种寓言是希腊分类中道德寓言的一个组成部分。植物寓言也有很悠久的历史,早在伊索寓言中就有它的身影,但一直不为大家重视,特别是不被欧洲寓言作家的重视,他们普遍认为植物寓言角色比动物寓言角色缺乏活性和稳定的性格概念。在现代,植物寓言有了一定的发展,古代的植物寓言一般局限于林木,而现代则发展到花草、稼禾等多种植物。

无生物寓言,即以无生物为主人公的寓言。这一类寓言产生较晚,是近代寓言创作突破寓言角色活性等级(即人、动物、植物、无生物)、打破性格概念框架的产物。这种寓言可区分为人为的无生物和自然的无生物,桌椅、扫帚、抹布、灯、烛等属前者,山、石、冰、水、江河、雪等属后者。另外,风、云、雷等自然现象在近代也被拟人化为寓言的角色,这一类寓言也归属于无生物寓言。这一类寓言有一个特点,即构思和寓意常常是建立在无生物的形态和性质上。

混合寓言,是指以上各种寓言角色相互混合后出现在同一作品中的寓言。大致分为以下几种:人物、动物混合寓言,这种寓言出现较早,是古代较常见的混合寓言,而其他混合寓言较少见,因为在古代人们认为和植物以下的东西对话是很难想象的。人物、植物混合寓言,这种混合寓言在历史上出现的时间不是很早,但也不是太晚。人物、无生物混合寓言,这种混合寓言就是在现当代也是少见的,动物、植物混合寓言是常见的,其数量略次于人物、动物混合寓言。动物、无生物混合寓言极为少见。植物、无生物混合寓言比动物、无生物寓言更为少见。在这些混合寓言中,有时一个寓言里会同时出现三种类别的角色,但这种情况的寓言极少。

以内容来分类,寓言有以下几种。

哲理寓言,即表达哲理内容的寓言。在寓言中,大多数寓言都有一定的哲理内涵,但寓言如果寻求的是纯理性的形象认识,那这些寓言就是哲理寓言，如中国先秦的许多寓言。在哲理寓言中，可分为一般的哲理寓言和哲学寓言两种。一般的哲理寓言随处可见，一旦把它上升成一种哲学思辩的工具时，就称为哲学寓言，如先秦诸子的许多寓言。哲学寓言一般都带有浓厚的哲学思辩色彩，是哲学著作的组成部分，其寓意较为深刻。哲学寓言是中国寓言史上的特殊产物，先秦诸子中以寓言来阐明自己整个哲学思想的现象，在世界上是非常罕见的。中国早有哲学寓言存在，只是这一名称在中国出现较晚，是在严北溟先生的《中国古代哲学寓言故事选》一书出版后才开始流行。一般的哲理寓言和哲学寓言相比，寓意稍浅，也明朗一些，它形象地阐述某种哲理，就事论事，系统性很弱。

经验教训寓言，即表现日常社会生活经验教训内容的寓言。这种寓言可分为两种，即经验寓言和教训寓言。经验寓言是总结日常社会生活中的经验，一般是成功的启示，使人从正面吸取寓言的教益。而教训寓言是总结日常社会生活中的教训，一般是失败后的省悟，使人从反面吸取寓言的教益，这类寓言很容易给人深刻的认识。虽然这两种寓言是可分的，但在同一则寓言中经验教训常常是同时出现，这类寓言世俗性很强，在民众中最喜闻乐见。一般来说相对于把概念形象化的哲理寓言，经验教训寓言哲理性并不强，但有时也能有深刻的哲理，并且它在世界寓言中占有很大的比重。

修养寓言，即相关于求知、修身、处世、德行、交友等内容的寓言。这种寓言的着眼点在于人们通过阅读寓言提高认识能力，同时得到为人处世、德行培养等方面的教益。这方面祝普文先生编著有《中国古代修养寓言选》。在这种寓言中，道德是最主要的内容，故有时候道德寓言这一称呼的意思与其差不多，可视为修养寓言的别称。

劝学寓言，即劝导人们（主要是儿童）勤奋学习，以及怎样学好的寓言。中国的劝学寓言渊源很深，以《铁杵磨成针》最为有名。这种寓言与修养寓言密切相关，劝学常常是修养寓言的一部分内容，这方面马达先生编著有《古代劝学寓言》一书。劝学寓言有一个别名，叫学习寓言。

训诲劝戒寓言，即关于训戒教诲内容的寓言。这种寓言现实性和针对性较强，可分为训诲寓言和劝戒寓言两种。前种寓言多出现在师长训诲晚辈的时候，一般是上对下、长对幼，口气较为严厉。后者寓言着重在劝戒，口气委婉，应用范围也广一些。

诙谐讽刺寓言，即具有诙谐讽刺内容的寓言。这种寓言实际上应分为诙谐寓言和讽刺寓言。诙谐寓言与笑话相关，常常包含一些诙谐幽默、冷嘲热讽的思想内容。这种寓言在明清寓言中较为多见，以致成为这个时代的寓言特色。讽刺寓言一般都有尖刻、辛辣的讽刺内容，现实性和针对性都很强，但这种寓言多流于一般的讽刺，不能表现出寓言的深刻内涵。

政治寓言，即表达政治见解内容的寓言。这种寓言政治色彩比较浓厚，叙述一般都比较庄重、严肃，故相比于经验教训寓言和诙谐寓言等较为轻松的寓言，可称为严肃寓言。这种寓言在中国较常见。

宗教寓言，即表达宗教教义和教理内容的寓言。这种寓言宗教色彩浓厚，想象丰富，典型代表是佛经寓言，圣经中的寓言也属此类。

以体裁形式来分类，寓言有以下几种。

散文寓言，即用散文形式写成的寓言。散文寓言与韵文寓言共同组成世界寓言。散文寓言是世界寓言的主要部分，是东方寓言的传统。散文寓言自由开阔，表现手法和表现形式较多，局限性小。

韵文寓言，即用韵文形式写成的寓言。它主要包括两个种类：诗体寓言（亦称寓言诗）和赋体寓言。诗体寓言是西方寓言的传统，而赋体寓言是中国独有的作品。韵文寓言与散文寓言没有本质上的区别，只是韵文寓言，特别是诗体寓言比散文寓言更具有韵味和节奏感，遣词造句更严格一些，并追求诗情力量与寓言理性的有机结合。

散韵混合体寓言，即散、韵结合而产生的寓言。这种寓言散韵结合，一般是故事部分由散文叙述，而教训话语部分由韵文，主要是诗句来承担，如印度、伊朗及中亚一些国家的寓言。

传记体寓言，即写成传记体裁的寓言。传记体寓言，产生于中国唐朝时期。这种寓言题目一般冠予"某某传"的字样，如柳宗元的寓言《蝜蝂传》《李亦传》等。这种寓言大多写一个人、一只动物从生到死的过程，并通过他们死去的经历得出寓言的道德教训，即讽刺某些人或某些社会现象，揭示人生哲理，劝戒人们吸取传中人物的教训。

袖珍寓言，这是一种随一分钟小说潮流出现的超小体裁的寓言。这种寓言十分简练，一般都只有几十字，往往是一两段简略的对话或隐藏的情节，既叙述了故事，又得出了寓言的道德教训，所以这种寓言又称为独白寓言、微型寓言或小寓言。

组列寓言，即由多个形象不相同、题意相同或不相同的寓言组合而成的寓言。它的另一个名称叫同心圆式寓言。这种寓言实际上是一个寓言群，它们在一定的要求和目的下组合了起来。这种寓言多见于印度及现当代的中国寓言中。

系列寓言，即用同一种寓言形象，如老虎、熊、猴子或人等，编写了不同题意的、多个相关的寓言故事。这是中国现当代出现的新品种，如《老哲人和黑孩子》等。它有点像中国的章回小说，每一个寓言独立存在，但每一个寓言都有一个承前启后的话语。

以题材来分类，寓言有以下几种。这里需要说明一点，实际上就是给采用较特殊题材的寓言进行分类。因为一般现实生活题材是寓言题材的基础，这是不可分的，也是分之毫无意义的。

历史题材寓言，即以历史史实和历史传说等为题材而创作的寓言。这种寓言类似前述中国分类中的重言，它假借历史（事件和人物）的可靠性，来使寓言的教训确凿，增加寓言的教训力量。这种寓言多出现在中国，与中国优秀的传统文化密切相关。

神话题材寓言，即借用神话中的故事和形象而创作的寓言。这种寓言虽然想象奇特，故事荒诞，但很有吸引力，如庄子的某些寓言和印度的某些民间寓言。

军事题材寓言，即以战争故事和军事器械、武器为题材创作的寓言。这种寓言有强烈的战争色彩，教训一般都鲜明紧迫。这种寓言多见于中国寓言，《矛和盾》《五十步笑百步》就是"战喻"的典范。

国际题材寓言，即以国际社会发生的某些事件为题材，揭露和批判国际社会中的一些丑恶行径的寓言。这些寓言为阶级斗争服务的产物，多出自 1973 年前后，郭沫若先生的《一个牧羊人》《大象与苍蝇》两则寓言就是这种题材的代表作。

以读者对象来分类，寓言有以下几种。

成人寓言，即适应于成人阅读的寓言。这种寓言的寓意较为深刻，哲理精微，只适合于有一定修养和水平的成人阅读，如哲学寓言等。

儿童寓言，即适合于儿童阅读的寓言。这种寓言一般寓意浅明显了，形象感强，语言通俗易懂，富有儿童情趣，有时还配上图画，帮助儿童容易理解。

幼儿寓言，即适合于幼儿阅读的寓言。这种寓言比儿童寓言更简单、浅显，往往是配合着文字训练而出现的。它的配图范围比儿童寓言要大得多。

以各文学种类相互影响产生的边缘性品种来分类，寓言有以下几种。

小说寓言，即以小说的表达方式和语言来创作的寓言。寓言与小说的根本区别在于小说注重的是形象，需要的是属于情节本身内在要求的情节，而寓言表达的是哲理教训等，只需要能够表达作家意图的片段情节便可。小说寓言则利用小说的形象、情节表达寓言的道德教训，附带实现小说的某些目的，如马中锡的《中山狼传》。这样的作品也可称为长寓言，有时亦称故事寓言。

童话寓言，即具有童话色彩的寓言。此类寓言多用童话的一些表达方式，比如用童话的语言、笔调来叙述寓言的故事和教训，从而更适合于儿童阅读。这种寓言随中国童话的兴起而出现，多数为一些童话作家努力的结果。

笑话寓言，即用笑话的表达方式和语言来创作的寓言。这种寓言表面上很像一种笑话，但它却表达了寓言的道德教训和哲理认识。这种寓言的一般感觉是轻松而富有趣味的，多见于中国明清时期。

科学寓言，这是科普文艺与寓言相结合的产物，是随着科普作品的兴起而产生的新品种，也是科普作品向寓言渗透的结果。这种寓言熔自然科学知识和寓言的道德教训为一炉，人们从寓言中获取教训的同时，也能获得一定的科学知识。这方面出版有《侦探与小偷》《乔装打扮的土狼》等科学寓言集。

知识寓言，基本情况与科学寓言类似，但它结合寓言介绍的知识包括了所有的知识。这方面出版有《知识寓言百篇》一书。

除以上诸种寓言的分类角度外，我们还可找出其他角度，如以创作形式分，有书面寓言和口头寓言，进而有民间寓言、作家寓言和文人寓言；以语言分，有古文寓言和白话文寓言；以存在形式分，有独立寓言、附属寓言和穿插性寓言；再以发展分，有传统寓言、古寓言、老寓言、旧寓言、新寓言等的区分，这些分类可以说是次要的，因为上文提及的分类已经鲜明地把整个寓言呈现出来了。

伊索式寓言与先秦式寓言比较研究

　　古希腊的伊索式寓言和中国的先秦式寓言被人们称为东西方辉映的双璧，这已是历史事实。但这种赞誉的内涵基本上是从其寓言深刻的思想和精湛的艺术表现，以及对后世的巨大影响而言的，人们很少注意到这两个不同国度产生的寓言形式，给后来的世界寓言发展带来了何等巨大的影响。它们延伸出两条世界寓言形式上的主线，给寓言创作带来了各种有利因素，呈现出寓言发展的不同背景，以及东西方寓言艺术上的不同特色。因此，研讨这两种寓言的形式是很有意义的。

　　伊索式寓言指的是那种寓言故事结束后，接着就是一段教训话语的寓言。先秦式寓言指的是那种寓言故事结尾没有教训话语，只有主人公结局或解释结局的寓言。这两个概念自然包括了至今为止和将来要出现的世界寓言中的属于这两种形式的所有寓言。

　　伊索式寓言源于古希腊的《伊索寓言》。在伊索式寓言中，基本上都是这种形式的寓言：

　　　　乌龟和兔子争论谁跑得快。他们约定了比赛的时间和地点，就出发了。兔子自恃天生跑得快，对比赛毫不在意，竟躺在路边睡觉去了。乌龟知道自己走得慢，一往直前，毫不停歇。这样，乌龟从睡着的兔子身边爬过去，夺得了胜利的奖品。

这故事是说，奋发图强往往胜过恃才自满。

它前面是一个故事，随即是"这故事是说"之后的一段教训话语。这种形式在伊索式寓言中并不少见，只不过教训话语前面的引语有时换成了"这故事适用于""这故事劝戒""同样"等字眼。伊索式寓言最典型地表现了这种形式，故历史把这一名称的殊荣给予了它。

先秦式寓言源于中国的先秦时代。在先秦式寓言中，最多见的是这种寓言：

宋人有耕田者，田中有株，兔走，触株折颈而死。因释其耒而守株，冀复得兔、兔不可复得，而身为宋国笑。（主人公结局型）

宋人有酤酒者，升概既平，遇客甚谨，为酒甚美，县帜甚高，著然不售，酒酸，怪其故，问其所知。问长者杨倩，倩曰："汝狗猛耶。"曰："狗猛则酒何故不售？"曰："人畏焉、或令孺子怀钱挈壶瓮而往酤，而狗迓而龁之，此酒所以酸而不售也。"（解释结局型）

这种寓言只有一个部分，即故事。寓言的道德教训是通过主人公的结局或解释结局来表现的。这种形式从表面上看好像是两种形式的结合，其实不然，这两者的基本精神是一致的，后者只不过是前者的变形而已，故总称为先秦式。

　　其实，先秦式在这里只是一个狭义的概念，因为先秦寓言中的形式是多种多样的，它的大概念实际上应该包括它所拥有的全部寓言形式。如《佝偻承蜩》这则寓言的故事讲完后就有"用志不分，乃凝于神"的教训话语，这实际上是典型的伊索式寓言。再如《弈秋论弈》这则寓言的教训话语"今夫弈之为数，小数也，不专心致志，则不得也"是放在寓言故事前面的。这是伊索式寓言的翻新式样，而这种式样在西方最早出现于克雷洛夫寓言当中。还有《买椟还珠》这则寓言故事结束后的话是："此可谓善卖椟矣，未可谓善鬻珠也"。这不是寓言的主人公结局，也不是解释结局，更不是一段教训话语，而是一段评语，或称作议论。这样的寓言形式介于先秦式与伊索式之间，它既不直接得出一个教训，也不只是依靠寓言的主人公结局来使人有所联想和启示，达到寓言的目的。而是稍稍评议一下，适当表达作者对此事件的看法，既让读者有自由联想的余地，又有一定的引导作用。这种寓言在先秦式寓言中数量不是很少，对后世的影响也较大。这些说明一个什么问题呢？说明了伊索式寓言在形式发展上的单一性，对比起来，先秦式寓言在形式发展上则是多样化的、丰富的。根据《伊索寓言》的成书过程，推断伊索时代的寓言形式不会是如此单一的。严格地讲，现在的伊索寓言的形式多半是有心的作者无意为之，导致了伊索寓言形式上的单一性，并产生了如此强大的生命力。我们对先秦式寓言形式上的丰富性已有所认识，但对伊索式寓言形式上的单一性的认识程度却是不够的。我不想举例来浪费读者的精力，只叙述这样一个事实就够了，伊索式寓言的形式形成之后，几乎一笔写定了欧洲几千年寓言形式的发展历史。来自罗马的菲德拉斯、法国的拉·封丹、德国的莱辛、俄国的克雷洛夫，以及欧洲历史上众多的寓言作家（当然还有亚洲、美洲的许多寓言作家）无不遵循伊索式寓言的基本原则（意大利的艺术大师达·芬奇的寓言是一个例外，他的寓言基本上是东方风格和先秦式的）。这种形式除了在克雷洛夫的寓言里有把教训话语放在故事前面的翻新式样外，基本上是几千年一直不变，其单一性之纯粹，实在是一个奇迹。以至拉·封丹在他的《磨坊主人、他的儿子和驴子》这则寓言有这样的话："艺术的发明就象长子的特权一样，我们要把寓言的发展归功于古希腊。这块园地的收割进行得那样好，以至于后人就没有什么落穗可拾。"这段话针对的是整个寓言，而就伊索式寓言的形式来说更是如此。

　　话又说回来，先秦寓言的形式是多种多样的，那为什么又只把其中的一种称为先秦式，并与伊索式相对比呢？这理由是显然的，即主人公结局型和解释结局型是先秦寓言中的主要形式，先秦寓言最典型地表现了这种形式，并构成了整个东方寓言形式上的基本面貌。

　　伊索式寓言与先秦式寓言在形式上的单一性和丰富性的差异是显而易见的，但形成这种状况的原因是什么呢？我想无非有二：一是我们取伊索式为典型形式的代表是源于一位寓言作家——伊索的寓言创作，而取先秦式为典型形式的代表则源于一个时代——先秦时代的寓言创作。我们知道，虽然一个作家可以在创作上应用多种形式，但无论如何也不会比一个时代在创作上包含的形式更丰富，更何况一个作家的创作在表现形式上的趋向注定是单一的，而一个时代，也就是众多作家的创作在表现形式上的趋向注定是多样的、丰富的。这是伊索式寓言形式上的单一性和先秦式寓言形式上多样性的根本原因。第二个原因是伊索寓言在某种意义上是古希腊寓言的总汇，而在这一总汇的过程中，就自然出现了整齐划一的形式；而先秦式寓言就没有这样的情况，它在先秦时代还没有形成一种纯独立的文学样式，虽然形式上是完整的①，但却百分之

---

　　① 从这一点我们可以推断那个时代很可能有类似《伊索寓言》这样的寓言集，但没有流传下来，否则，先秦式寓言形式的完整性难以理解。

百地依存于先秦诸子的散文中，这自然也就不存在整齐划一的过程。

伊索式寓言与先秦式寓言在结构上的异同是其又一个重要方面。伊索式寓言一般分为两个部分：一则虚构性的故事——人们称其为身体部分，或称为寓言思想内容的载体，以及寄寓于言的寄寓者等；一段教训话语——人们称其为寓言的灵魂部分，又称为点题话、寄寓于言的言者或教训总结等。在这两者的称呼中，以身体、灵魂最为通俗和形象，为人们普遍接受。这一称呼始于拉·封丹。一般说来，身体部分与灵魂部分搭配都是身体在先，灵魂在后，几千年没有什么变化①。在先秦式寓言中，就没有这样的区分，它只有一个浑然一体的部分，即一则虚构性的故事就把伊索式寓言的两个部分全部包括了。形象点讲，伊索式寓言的结构如两个相套的链环，而先秦式寓言则像一个单一的球状体。二者都有一则虚构性的故事，这一点是相同的，但伊索式寓言分为两个部分，先秦式寓言只有一个部分，这一点又不相同。这是不是说明只有一个部分的先秦式寓言没有灵魂，没有道德教训，没有寄寓于言的言者了呢？不是的，它的道德教训是通过寓言故事主人公的结局或解释结局的方式来体现的，如前所举例的寓言《守株待兔》。这则寓言故事叙述完毕后不是教训话语，而是"兔不可复得，而身为宋国笑"的主人公结局。而为什么守株人会被耻笑呢？人们只要稍一联想，就能顿悟要旨，理解这则寓言。在这样的寓言中，主人公结局只会是寓言故事自然而然的结尾，一则寓言故事叙述完毕，一般都有"猫死了""鸟飞了""聪明的兔子胜利了""骄傲的公鸡羞红了脸"等字眼出现，它们自然不会像伊索式寓言那样，存在寓言结构的另一个部分。但同时，寓言的道德教训会通

①《在克雷洛夫寓言》中，才有了灵魂先出，身体随后的翻新结构，这种结构基本精神未变，但它先出灵魂，而后的身体就有了印证的意味，并且在这一形式的寓言上增加了悬念的因素。

过寓言故事主人公的结局自然而然地得出。解释结局的寓言与主人公结局型的寓言亦是同理。

这种结构上的差异带来了二者各自的长处和短处，在很大程度上影响着寓言作家的创作。

我们知道，先秦式寓言的道德教训不是依靠教训话语来表露的，而是要求寓言的情节本身能明显地显现出这个寓言的道德教训，因为寓言的主人公结局不过是情节的果实而已。这样一来，由于情节的直接显出，先秦式寓言的道德教训就更形象、更生动、更具体、更能让人接受。故而先秦式寓言对寓言情节的要求相对比伊索式寓言的情节要高，因为有教训话语的寓言可以依靠教训话语来消除寓言表达出的某些含混和模糊，而没有教训话语帮助的寓言就只能靠寓言情节自身显现了。这正如一幅绘画杰作的精妙之处是无需任何解释，而另一幅绘画杰作的精妙之处则是画面的显现与语言解释的有机结合，当然，"无需任何解释的精妙"要更困难，正因为这个相比较而言的困难，使我才敢说先秦式寓言在情节上比伊索式寓言有更高的要求。因而，先秦式的好寓言在某种意义上来说就比伊索式的好寓言更优秀。

但是，先秦式寓言在带来好处的同时，也带来了自身的缺陷。由于没有教训话语，单靠读者直接从寓言的主人公结局中引出一个道德教训，这就可能造成理解上的偏差：一是，每个人从中引出的道德教训不一样；二是从中引出多个相互削弱的道德教训。第一种情况在先秦式寓言中比较常见，但这种情况下出现的理解不一定是错误的。它们得出的道德教训往往大同小异，有所侧重而已，也就是说，它表现了一定程度上的模糊。这对于单一、明了地显现寓言的道德教训是很不利的。第二种情况是在第一种情况偏差很大的时候出现的，理解的偏差大到一定的程度时，就造成了多个理解上的道德教训的出现。比如《朝三暮四》这则寓言就是最好的例子。此寓言本来的道德教训是"形式的改变决定不了内容的改变",但它同时还有一个"朝三暮四,心无恒定"的道德教训的理解。这种情况的出现,对寓言明显地显现自己的道德教训是不利的。你叙述了一则寓言来表现一个经验教训、一个哲理、一个真理,但在寓言中却出现了两个道德教训,这两个道德教训互相干扰,使人要很费劲地才能弄清楚,并选择出最符合表达那个哲理、真理的道德教训。在这种情况下,寓言很难直接、明了、有效地表现寓言的哲理、真理。多个道德教训的寓言,还有一种是属于寓言本身的错误所致,即把寓言的情节写成一个事变的寓言①,与真正的寓言相混时,也能造成多个道德教训的模糊。

以上所述的两种情况,当然指的是一般的先秦式寓言,而真正优秀的先秦式寓言是没有这样的弊病的。比如我们对《掩耳盗钟》这样的寓言,除了"自欺欺人"的理解外,还能有什么其他的理解呢?从这里,我们得到这样的启示:寓言的形式有这样一个倾向,优秀的寓言摄取形式上的长处,而一般的寓言则很容易受到形式不足的影响。

伊索式寓言的道德教训是在寓言故事的基础上,依靠寓言的教训话语来帮助表露的,因而它的道德教训显得特别直接、明了。优秀的伊索式寓言的故事和教训话语是紧密相联的,故事是为了教训话语服务的,教训话语又是故事自然而然的结论。与此同时,教训话语还能从平常的故事中迸发出金子一样的语言,使寓言大增光彩。而先秦式寓言就没有这种积极主动地对待寓言创作的条件。

伊索式寓言多数的教训话语都是适当、单一、精确、有分寸、明了的,

---

① 指那种不是寓言的"寓言故事""寓言小说",自然它们有其自身的意义和价值,在这里只是相对而言的。

它避免了先秦式寓言由于形式带来的不足。但在这些长处后面，伊索式寓言也有其自身的缺点和局限。由于它在形式上分为两个部分，这就带来了两个部分的配合问题，造成了种种失误的机会。比如身体与灵魂关系的脱节，教训话语与故事之间相互矛盾，或者是教训话语的不恰当、不精确等。这些不但起不了帮助寓言引出一个道德教训的作用，反而妨碍了寓言正确引出道德教训。另外，这种寓言形式还可能助长那些只求教训话语，而不注重虚构故事在创作上的基本要求的不良风气的发展。

从上面我们可以清楚地看到，尽管这两种各有千秋的寓言形式所选择的表达方式是不同的，但它们达到寓言的最终目的是统一的。可为什么古希腊却产生了伊索式寓言，而中国却产生了先秦式寓言呢？原因可能是多方面的，但我想它的首要原因应该是政治上的。我们知道，古希腊城邦国家的民主制度是全世界知名的，在这样的国家里，民主风气十分浓厚。撇开别的不谈，就人们的言论来说是自由的，人们要表达什么意愿和思想就表达了，顾虑和约束是比较少的。正好寓言又是表达自己的思想，对真理、对人生及社会的种种见解最方便的一种文学形式，于是人们叙述了一个故事，接着就故事得出道德教训，在道德教训中直接表明自己的看法和意见，不用很隐蔽、曲折地把寓意隐藏起来。这也许就是形成伊索式这种比较开放的寓言形式的重要原因之一。可是在我们中国的先秦时代，情况就不一样了。那时的政体一般都是专制的，人们的言论是不能冒犯君王的，可我们从先秦诸子散文中见到的寓言，又大多数是为了"经国之大业"而服务的，如何既不冒犯君王，又让君主接受刺耳的意见，先秦的寓言作家们为此绞尽了脑汁，如《一鸣惊人》《五十步笑百步》《海大鱼》等，也许他们在这方面表现的聪明才智是世界上绝大多数寓言作家闻所未闻的。在这样的情况下，多数时候只容许他们讲了寓言故事就停止；尊贵的君王是不容许再搞什么伊索式的教训话语来教训他们的。寓言是充满智慧的，如果不让君王领悟其中智慧来证明他并不愚蠢，他是不会高兴的。这种状况和环境带来的其他的结果且不论，而在形式上造成先秦式却是注定的。况且久而久之，先秦的寓言作家还以此为一种值得欣赏的技巧呢！

造成这两种不同形式的第二个原因应该是人们不同的心智。希腊人是西方人，一般西方人在表达的时候喜欢直截了当。他们在创作寓言的时候，从性格上就不喜欢拐弯抹角的表述和深刻的寓意。他们创作了一则寓言，没有写它的教训话语（即通过它说什么），就认为好像什么也没说似的。从这一点，我们更能理解为什么西方寓言在形式上有如此纯粹的一贯性，它们少不了教训话语。而在我们中国，乃至东方，人们的性格就不喜欢直来直去，习惯把含蓄作为一种美来看待和追求，文学艺术上的含蓄更为如此。因此，不管是先秦时代的中国人，还是现代的中国人，乃至整个东方人，他们从内心就认为一则寓言的情节本身可以鲜明地显现寓言的道德教训就够了，而教训话语多数时候是画蛇添足的。

另外，两种寓言应用上的侧重不同，也是产生其不同形式的原因之一。伊索式寓言的多数内容是日常社会生活的经验教训的总结，把寓言主要应用到这方面内容的表达上，自然要求寓言就事论事，不可鱼和熊掌兼得。要达到这样的目的，最方便的办法是用"这故事适用于""这故事劝戒那些"等字眼为引语的教训话语。而先秦式寓言的多数内容是哲理性很强的，把寓言主要应用于这方面内容的表达时，自然不能用几句教训话语把寓言简单化，况且某些作为哲学原理载体的寓言，也是几句教训话语概括不了的。中国人强调天人合一、浑然一体，自然不希望把自己的寓言作品弄得没有内涵和层次感，况且，中国先秦式寓言与中国古代哲学联系十分紧密，可以说，不理解先秦式寓言，就不能理解中国古代的哲学思想。从这里，我们能看出伊索式寓言和先秦式寓言的一个显著区别，即由于伊索式寓言有教训话语这个部分，使寓言作家有可能在其中表达自己的主观意愿和见解，因而伊索式寓言的主观色彩一般来说都是较强的。先秦式寓言只有一个部分，寓言作家在寓言中表达自己主观意愿的机会很少，因而先秦式寓言的主观色彩是比较弱的。

以上是伊索式寓言与先秦式寓言相互区别的主要原因，实际上也决定了东西方寓言不同的发展。伊索式寓言影响了整个西方寓言的形式发展，是西方寓言的主要形式，而先秦式寓言则是东方寓言形式的典型代表，也是东方寓言的主要形式。二者相比较而言，伊索式的影响比先秦式要大。伊索式早已突破欧洲，包括中国在内的许多国家都有影响，而先秦式的影响主要在亚洲。

形式对于一切文学艺术作品来说都是十分重要的，寓言作为文学作品中的一种，自然也不例外，而且在某种程度上说，其重要性还大于其他文学作品。形式在寓言中的影响也是不可忽视的，正如"因为形式是借助于正是能表现艺术内容特点的那种特殊手段创造出来的"所言。它担负着这样的任务："只有当艺术不仅内容是美的，而且体现这种内容的形式也是美的，只有当这种形式完全符合它所体现的内容的时候，艺术才真正是美的。"寓言的美学要求虽然与其他文学作品相比有自己的特殊性，但形式对作品的影响却是基本相同的。

伊索式寓言和先秦式寓言是寓言最宝贵的财富，如何在寓言创作中运用好这两种主要形式，使其从形式的角度对作品发生最好的影响，是寓言创作的一个大课题。如果能扬长避短，充分发挥这两种形式的优点，必将给寓言创作带来生机。

（原稿以"希腊的伊索式寓言与中国的先秦式寓言"为名发表于《湖南教育学院学报》1989 年第 1 期。这是在前述《论寓言形式》基础上的发展对比研究，有部分基础内容与《论寓言的形式》相同，但不影响这样对比研究的独立意义，故修订为现在的《伊索式寓言与先秦式寓言比较研究》。）

第三部分 寓言文学与文化

寓言文学不但是世界文学的一个重要组成部分，还对其他文学样式产生着或深或浅的影响，并且在一定程度上与文化产生交集。

古代文明进程中的一个重要的文学标志

——从世界各民族寓言文学的产生看古代人类文化意识的觉醒

　　文学是人类文明或文化发展到较为高级阶段的产物，它源于人类文化积淀深处的联系，这使它成为反观人类文化思想意识的一个窗口。从文学品种、文学运动、文学现象等看一个国家、一个民族、一个地区的文化思想意识是重要的，特别是从古代文学中反观古代的文化意识就更为重要，但这种形式却被人们忽视了。人们很早就习惯从文明的进程，文化、文学的基本顺序来观照文学，从人类其他的文明果实，如社会组织、风俗习惯、历史记载等方面来证明文学的真实性和它的精神内涵，而很少从文学中来反观或揭示人类文明进程中的某些重大的、被惯性思维顺序所忽略的文化现象。不言而喻，我们通过古代各民族寓言作品的产生来揭示人类文化进程中思想意识的觉醒，就是希望在这方面有所作为。

　　我们应该承认，不是所有的文学种类都能真实地反映来自文化深层的信息，而以总结人类自然和社会的经验教训、归纳人类智慧结晶等为主要内容的寓言作品，所承载的文化信息却比其他任何一种文学作品都要多。特别是世界各民族寓言作品的产生时间、产生背景、产生方式等，都具有极明显的世界性，包含了一个不亚于欧洲文艺复兴运动对于后来世界影响的文化含义。这个含义也就是，我们古代人类以神文化意识为主流的文化，是怎样走向以人文化意识为主流的文化的。

一、世界寓言的产生概况

作为文化范畴内的文学作品，其发生自然有一定的文化背景，并注定要与文化的发展产生密切的联系。寓言这一文学作品由于自身的非情感化，与文化的联系就更加密切，特别是它的产生尤为如此。

通过世界寓言来窥视整个人类文化思想意识的变化和发展，首先面对的必然是整个世界寓言的产生。

一般认为古希腊寓言是世界上产生最早的寓言，称其为世界寓言的"鼻祖"。随着时间的推移，这种说法受到了质疑。因为根据人类对两河流域、古埃及的考古研究，发现在公元前 3500 年前的苏美尔人的文明中就有寓言出现了；还有一些见于"纸草书"上的古代埃及的散文作品也是寓言作品；另外，见于《旧约全书》中的古希伯来人寓言的产生也比古希腊寓言要早。

这几种早于古希腊寓言的产生是肯定存在的，这些寓言零星而且不完整，再加上我们对以上几种文明的了解并不多，故而它的许多信息均处于推测状况，无法构成世界各民族寓言的产生内涵。这样一来，比较系统的、对后代寓言有广泛影响的、与文化思想意识密切相关的寓言就有以下三种：一是古希腊寓言，二是古印度寓言，三是中国古代寓言。

古希腊寓言发展到全盛阶段是有一个过程的，最早的寓言起始于什么时候很难确定，因为没有什么确切的例证。相传古希腊寓言最早的例证见于公元前 8 世纪古希腊诗人赫希俄德创作的《工作与时日》，在这部著作中，诗人讲述了"鹞子和夜莺"这则寓言故事。故事说的是鹞子抓住了一只夜莺，直飞云端，夜莺在鹞子的爪子中间哀鸣，鹞子劝诫夜莺放弃挣扎。这则寓言告诉人们妄想和强者争斗，只会加倍痛苦。

这之后，古希腊寓言开始兴盛起来，到伊索时代达到了全盛，形成了几乎能替代古希腊寓言这一名称的伊索寓言。现如今的伊索寓言有数百则，当然它不可能全是那个时代的产物，只能说大多数的寓言是来自于那个时代。

古印度寓言的群体很庞大，这当中自然有历代作品的包容，但就《五卷书》《佛本生故事》及其他佛经上的寓言而论，它是很古老的。它产生的年代其实很难确定，因为含有大量寓言的印度古籍《佛本生故事》约产生于公元前 4 世纪，全世界有名的《五卷书》大致产生于公元前 1 世纪前后。后来根据一些学者的研究，古印度寓言的产生大致在吠陀后期，即公元前 900 年至公元前 600 年这一时期。

相比前两种寓言，中国古代寓言的发生历史是最清晰的。有人认为创作于公元前 11 世纪的《周易》中就有寓言，如《大壮》中提到的"羝羊触藩，不能退，不能遂"等。也有说《左传》宣公十一年（公元前 598 年）记载的"牵牛以蹊人之田，而夺之牛。牵牛以蹊者信有罪矣；而夺之牛，罚已重矣"是中国最早的寓言。到了公元前 6 世纪，中国寓言就发展了起来，战国时期进入了黄金时代。

二、几个深刻的相似

以上是世界寓言中产生时间较早、比较确切和明朗的三种寓言概况，如果我们不一起讨论三种寓言的相似之处，那就不能体味和揭示它们所蕴含的深刻的文化意义。

三种寓言都大致出现在公元前 8 世纪至前 6 世纪。

我们可以认定古希腊寓言产生时间是在公元前 8 世纪。这一时期被史学家们称之为"古风时期"，基本的特征是古希腊各奴隶制城邦已形成。

在史籍中的描述是这样的："公元前 8 至前 6 世纪期间，希腊人不仅在其本土和小亚西海岸先后建立起许多奴隶制城邦……这一时期希腊的经济有了新的发展。希腊本土开始采铁矿、铜矿。农业上有了铁制的犁铧、锹等，手工业上有了斧、锤、刀、锯等。农业和手工业都有了迅速的发展……农业、手工业和航海技术的发展促成商业的发展。金属铸币在各地纷纷出现，并且广泛流行。专门作为生产者中介的商人也出现了。"①

古印度寓言的发生时间是公元前 900 至前 600 年的呔陀后期时代。这一时期，雅利安人的奴隶制城邦产生，经济有了发展，"这时期，农业、手工业和商业也都有发展。农业在经济中已居主导地位。耕地使用重犁，往往用许多头牛牵引。农田作有畦沟，并已利用粪肥。农作物主要有小麦、大麦、燕麦、水稻、谷类、芝麻等。手工业方面出现了许多专门的工匠，如铁工、木工、织工、陶工、金工、珠宝匠等。商业也发展起来，出现了商人和放债牟利的人。"②

中国古代寓言的产生时间在公元前 6 世纪以前，属于中国的春秋时期。关于春秋时期，公元前 770 至前 476 年的社会状况，人们是这样描述的，说它是奴隶制社会向封建社会转变的时代，也是社会经济和文化走向大发展的时代。其显著的进步是铁器的使用和牛耕等农业技术的推广，手工业和商业发生了剧烈地变化，出现了私营手工业主，私营商业开始兴盛起来。

我们知道，不管这些国家和地区的历史如何，这一时期三种寓言的创作者之间均处于互无联系的封闭状态，谈不上什么相互影响和同一性的问题。可就是在这样互不相干的历史中，这三种寓言有着许多惊人的

---

① 刘家和主编《世界上古史》，吉林人民出版社，1984，第 224 页。
② 刘家和主编《世界上古史》，吉林人民出版社，1984，第 178 页。

相似之处。

首先是时间的相似，这三种世界上著名的风格各异的寓言，都在公元前 8 世纪至公元前 6 世纪，以自己不同的方式走向了世界。为什么在不同的文化历史中几乎同时发生了同一个文学事件？诱发这一事件的最根本的原因是什么呢？我想是铁的应用。青铜的应用引出了一个称为青铜时代的文明，铁的应用也带动了一系列人类文化的运动和变革。

其次是社会结构的相似，即奴隶制城邦的普遍建立。在古希腊，公元前 8 世纪到公元前 6 世纪期间，奴隶制城邦建立；几乎在同时，公元前 7 世纪，古代印度的一系列的国家形成，如印度河、恒河上游的犍陀罗、克迦耶、马德拉等。这种国家不一定与古希腊奴隶制城邦国家的内涵完全一致，但在以城市的手工业、工商业为凝聚力的相对独立的政治社会组织这一点上是相同的，这在中国也是如此。在中国，公元前 8 世纪至公元前 6 世纪，别的情况不说，仅春秋初期记载的诸候国大约就有 170 多个。在这种相似的社会结构中，旧时代流传下来的文学，如神话、传说等已不能完全表达新时代人们的思想观念。这个时候，新的文学——寓言就产生了。

最后是经济发展阶段的相似，在三个不同的历史描述中都有"经济有了很大的发展"的字样。而且经济发展的四个主要表现几乎是完全一致的。一是铁的广泛使用；二是农耕技术、农业经济的进步和发展，普遍用牛耕地、铁制的犁铧等；三是手工业的兴起，各种工匠的出现；四是商业的兴起和繁荣。经济发展阶段的相似亦然，这些来自于下层人民的经济成分推动了社会经济的发展，而这些新的经济成分，必然带来新的思想文化意识，这些东西也必然反映到寓言文学中来。

寓言就产生于不同的历史、相同的背景中，这就证明，寓言文学是城市、手工业、工商业为象征物的历史阶段的必然产物。我们今天的目标不是为了研究寓言产生本身,而是通过寓言的产生,去窥视寓言文学产生背后的文化含义,而这三种著名寓言的发生背景如此相似,也就说明了古代寓言文学产生时文化含义的广泛性和深刻性,也可以说这种相似是深刻的。

除了以上三种相似外,三种寓言的产生还有一个比较明显的相似,这就是寓言文学发展阶段上的相似。人类公认的最早的文学作品是神话和歌谣,后来是半人半神的传说及诗歌。而在传说的后期,寓言在古代神话传说和古代民间动物故事的基础上出现了,并很快成为一种新的、但对现代仍属比较古老的文学种类,因为它比后来的一系列的文学品种的产生时间都要早。

当然,它们在相似的同时也有一些差异,如由于文化传统的不同而带来的方式、方法上的不同等,但这不是我们今天要探讨的话题。

三、从神的游戏到人的游戏

以上几个方面的相似,证实了公元前 8 世纪到公元前 6 世纪,在全球性经济、社会政治发生激烈变化的时候,寓言文学成为当时人类文化思想意识变化的一种标志、一个象征,因此处于新时期变化中产生的寓言,自然包含了大量新的文化意识。

纵观人类的史前史或上古史,人类的发展历史并不是一个严肃的、有理智的历史,它更像一场游戏,尤其是人类文化思想意识更是如此。

寓言发生之前,或者说是以神话为主体的文学群体,即神话及稍晚一些的传说主宰了整个人类的上古文学。神话的定义简略地说是:一种流行于上古民间的故事,所叙述者,是超乎人的能力以上的神们的事,虽然荒唐无稽,但是古代人民互相传达,却信以为真。①

---

① 茅盾:《神话研究》,百花文艺出版社,1981,第 3 页。

一般认为，古代神话主要产生于新石器时代，但它的发展演变却横亘整个文字之前的历史时期。新石器时代的人类，正处于一个前所未有的语言发展的高潮中，由于自身的发展需要，人们对自然世界产生了浓厚的兴趣，开始讲述故事，并用这些故事，表现他们的希望和恐惧。就这样寓言成为维系民族、增强部落意识、沟通人与人之间的思想感情的语言手段。①

就在这样一个漫长的历史时期里，远古时代的人们创造了种种神话。有人对中国上古神话进行了研究，将神话分类为：自然性神话（分动物、地理、气象、天文、宇宙等神话）、自然社会性神话（分进攻大自然和防御大自然等神话）、社会性神话（分人类诞生、文化、爱情婚姻、群体关系、阶级斗争等神话）。不难看出，从自然性神话到社会性神话，它们之间有一个渐进的过程。

我们在这个渐进的过程中见到了什么呢？人类在萌发最初的文明，以及在创造最初的文明的时候，其文学、文化的天地里充满了神话的影子和光辉，在人类的精神文明中，有什么不使用神话，不用作神话的解释呢？神话就是那个漫长时代里最主要的文学标志，从中反观人类文化思想意识，乃是一种以神文化意识为主流的文化意识。多少年来，上古人类一直在进行"神的游戏"，可以说这种"神的游戏"涵盖了上古时代人类的文学、文化、思想、意识，以及观察理解事物的方式，这是一个以神文化意识为主流的文化过程。这个过程最明显的特征是看不见人的精神和形象。

当然，随着经济的发展，人类对大自然、社会认识不断深入，后期神话里的神文化意识受到削弱，它的表现是传说这一文学品种的出现。

---

① 谢选骏：《神话与民族精神》，山东文艺出版社，1986，第 1 页。

神话中具有超自然力量的神主宰一切，因此神是舞台上的专门形象。而传说却改变了这种格局，出现了半人半神的英雄，即既有神性又有人性的形象。它表明，这时候人类以神文化意识为主流的文化意识已经有了变化，人作为文化思想意识上的角色已经有了自己的地位，这是很有意义的。这种半人半神的传说经历了一个相当长的时期，虽然在后期的传说中神化现象越来越弱，人化现象越来越强，但传说的演变并没有完成从神化到人化的历史性转折。因而传说与神话仍被人们并列为"神话传说"，归为神话范畴。传说所表现的过渡性充分证明了这种变化的来临。

谁最后完成了这一历史性转折呢？是寓言！在寓言出现的时代，人们的智力开发达到了相当高的程度，社会分工进一步明确，人们发现可以凭自己的技艺，创造和完成前人想都不敢想的业绩，关于过去的许多幻想都能在自己的手中得到实现。回首这一切，虽然没有神，但却有无数的经验教训和智慧，于是，人们选择用寓言来表达这一切。谁知这一表达使文学走向了全新的道路，人们反观寓言这一新兴的文学品种，看到了以神文化意识为主的文化意识已经完全改变，寓言中已经看不到上演了上万年的"神的游戏"，而转到了"人的游戏"上来，即以人文化意识为主流的文化意识登上了舞台。

寓言文学体现的这种转变的意义何在呢？（这里得有一个说明，不是说这种转变仅表现于寓言文学，而是在文学作品中它表现得最为充分和典型）"大约在公元前 13000 年的时候，人类开始从旧石器时代进入新石器时代，那些更自由、更艺术的人受到一定的约束，他们从旧石器时代个人幻想的狭小圈子里走了出来，创造和接受一整套关于民族思想、部落灵魂、情感交流的东西，即"新石器时代人开始受到约束，他从青年时受到训练，被要求该做什么，不该做什么。他对周围的事物不能那么自由地形成自己独立的观念，他的思想是别人给他的，他处于新的暗势力下。"①

这"新的暗势力"是什么呢？在某种意义上说就是神话。这时的神话，既是人类的文学产物，也是人类文化思想意识的产物，并对后人的社会组织、思想言行产生巨大的影响，可以说在远古激烈变化的时期，是神话挥动了它的鞭子。寓言体现的从"神的游戏"到"人的游戏"的这一变化，也能与神话相比，尽管它不如神话那么广博深厚，影响深远，但它们在时代激烈变化中的地位是相同的。

在这一时期，人们崇尚自己的智慧和能力，神的超自然能力受到冷遇，这在寓言文学中得到充分体现。不言而喻，我们从寓言文学的产生中看到了由于生产力的发展，人们的思想意识正在经历一种觉醒，即人在自己的文化意识上摆脱了上万年来的神的影响，建立起了人的自信、人的形象，以及一个由人的智慧和才能来统领的王国。

四、伟大的觉醒

我们把神话和寓言分别作为表现神文化意识和人文化意识的事物来看待，说在神话中主要表现的是人的神文化意识，这也许争论不大，可说寓言表现了人的人文化意识，却不被大家所熟悉。面对这三种寓言，作品中关于这方面的具体表现又如何呢？

在神话里，我们看到人类从旧石器时代的个人幻想中走出来，进入了有共同的"社会意识、集体意识、民族意识、部落意识"的神话时代。不可否认，这是人类最伟大的一次进步，从此神文化意识的阴影笼罩了人类许多个世纪。青铜文化没有打破它，铁文化的出现才使人类产生了这种觉醒，这一觉醒并不亚于神话时代的觉醒，正是于此产生了现代文

---

① 赫伯特·乔治·威尔斯：《世界史纲》，吴文藻译，人民出版社，1982，第132页。

明的萌芽。

寓言文学正是顺应了这一历史潮流，从多方面表现了人类的人文化意识。主要有以下三个方面：一是注重对人类自然、社会日常生活的经验教训的总结；二是对人类智慧的推崇；三是对神的嘲讽和轻视，对人的能力的肯定。关于第一个方面，我们可以在三种寓言中找到众多例子，因为这是它们都特别注重的一点，这里各举一个例子。

《狐狸和狮子》（古希腊寓言）中写道：

　　有只狐狸从未见过狮子，后来有机会遇见了。第一次见着，惊慌失措，吓得要死。第二次遇着，仍然害怕，但已不像前一次那样厉害。第三次见着，竟壮着胆子走上前去，和狮子攀谈起来。（见《伊索寓言》）

《多事的猴子》（古印度寓言）中写道：

　　在某一个地方有一座城市。在它附近的林子里，有某一个商人鸠工盖一座神庙。在那里做活的工人每天在中午的时侯都进城去吃饭。有一天，一群猴子来到这座盖了一半的神庙里。这里躺着一条大横梁，工人才劈了一半，在顶上钉进了一个楔子。猴子们开始在树顶上，在庙顶上，在木头堆上玩起来，愿意在什么地方，就在什么地方。有一只猴子注定要死了，它慌里慌张走到横梁上。"是谁把这楔子钉得这样不是地方？"它想，它就用两只手把楔子抓住，开始向外拔。因为它的睾丸夹在劈了一半的横梁里面了，楔子拔出来以后，会发生什么事情，不用说，你也会知道。（见《五卷书》）

《鲁侯养鸟》（中国古代寓言）中写道：

> 昔者海鸟止于鲁郊，鲁侯御而觞之于庙。奏《九韶》以为乐，具太牢以为膳。鸟乃眩视忧悲，不敢食一脔，不敢饮一杯，三日而死。此以己养养鸟也，非以鸟养养鸟也。（见《庄子外篇·至乐》）

这三则寓言中，《狐狸和狮子》是对经验的总结：对不熟悉的事物，多见几次就不怕了。这完全是源于人们对自然事物观察后的心得体会。《多事的猴子》和《鲁侯养鸟》则偏重教训：多事的猴子吃了苦头，想当然的鲁侯把鸟养死了。这三则寓言且不说它们在文学史上的影响如何，在总结人类从自然、社会的日常生活中的经验教训这一点上，表现是明显而又深刻的。

当然，我们所叙述的这些例子，意义也并不仅于此。在远古时期，人们也总结自己的经验教训，但总是通过神或神文化意识来完成，如对某些事物、现象、习俗的解释就是如此。而直接的、不带任何神迹的经验教训，也只有在寓言里才存在。这样的总结是纯粹在人文化意识的支配下完成的。从这里我们看到，这是一个历史的进步，由于人的人文化意识的觉醒，已经敢于正视和独立地认识自身了。

人类敢于总结自己，认识自己，这是艰难的而有成效的第一步，从此，人类又发觉自身有能力通过自己的智慧完成许多以前不敢想象的目标，表现在寓言中就是对人的智慧的推崇，我们从中各举一个例子。

《蝉和狐狸》中写道（古希腊寓言）：

> 蝉在大树上唱歌。狐狸要吃蝉，想了一个计策。它站在对

面称赞蝉的歌声美妙，劝蝉下来，说想看看是多大的动物发出这么响亮的声音。蝉识破了狐狸的诡计，摘了一片树叶扔下来。狐狸以为是蝉，扑了过去。蝉对狐狸说："你这家伙，你以为是我下来了，那就错了。自从我看见狐狸的粪便里有蝉的翅膀，我对狐狸就有所警惕了。"（见《伊索寓言》）

《三条大鱼》中写道（古印度寓言）：

　　一个池塘里有三条鱼，得知渔夫要来塘里捕鱼，一条鱼早早逃走了，一条鱼灵机应变死里逃生，另一条鱼又傻又固执被砸烂了脑袋。（见《五卷书》）

《列子学射》中写道（中国古代寓言）：

　　列子学射，中矣，请于关尹子。尹子曰："子知子之所以中者乎？"对曰："弗知也。"关尹子曰："未可。"退而习之。三年，又以报关尹子。尹子问："子知子之所以中乎？"列子曰："知之矣。"关尹子曰："可矣，守而勿失也。非独射也，为国与身亦皆如之。"故圣人不察存亡，而察其所以然。（见《列子·说符篇》）

这三则寓言使人不难看出那个时期人类对智慧的推崇。蝉利用智慧给自己解了围；三条鱼中两条鱼以自己的计策躲过了灾难；《列子学射》表达了追寻知识不仅要知其然，而且要知其所以然。而在过去的神话时代，对人类智慧的推崇是不可能的，人类想象神的超自然力量，同时也创造了神的超自然智慧，人在这种意识下是非常渺小的，人类的思想受到束缚，不敢确认也无法确认智慧的力量。这一切在寓言中得到改变，如屎壳郎彻底报复了鹰，兔子用智慧杀死了森林之王狮子，等等，这些寓言故事证明智慧才是最有力量的。但是，人要确认这一点是很不容易的，神话创作后期关于半人半神的英雄传说，就反映了这种艰难的步履。

确立了人文化意识的主导地位后，当然就是对神的嘲讽。这方面，古希腊寓言的表现最为突出和鲜明。《打破神像的人》中写道：

> 有人供奉一座木制的神像，他很穷，祈求神为他造福。他一再祈求，反而变得更穷了，一生气，就抓住神像的脚往墙上摔去。神像的头摔破了，从脑袋里掉出金子。这人把金子拾起来，大声说道："我看你既可恶、又愚笨，我尊敬你的时候，你一点好处也不给我；我打了你，你却给了我这许多好东西。"

这是当时人类觉醒的最好例证，也反映了当时的社会发展，人们已经无法从神那里得到进一步维系整个人的新的集体意识的文化动因，故而打破了它。这时候，人与神的关系发生了巨大的变化，新的以人文化意识为主的时代已经到来。

产生在那个时代的寓言文学，作为那个时代变化的一个重要的文学标志，反映了那个时代人类的文化意识的觉醒，这一重要的历史事实已经在以上的文字中有了广泛的论述，那么我们如何评价这一历史事实呢？

我们知道，神话的产生是远古时代的重要标志，对那个时代是非常重要的，而寓言的产生也是这个时代的重要标志，是不是也对于这个时代有非凡的重要性呢？这似乎要与后来发生的一个伟大的历史事件对比起来叙述，才能够得到接近真理的答案。

公元 14 世纪，几乎是那个时代之后的两千多年，从意大利开始，几个世纪间爆发了几乎是全球性影响的文艺复兴运动。众所周知，无论是艺术部分、文学部分，还是思想理论部分，都因为这场运动发生了巨大的变化，形成了一股解放人类个性的、以人的解放为中心的世界潮流。在运动中，人的个性、自身价值、自我意识、自我能力都得到充分肯定。人类对这一运动的评价是非常高的，认为这是一次伟大的人类觉醒。

但是，对比两千多年前，通过寓言文学窥视的那个时代的人文化意识的变化，很少有人提到它们。其实，从以上的论述来看，人类最伟大的人文化意识的觉醒，就发生在那个时代。两千年后遭批驳的神性来自于宗教，而两千年前的神性却来自于神话，人类要突破有上万年历史的神话中的神文化意识，其冲击力和反冲击力的强烈程度是后人难以想象的。另外，我们还得正视这样一个历史事实，在寓言产生时，这种神文化意识和人文化意识的冲突已经存在了很多个世纪，寓言文学不过是一个人文化意识已经完全占主流时的文化果实。

所以，我们应当承认，表现在两千多年前的人文化意识的解放，其意义要比两千多年后的文艺复兴运动更有意义，影响也要深远得多。人类正是因为这第一次的人文化意识的大解放、大觉醒，才从天真的梦幻中走出来，才会有人的理智、人的理性建设，才会有苏格拉底、柏拉图、亚里士多德，才会有释迦牟尼，才会有老子、庄子、孔子和孟子。

两千多年前的人文化意识的觉醒和解放，打开了人类走向认识自身的大门，而两千多年后的文艺复兴运动，在某种意义上来说，不过是一场历史的重演。这使我想起一个脆弱的人的作为，他用泥塑了一个神像，跪拜在地，反而被自己的造物吓得浑身发抖。这时的他就需要一个人用智慧和理性的铁锤来砸掉神像，从而唤醒他。这就是我们利用两千年前产生的寓言所窥视到的人类的文明史。

（原稿发表于《贵州社会科学》1990 年第 12 期，笔者作了较多修订）

论小说的寓言化倾向

在现代世界里，以语言文字的方式大量地出现在人们视野里的文学种类，当首推小说。它以几乎是无限的宽度和长度，包容了丰富的自然、社会、人生和人的内心世界，又以最简单和最复杂的形式呈现出艺术多元的风采和姿态，并以魔方般的、变化无穷的运动深深地吸引着我们。把小说作为一种运动体（而不是静物）来观照时，我们几乎不承认小说的层次感，层次是断面的，而小说运动的真实内涵则是球状的。球心和球表交替更迭，即球心的物质是小说的核心，但又随时可能是小说的最表层的东西，而球表的物质是小说的外在，但随着小说的运动，又随时潜入核心，构成小说新的内核。这种运动给小说带来了不同的闪光面，并且这种闪光面在不同时间、同一角度产生的闪光效果完全不同。小说在历史上出现过浪漫主义的闪光面和现实主义的闪光面，它们在历史上处于某个角度时，风行一时，整个小说创作的空间和时间都被它们所充塞。但不久，新的时间带来新的角度，新的角度覆盖了旧的闪光面，与此同时带来了新的、或强或弱的光线向时光流转（这流转也许是漫长的，也许是短暂的）。再等到历史上的某个角度又重复出现时，你会发现这个新的闪光面已经不同往昔，总有什么东西改变了它。于是，魔幻现实主义、超现实主义、批判现实主义、积极浪漫主义、消极浪漫主义等称呼就出现了①。当然，这是历史和现实的动因改变了它，但又何尝不是小说的运动形式决定了这种改变呢？这是多么诱人的课题哟，可惜距我们的论题远了些，但说远也不太远，因为关于小说的寓言化倾向的论述不立足于小说这样的运动背景，我们是什么问题也解决不了的。那么我们把小说的寓言化倾向也作为小说的一种闪光面来考察吗？是的，事实上一个大的闪光面由许多小的闪光面组成，小说的寓言化倾向自然是其中的一个小的闪光面，也是新的时间带来的新的角度的产物。但是，小说的寓言化倾向这一小的闪光面并不仅仅属于某个闪光面，而是横跨多个闪光面，存在于多个闪光面之中，这是后文论及的问题。

一

什么是小说的寓言化倾向呢？它的基本含义是什么？"化"是一种运动过程，"倾向"则是一种趋向，二者都取决于前面的限制词，小说的寓言化倾向的含义自然也取决于寓言。那寓言的含义是什么呢？众所周知，寓言是一种古老的文学体裁，一般的说法是"这类作品大多具有讽刺、劝喻或教训的寓意，因而称为寓言"（《中国大百科全书·外国文学卷》），"寓言，它是譬喻的最高境界"（《寓言诗杂谈》），以及"寓言是委婉说理的艺术形式"，等等。这些说法尽管表达方式不同，但在寓意于言这一点上，都是一致的。这是从寓言的表现方式中得出的结论，如果把它作为寓言的本质认识是肤浅的，但就小说的寓言化倾向的研究而言，已经足够了。因为一般的小说的寓言化倾向多是从寓意而

① 有时候，历史呈现的是从未出现过的角度时，评论家们又赋予它新的称呼。

来的，当然，寓言的其他方面对小说的寓言化倾向也有影响。这样一来，小说的寓言化倾向即表示小说从形式到内容都向寓言的方向倾斜。这种倾斜的表现是多方面的，人们在小说中形象地表达了某种哲理、概念，以及一般的日常社会生活的经验教训，或寄托某种思想、人生观等内容时，都会不同程度地向寓言倾斜。当然，这些方面表现的首要前提是寓言式的，即小说以寓言的基本表达方式表现了形象含义或主题思想。这样的内容本质上是小说的，但或多或少的寓言成分使它产生了某些质上的、形式上的或表面色彩上的变化。质上的变化被人们称之为寓言小说或寓言式小说，如中国蒲松龄的一些小说和美国霍桑的一些小说就是如此。形式和色彩上的变化则被人们评价这种小说带有寓言色彩，或具有寓言性质，如《红楼梦》《老人与海》等。这是小说寓言化倾向的一个重要方面，大多数具有寓言倾向的小说都是在这一方面体现的。

小说的寓言化倾向有时表现在小说的人物形象上，这时人们称之为小说的寓言式人物；有时表现在情节中，人们称之为寓言式情节；有时则出现在表现手法上，人们又称之为寓言式表现手法。《羽毛盖：一个富有寓意的传说》中的稻草人就是小说中最典型的寓言式人物形象。寓言式情节常常作为引出一些日常社会生活中的经验教训，塑造人物形象，如《红楼梦》中对贾宝玉糊涂、疯颠的描述就是如此。这些很有意味的情节构成了全书人都是聪明和清醒的，唯独宝玉是个疯子的局面。这也许并不说明什么问题，可我们进而把它与佛经中的《恶雨》这一寓言相比较，就可见《红楼梦》中情节和寓意的重要性了。《恶雨》中说："外国时有恶雨，若堕江湖河井并城池水中，人食此水，令人狂醉，七日乃解。"有一次，这个国家的国王很聪明，恶雨来时，他盖上了一口井，因而众人都疯狂，独他一人清醒，可是众狂人反说国王是个疯子，商量着要推翻他，国王无奈，只好赶紧装疯。众人皆狂，唯宝玉独醒，这不正是贾宝玉糊涂、疯颠的价值吗？这寓意如此重大，以至于如果少了这一环，或不真正理解这一环，要想真正正确地理解贾宝玉这个人物形象是很困难的。小说的基本表现手法是不同于寓言的，可寓言式的表现手法却常常融合在小说的表现手法中，《红楼梦》中的那块石头和金陵十二钗的判词及图画就是寓言最普遍使用的表现手法的产物。拟人化手法是寓言最常用的表现手法之一，小说《羽毛盖：一个富有寓意的传说》中把一个稻草人变成了这一小说的人物形象，它既成功地塑造了小说的形象，又寓意化地实现了作品的目的。虽然小说寓言化倾向的表现是多方面的，但这并不是一种可截然分类的表现。大多数时候你无法分清哪些是表达了寓言式的哲理、概念，哪些是寓言式的教训、理想寄托。《红楼梦》全书无非是简单地说了一个"盛宴必散"的道德教训。海明威的《老人与海》中的那场人鱼之战，也不仅仅只是理想寄托或人生见解的表达。

二

小说的寓言化倾向既然是一个运动过程，它也就有自己的历史足迹，这实际上就是要探寻小说寓言化倾向的历史。这是一个有意义且巨大的课题，小说一开始，各个时期多少都相伴着一些表现一定寓意的寓言性质的作品。为此，我们可以在小说的发展史上列出一大批名单来，这些作品只是机械地带有寓言的痕迹，而不像后来的具有寓言化倾向的小说作品那样，对于寓言是一种升华后的结果。它们多出现在近两个世纪的小说中，并且在其寓言化的表现上，有许多方面的历史的和现实的含义，尤其在小说的发展变化、创作的特殊性上更是如此。

这些小说有美国霍桑的《大红宝石》《石人》《圣诞节的筵度》《教长的黑面沙》等；以及海明威的《老人与海》、斯坦培克的《珍珠》、法国加缪的《局外人》、奥地利卡夫卡的《城堡》、哥伦比亚马尔克斯的《百年孤独》、意大利卡尔维诺的《一个分成两半的子爵》；还有日本星新一的一些小说、中国蒲松龄的一系列小说、曹雪芹的《红楼梦》、中国当代邓刚的《迷人的海》、王蒙的《音响炎》《史琴心》等也属于这样的小说。正是这些作品，构成了我们研究小说寓言倾向对象的主体。也许人们已经看到，所列的作品大都是世界文学史上的优秀作品，这意味着小说的寓言化对于一时期的小说作品十分重要。可小说的寓言化倾向存在于作品之中给小说带来了什么呢？在带有综合性的历史因果锁链中要简单地说它带来了什么是容易的，但是想要认真地说清楚非常困难，因为小说的运动并不是机械的运动，它是历史的动因和人类的心智趋向的产物。

小说寓言化的过程中，除了上述两个方面带来的因素，在小说的形象、情节、主题思想、结构框架等方面，还受到自身规律的制约和影响。各种各样的小说寓言化倾向大致都能在结果上有所归结，即小说一旦出现寓言化倾向，一般就带来特殊的艺术表现力。一般的小说只塑造一系列的人物形象，展现某个时代的历史画面，描绘某个人或某些人的命运，或者寄托作者的某种追求。可是具有寓言化倾向的小说就没有那么简单了。《红楼梦》丰富和深刻的内涵是举世公认的，而这种丰富和深刻就有一部分是由小说的寓言化带来的。如果不承认这一点，"甄士隐""假语村言""说起根由虽近荒唐，细按则深有趣味"，以及"青埂峰下的无材补天之石"就很不好理解。为何偏要人"细按"（而又有那么多人去"细按"），何不直抒？清代的文网是一原因，但我认为更多的目的是为了特殊的表现罢了，曹雪芹幸运地选择了寓言的方式。再有《局外人》，它本身不失为一部好小说，正是因为形象地寓意了深刻的人生哲理，才使它真正成为西方最著名的小说之一。别的不说，仅仅是此书给予的"我们为什么都是局外人"这一疑问，就给我们带来很多思考。还有《城堡》一书中的："我们为什么就是进不去，是什么阻碍了我们？"一般的反官僚主义的小说多是揭露丑陋和危害，可《城堡》却想用寓言式的表现追寻更本质的根源，即最深层的哲理是：我们自己阻碍了自己，或我们的造物阻碍了我们。这种小说的主题思想是一般的小说表达方式难以达到的。在论及《城堡》之余，又使我想起邓刚的《迷人的海》，除小说的一般意义外，这一小说也表现了新旧冲突的观念。作者在这一层次上的努力是显而易见，但遗憾的是其新旧概念的形象化也只停留在表层，没有深入到"世界为何有新旧"更深层的本质化的哲理中去，反而滑向社会的新旧更替的一般的寓意上去了。这样一来，小说也就失去了进一步丰富自己的机会。我想，这一对比是很有意义的。

上述提到的这些小说，它们全部具备小说的骨架和精神内涵，同时闪烁着一般小说没有的光芒。这样的小说在世界上容易遭到众多的非议，也容易得到众多的赞誉，喜欢它们的人究之无穷，不喜欢它们的人也愿意了解它们。它们一般都具有巨大的容量和丰富的内涵，有关哲学的、历史的、思想的、社会人生的、文学的射线不断地从中发出，使人们无法忽视它。当然，其他方式和途经也能达到这样的目的，但在理性概念表达的现当代小说创作的潮流中，许多作家都选择了使小说寓言化的这条道路。

表现力一般的小说表现的内容较少，表现力较强的小说则可表现更多的内容。小说的寓言化倾向正好能在某种程度上构造这种较强的艺术表现力。我想，这也许就是小说寓言化倾向的根本价值和意义了。

小说寓言化倾向带来的艺术表现力是特殊的，它异于其他表现力的东西是什么呢？是它的理性，说得再准确点，是冷凝的理性核心与激情的形象外表的有机结合。把小说的一系列的情节、人物性格等作为某种抽象概念（多为哲理概念）的载体，并把哲理、人生见解及理想寄托等巧妙地融入小说的主题，即"正是以此赋予了这些真理以最大的直观意味"。①艺术是直观的、形象的，但抽象的概念一旦融入小说的直观形象中，以表现小说更深刻、更丰富的主题思想时，理性便是这一表现的显著特征，而小说的一般表现却一直是直观的形象。由此说来，小说寓言化这一过程丰富了小说的表现手法，常常有怪而有味的审美情趣发生，给读者带去新鲜的感受。这一过程在终结时往往深化了主题思想，使一般的人物形象、语言更具有深刻性。这一切都是寓言理性的寓意蕴含于小说的结果，这是一般的表现手法无法达到的。这个过程在小说中有时是贯穿的，有时则是分阶段的，但不管情况如何，抽象的概念与形象的有机结合的程度越高，小说由寓言化带来的特殊的艺术表现力就越强。

三

话说到这里，我们又要回到前面提到的那些优秀作品，因为我们已经要接触小说寓言化倾向的历史原因了。在这一连串的作品里，也许人们早已注意到，除了《红楼梦》和蒲松龄及霍桑的小说是上个世纪或上上个世纪的产物外，多数的作品都是在现当代才出现的，我们虽不能概称为"现代"，但称其为"近现代"则是可行的，即称为近现代小说的寓言化倾向。我前面说过，化是一种运动过程，小说的寓言化倾向实际上是对小说向寓言方向倾斜在时间上的把握，其意义在于，我们论述的小说寓言化倾向，在某种程度上就是论述的近现代小说的寓言化倾向，即如前所述，论述的是小说在大发展的背景下把寓言升华应用的那种寓言化倾向。

小说的寓言化倾向多出现在近现代是一个历史事实，但如何解释这

① 叔本华:《作为意志和表象的世界》，石冲白译，商务印书馆，1932，第334页。

一历史事实呢？小说的历史是很长的，近现代是小说发展的高潮期，小说的寓言化又大量出现在这一时期，那么是什么原因使小说的寓言化倾向出现在近现代呢？是小说的球状运动体核心物质交替性运动的外露吗？是的，我们知道，某一激烈的运动往往会把核心的物质外现于表面，构成新的意义，小说的运动也不例外。众所周知，在任何一本《中国小说史》中，大都有这样或类似这样的文字："构成小说的若干因素，在远古的神话传说、先秦的寓言故事和先秦两汉的野史杂记、史传文学中逐渐孕育和发展。它们为小说的产生作了多方面的准备，而且从思想内容、创作精神、艺术方法上积累了丰富的经验……"①寓言作为小说起源的一个构成是不言自明的，即它作为小说的一种核心物质而存在。这种存在在国外又何尝不是如此呢？伊索寓言早在两千年前就为西方后来的属于叙事文学的小说作了一系列的铺垫。当然，与中国的情况一样，伊索寓言也不是西方小说起源的唯一因素，但中外的古代寓言为小说所作的准备工作最多也是事实。在小说的思想内容、创作精神、艺术表现等方面的准备上，寓言自不必多言，别的不说，就小说的讽刺精神，它完全来自寓言，有的讽刺性强的寓言实际上就是后来讽刺小说的鼻祖。

寓言对小说的贡献是多方面的，但寓言在为后来的小说乃至一切叙事文学在艺术心理机制上打下的基础，更为引人注目。这方面苏联杰出的心理学家维戈茨基为我们提供了最为有力的例证。他著有一部《艺术心理学》，奇妙的是它的艺术心理学的基础是建立在寓言的心理机制上的。从他的著作中我们看到，寓言的出现构建了"激情矛盾"这一心理基础，以及"激情逆转"这一艺术心理机制。后来的小说、戏剧的艺术心理机制都是在此基础上的进一步发展，即寓言的艺术心理机制是小

---

① 南开大学中文系主编《中国小说史简编》，人民文学出版社，1979，第3页。

说、戏剧艺术心理表现的核心内容。维戈茨基在这方面的认识是深刻的，以至于他在书中这样说："可以简单地说，如果了解研究者是怎样解释寓言的，也就很容易了解他的一般艺术观。"[①] 这是为什么呢？除了小说包含了寓言这一初步的文学形式外，还能有什么解释呢？寓言也就以此成为小说核心物质的一部分，从而参加了小说运动的交替更迭。最开始小说的运动趋于平静，寓言潜伏于小说的核心；而随着近现代小说趋于大发展，一部分原是小说核心的寓言趋向球状表层，于是小说的寓言化在这一时期大量出现了。这是小说在大规模向外空间扩展后，又回头向内心寻求的结果，一种发展的必然现象。但这一过程有着许多谜，最简单的解释可称其为一种返璞归真的文学现象，但我联想更多的是"GEB——一条永恒的金带"。这条金带由哥德尔的数理逻辑、埃舍尔的绘画、巴赫的音乐中出现的共同规律所构成。不管是哥德尔的数理逻辑、埃舍尔的绘画，还是巴赫的音乐，都出现了一个怪圈和层次的自相缠绕。表现怪圈最直观形象的是埃舍尔的绘画。在他的画前，你似乎轻易地理解了画的内容，但最终你还得从头再欣赏一遍。小说的寓言化倾向是小说运动的一种表现，这种运动还没有达到怪圈中的那种层次的自相缠绕的程度，但某些性质是相同的。因此，以这样的思路来理解小说的寓言化倾向，更易把握其精神实质。

世界上有许多著名的小说，其中具有寓言化倾向的小说引起的争论最多，如《老人与海》《红楼梦》等。本来，寓言是最简单的文学表现形式，但它又最复杂地出现在小说的寓言化倾向中。最简单的可以是最复杂的，最复杂的也可以是最简单的，即小说为什么不能回归到寓言，寓言又为

---

①列夫·谢苗诺维奇·维戈茨基：《艺术心理学》，周新译，上海文艺出版社，1985，第112页。

什么不能复返到小说呢？它是文学中返璞归真的现象，更是层次的自相缠绕，理不清这些线，有关小说的寓言化倾向的许多争论便是徒劳。

关于小说的寓言化倾向起因于小说的内核，还有一个鲜明的例证。再次回到上文提到的那些优秀作品中，你会看到，小说的寓言化倾向既出现在浪漫主义作家的作品中，如桑霍；又出现在现实主义作家的作品中，如曹雪芹；也出现在存在主义作家的作品中，如加缪。正如前文所说，小说的寓言化倾向这一小闪光面横跨于多个大闪光面。核心物质的基本性质和运动方向是无法选择的，正如树的根，它的物质上升到任何一枝，并带着相同的性质，而枝在某种意义上来说，它本身是具有选择性的。

核心物质的运动是近现代小说寓言化倾向的根本原因。但别忘了，有一个相当长的历史阶段，寓言是被忘却了的。17 世纪以后，寓言突然大放光彩，以其特有的丰姿出现在人们面前，拉·封丹寓言、莱辛寓言、克雷洛夫寓言就是这个时期的产物。寓言在影响许多文学类别的同时，也触发了许多关于小说的远古记忆，使小说饶有兴趣地重新审视自身在产生最初的胚芽，于是重新发现了寓言对于小说的新意义。这也是近现代出现小说的寓言化倾向的原因之一。再加上这一时期人类给自己创造了许许多多东西，工业革命、科技革命、信息革命什么都成为了可能，但人们同时发现，什么都成为了可能并不一定是一件好事。在这个大革命的时代，人们常常陷入一个远古神话寓言的境界里。寓言的主人公乞求神给予他神力，他的手摸什么，什么就变成金子，他以为金子能使他幸福。神答应了他的请求，果然他一摸什么，什么就变成了金子，呵！多美好呵！可待饭食、饮水等都在瞬间变成了金子的时候，他开始反省，人们也跟着反省。面对一大堆新的事物，聪明的人不会盲目地高兴，而是理性的思索。有趣的是，进行这些思索和把他们的思索表达出来的竟然是一批作家，这也就决定了近现代小说寓言化倾向的趋向。

以上我们大致地论述了小说寓言化倾向的诸方面，从中不难看出，小说的寓言化对于小说是重要的，它对于小说创作的影响是深刻的。多元发展且日趋复杂的社会自然要求小说创作朝着多方面发展，纯美、纯感觉的小说创作意识并不是唯一，抽象概念的形象化与小说常规主题思想合一，寓言式的表达早已在大量的作品中确立了自己的地位。它不但满足了作家和时代的需要，而且拓展了小说创作的空间。最后，我想说：不理解小说的寓言化倾向就无法理解诸多作品，也同时无法写好某些作品。

（原稿发表于《花溪文谈》1987 年第 2 期。笔者作了较多的补充和修改）

浅论《红楼梦》的寓言色彩

人们对《红楼梦》的研究是极其深广的，多少年来，各方仁人志士对《红楼梦》从诸方面进行了多学科、多门类的探讨和研究，但是，红学研究的未知领域仍然很多，《红楼梦》的寓言色彩就是其中之一。就目前我们收集的资料来看，红学界还没有人提出和讨论过这个问题，这是令人遗憾的，因为《红楼梦》的寓言色彩对其影响很大。当然，要提出和讨论一个全新的课题是非常困难的，加之我的才学疏浅，更加深了它的难度，但是，为了红学研究深入而广泛地进行，我们今天提出和讨论《红楼梦》的寓言色彩，权作抛砖之举罢！

《红楼梦》的寓言色彩大致可以从以下几个方面来理解。

一、全书的寓言蕴含

两百多年来，对《红楼梦》的认识是多种多样的，有政治历史小说之言，有形象的封建社会没落史之见，也有言情小说之解，更有曹雪芹"平淡无奇的自传"之语。这些见解自然各得其所（《红楼梦》本来就是一个浑然天觉的大谜底，是一块巨大的棱镜），不可强求，自有一番道理。

可是，我们之于《红楼梦》却大觉其是一出宏大的、无与伦比的精确设计（从第一回的开始，就决定了第一百二十回的结束）。而预先达到精确设计是寓言的特征之一，这就使我们明显地看到了它在"悦世之目，破人愁闷"的外表下，颇丰富的寓言蕴含。

全书富于寓言特色，那寓言是什么呢？莱辛说："要是我们把一句普遍的道德格言引回到一件特殊的事件上，把真实性赋予这个特殊事件，用这个事件写一个故事，这个故事使大家可以形象地认识出这个普遍的道德格言，那么，这个虚构的故事便是一则寓言。"

的确，我们从《红楼梦》中看到了普遍的道德格言，且不止一句，是一系列。道德格言是由故事的道德教训所产生的。难道说我们没有从《红楼梦》的故事中得出人生的、思想的、社会的、历史的大教训吗？"月满则亏，水满则溢""登高必跌重""乐极生悲""盛宴必散""盛极不轻妄，败极亦有自身的规律，世间上的事物不可强求"等，全都形象地呈现在人们面前。当然，把伟大的《红楼梦》仅仅看成一个寓言故事是不可能的。《红楼梦》以它巨大的容量、丰富的内涵，不断地向外发散哲学、文学、历史、思想、社会各方面的射线。但是，人们应该看到，在这些众多的射线下，还有原本只属于寓言的东西——道德教训，这就是《红楼梦》全书的寓言蕴含。为什么只说它是蕴含，而不是其他呢？这是因为《红楼梦》传递的是一种变异的寓言道德教训，而非纯粹的寓言道德教训。这就大大减弱了《红楼梦》全书故事的寓言性质，故称为"蕴含"更为接近实际。寓言蕴含不能决定《红楼梦》的寓言性质，却构成了《红楼梦》一定的寓言色彩。

美国作家约翰·斯坦贝克在他著名的小说《珍珠》的前言中写道："如果说这个故事是个寓言，那么，这个寓言也许人人都有各自的理解……"[①]

[①] 约翰·斯坦贝克：《珍珠》，范仲英译，百花文艺出版社，1984。

小说《红楼梦》也正好具备了这些特殊的社会效果，它间接地说明了寓言蕴含的可靠性。虽然《红楼梦》的巨大容量、丰富的内涵是其取得这种效果的根本，但其小说的寓言蕴含的功劳是不小的。况且其丰富的内涵还与寓言的寓意相关。

我们还应该看到，《红楼梦》让人形象地认识一个大的道德教训，造成《红楼梦》的寓言蕴含的整个行动不是无意识的，而是精心的、有意为之的。《红楼梦》的作者在第一回就声称：

> 因曾历过一番梦幻之后，故将真事隐去，而借"通灵"之说，撰此《石头记》一书也。故曰"甄士隐"云云……虽我未学，下笔无文，又何妨用假语村言，敷演出一段故事来，亦可使闺阁昭传，复可悦世之目，破人愁闷，不亦宜乎？故曰"贾雨村"云云。

很明显，这一"隐"一"借"的结果是"寓"；再用"假语村言"，即"大荒山（大荒诞）无稽崖（无稽言）"，而荒诞无稽是寓言语言的自然本色；再"敷演出一段故事来"，"敷演"不正是虚构吗？而虚构就是寓言的生命。这"甄士隐梦幻识通灵，贾雨村风尘怀闺秀"是为了什么目的？再如"说起根由虽近荒唐，细按则深有趣味"，"荒唐言"中求"细按"，不寓，不言，不敷演出一段故事，何来"细按"？由此可见，《红楼梦》中的寓言蕴含是有意为之的，但曹雪芹毕竟不是为了创作一个寓言，他只是将寓言融进了《红楼梦》深阔的江海之中。

二、曹雪芹身世在通灵宝玉中的寄寓

曹雪芹为了要"真事隐"，采取了"假雨村"之言，随之才有了通灵宝玉。曹雪芹用这块石头寄寓了许多东西，但它在寄寓作者身世这一点上，对《红楼梦》的寓言色彩影响甚大，构成了《红楼梦》寓言色彩的一个方面。

《红楼梦》的开篇就有这样的文字：

> 原来女娲氏炼石补天之时，于大荒山无稽崖炼成高经十二丈。方经二十四丈顽石三万六千五百零一块。娲皇氏只用了三万六千五百块，只单单剩了一块未用，便弃在此山青埂峰下。谁知此石自经煅炼之后，灵性已通，因见众石俱得补天，独自己无材不堪入选，遂自怨自叹，日夜悲号惭愧。

这段文字很像一则有浓厚神话色彩的寓言。别林斯基认为一般的寓言内容："构成寓言内容的，是俗世的、日常的智慧，家庭及社会生活方面的日常经验的教训。有时，寓言也直接地表露自己的目标，但却不是通过冷淡的说教，不是通过死板的道德箴言，而是通过戏谑的句法……"（见《克雷洛夫寓言短评》）在寓言各种各样的内容中，前面那段文字的内容也正好吻合了"直接地表露自己的目标"这一内容的分类，而且它确实不是"冷淡的说教""死板的道德箴言"，是真正的"戏谑的句法"。在这里有一点要声明，我们进行这种对比不是要证明前面那段文字是一则寓言，而是要证明它具有一部分寓言的要素，很像一则寓言，自然也就拥有比《红楼梦》中其他文字更浓厚的寓言色彩。

在这段文字中，曹雪芹把自己寓为三万六千五百零一块补天石中的一块，自然也是高经十二丈、方经二十四丈的一块。这无意间寄寓了大天才曹雪芹非凡的直觉。事实也确实如此，写出《红楼梦》，非高经十二丈、方经二十四丈之才莫能为之。故事中还表明，无材补天是因为无意间用剩了，命运欠佳，并不是真无材。"此石自经煅炼之后，灵性已通"的寓意是很深刻的。"煅炼"的过程不就是隐寓着曹雪芹对社会、对人生的认识和发展的过程吗？"灵性已通"是曹雪芹经过"煅炼"之后，看出了他所生存的社会的没落腐朽和必然灭亡结局的隐语，这也许就是曹雪芹之所以要创作《红楼梦》的根本原因。灵性已通，已见别人之未见，自然要写，也自然要如此写。另外，那石之"自怨自叹、悲号惭愧"不也正好寓意了他整个的情感发展历史，以及创作前极端痛苦的冲动吗？这石头后来幻形入世所经历的一切，虽属荒诞无稽的虚构，但谁能说这一切与曹雪芹的身世没有什么联系呢？这块石头对曹雪芹身世的寄寓性很强，也很重要，难怪鲁迅先生要在《中国小说史略》中这样评价："（曹雪芹）生于荣华，终于零落，半生经历，绝似石头。"甲戌本《凡例》中也说："又曰《石头记》是自譬石头所记之事也。"那么是谁自譬石头所记之事呢？当然是作者自己了。正因有此番用意，此书最先才名叫《石头记》，并一再写明整个故事全是一块"无材补天"的石头亲身经历的一段故事，并有"……且看石上是何故事""按那石上书云……"等的描述。李力清先生在《〈石头记〉到〈红楼梦〉》一文中说："《石头记》这一名称正符合'假语村言'写的通俗小说之名，所以我们雪芹是很喜欢《石头记》这一名称的，如果不是节外生枝，我以为《石头记》这一名称，雪芹是一定会一直保存下来的。"[①] 李力清先生的说法是很有见地的。曹雪芹为什么喜欢《石头记》这一名称，自然与石头寄寓了他的身世密切相关。

由于这块石头寄寓了曹雪芹的身世，不但构成了《红楼梦》寓言色彩的一个方面，而且还给小说中的结构、情节、人物形象带来了一系列

---

① 中国艺术研究院：《红楼梦学刊》，第 11 辑。

的影响，形成了许多难解之谜，但这是另外的课题了。

三、贾宝玉性格的寓言色彩

对贾宝玉性格认识历来就有许多的见解，但其性格的寓言色彩却长期不为人所见，其实，宝玉性格的寓言色彩是很强烈的。

我们知道，宝玉的性格在书中被描写为："……他家宝玉是外像好里头糊涂，中看不中吃的，果然有些呆气。"这是第三十五回中两个老婆子的议论，理由是"他自己烫了手，倒问别人疼不疼……""……大雨淋的水鸡似的，他反告诉别人'下雨了，快避雨去罢'。"再有三十六回宝玉在生宝钗气时说："好好的一个清净洁白女儿，也学的钓名沽誉，入了国贼禄鬼之流……真真有负天地钟灵毓秀之德！因此祸延古人，除四书外，竟将别的书都焚了。众人见他如此疯颠，也都不向他说这些正经话了。"这是什么样的糊涂、疯颠呀？论证这些糊涂、疯颠的真正价值是另外的课题。宝玉的性格是有深刻寓意的，再进一步探究也许能看到宝玉性格设计的真正含义。宝玉性格的一个方面是痴呆、糊涂、疯颠，这是书中大多数人认为的，基本形成了全书的人都是聪明的、明白的、清醒的，唯独宝玉是个疯子的局面。这就很有意味了，且看一则佛经寓言：

外国时有恶雨，若堕江河湖井城池水中，人食此水，令人狂醉，七日乃解。时有国王，多智善相。恶雨云起，王以知之。便盖一井，令雨不入。时百官群臣，食恶雨水，举朝皆狂，脱衣赤裸，泥土涂头，而坐王厅上。唯王一人，独不狂也。服常所著衣，天冠璎珞，坐于本床。一切群臣，不知自狂，反谓王为大狂，何故所著独尔。众人皆相谓言："此非小事，思共宜之。"

> 王恐诸臣欲反，便自怖惧，语诸臣言："我有良药，能愈此病。诸人小停，待我服药，须臾当出。"王便入宫，脱所著服，以泥涂面，须臾还出。一切群臣，见皆大喜，谓法应尔，不知自狂。七日之后，群臣醒悟，大自惭愧。各著衣冠，而来朝会。王故如前，赤裸而坐。诸臣皆惊，怪而问言："王常多智，何故如是？"王答臣言："我心常定，无变异也。以汝狂故，反谓我狂。以故若是，非实心也。"（见《佛经文学故事选》）

这个国王未饮此恶雨水，一切如常，而众人饮了恶雨水，上下皆狂。众人皆狂而一人不狂反被众狂诬为狂者，这就是这个寓言的基本寓意。把这则佛经寓言与贾宝玉的性格处境相比较，不也能得出同样的结论吗？按历史唯物主义的观点来分析贾宝玉的那些糊涂、痴呆、疯颠，不全都是一些美德和真知灼见吗？而贾政之流的聪明、清醒、明白不是被后来历史的发展证明为真正的糊涂、真正的痴呆、真正的疯颠吗？曹雪芹为什么要在那个时代设计宝玉这样的性格？他的目的不就是要通过的寓言的深刻寓意"众狂，独吾不狂，众狂反谓吾为狂"，来含蓄地表现薄雾下一整座《红楼梦》大山，隐去整个时代悲哀的幻想。从这里我们可以看到，贾宝玉性格的寓言色彩意义应该引起人们的重视和进一步的探索。

贾宝玉性格的寓言色彩是很重要的，但它的设计由来在何？与贾宝玉性格处境相比较的那一则寓言，是出自《杂譬喻经》第十七上的佛经寓言，而众所周知，《红楼梦》中的佛教思想是非常的浓厚的。由此，我们可自信地推断，对佛教思想有很深的理解和认识的曹雪芹，对于传播和散布佛教思想的种种佛经文学故事（包括寓言）是很熟悉的。那么，这些话的言下之意是说那则佛经寓言就是贾宝玉性格设计的由来了？

不，目前下这样的定论还为时过早，我们还没有充分的材料来佐证它。但是，现在说宝玉的性格设计明显地受到这则佛经寓言的影响和启示，是能够让人们理解和接受的。同时，也是显而易见的。

《红楼梦》的寓言色彩除了以上三个方面的表现之外，能表现这部名著寓言色彩的地方还不少，如其中的诗作、词作、酒令、诗谜、灯谜，等等。这些作品中，寓意最为明显、寓言味儿最为浓厚的要算金陵十二钗的判词及图画。第一支判词和图画寓晴雯；第二支判词和图画寓袭人；第三支判词和图画寓香菱；第四支判词和图画寓林黛玉、薛宝钗；第五支判词和图画寓元春；第六支判词和图画寓探春；第七支判词和图画寓史湘云；第八支判词和图画寓妙玉；第九支判词和图画寓迎春；第十支判词和图画寓惜春；第十一支判词和图画寓王熙凤；第十二支判词和图画寓巧姐；第十三支判词和图画寓李纨；第十四支判词和图画寓秦可卿。这十四支判词及图画分别寓定了晴雯等十五人的未来，把要说的东西藏了字下、字中，寓姓、寓名、寓事、寓人、寓命，它虽不是寓言，但却借用了寓言"寄寓于言"的手法。这些判词是全书提纲的一部分，在《红楼梦》中的地位很重要。

《红楼梦》是伟大的，但是这部伟大的古典小说巅峰之作，只有当那些来自太虚幻境的金陵十二钗带着各自无可倾述的悲愤和哀丧重回到太虚幻境，"千古第一淫人"的足迹在白茫茫的大地上闪闪发光；"宝玉"被重新"安放在女娲炼石补天之处"；"作者不知抄者不知，并阅者也不知"的虚幻故事结束；伟大的寓意设计、整个故事的寓言色彩涂抹完成后，"游戏笔墨，陶情适性"的寄寓才能够使其升华为立于二百多年不衰、众多的探索者追寻其奥秘而不舍之境地！

（原稿收入《红学研究丛刊》，贵州人民出版社，1986 年）

《红楼梦》贾宝玉与《老人与海》桑地亚哥

——谈贾宝玉形象的寓言性质

　　一看这论题，怪！但也未必。曹雪芹先生说过这样的话："莫如我这不借此套者，反倒新奇别致。"这倒不是笔者猎奇，《红楼梦》一书的寓言色彩是浓重的，《老人与海》则是西方世界公认的寄寓深刻的寓言小说，而贾宝玉和桑地亚哥又是两书寓言特性外现的闪光点，并且他们之间有着许多令人颇感兴趣的相似之处和多个明显相互印证的点，也正是这些吸引了笔者。当然，这种比较落差大，风险也大，但笔者相信把它们发掘出来，深化人们对《红楼梦》的认识和理解是有帮助的。

　　众所周知，《红楼梦》和《老人与海》都是世界上令人寻微探秘，并且经久不衰的名著。对小说《红楼梦》性质的认识，几百年来纷繁复杂，众说纷纭。巧合的是，《老人与海》在 1952 年问世后，也奇怪地遭到了非常相似的命运。对《老人与海》，有些人说这是一部描写人与自然斗争的现实主义作品；另一些人把它看成是表现基督受难的象征主义小说；有些人在这里看到的是对孤独和苦难的赞美；也有些人认为这是对英雄主义精神的肯定；甚至有人指责这部作品体现了帝国主义思想意识……这个比较是很有意味的，即两部小说都是因为寓言特性导致了它

们在艺术上的共同遭遇。《红楼梦》用一块石头幻形入世，延伸出一段
故事来表现"因空见色，由色生情，传情入色，自色悟空"的整个过程；
《老人与海》也只写了一个孤独的老人只身一人在海上三天三夜的捕鱼
的经历。《老人与海》的作者自觉地摈弃了对社会生活的直接描写，采
用了他自己创立的特有的"冰山原则"，表达了他对整个人类命运的感觉；
而《红楼梦》的作者为了逃避统治阶级的文网，使用了"假作真时真亦
假，无为有处有还无"的"烟云模糊法"，以"言情"为掩护，揭示了
在中国延续两千多年的封建统治必然灭亡的历史命运。前者的艺术手法
是有意为之，后者在这方面则是无可奈何。尽管如此，二者艺术手法上
的特性是同一的，也就是说他们都把寓言作为一种手法服务于小说主题。
也许在手法的运用方式上有所不同，但二者在追求寓意，特别是利用人
物形象去追求寓意这方面又是一致的。我们知道，人物、动植物或其他
形象在纯粹的寓言中是处在第二位的，但形象却是寓言依托的基础，少
了这个基础就无所谓什么寓言。在小说中，人物形象自然是小说的基本
构成，小说的寓言含义及色彩主要靠小说中的人物形象来表达。《红楼梦》
和《老人与海》正是这样的典范。把真事隐去利用的是贾宝玉，用假语
村言也利用的是贾宝玉；把一个普通老渔民的一场搏斗有意弄成"人类
命运的写照"，利用的更是桑地亚哥。

　　从表面上来看，贾宝玉不过是一块思慕人间荣华富贵、幻形入世、
了却一段情缘的石头，桑地亚哥也不过是古巴的一个普通的渔民，可事
实上谁也不会这样看待他们，就如同人们不会把寓言仅仅看成是一般的
禽言兽语一样。作者在一般的艺术形象上加进种种寓意，寓言的寄寓、
暗寓的光环在他们身上发光，这样塑造出来的形象就不仅仅是一个普通
的形象了。利用寓言手法给小说的人物带来了寓言成分，小说中的人物
就由于小说思想内容的特殊要求变得更丰富、更具有内涵性，贾宝玉和

桑地亚哥的形象就是如此，许多年来对这两个形象的认识历史也证明了这一点。这里有一点启示，即把寓言手法运用于小说的艺术形象是小说的艺术形象走向意蕴博大精深的极有效的手段。反过来说，一个艺术形象走向意蕴博大精深用的手法是寓言手法，那理解和认识这一艺术形象理应从这条路上走去，这应当是一条明智的路。我们之于《红楼梦》的贾宝玉更应该注意这一点，贾宝玉这一形象的博大精深是举世瞩目的。但是，我们认识桑地亚哥形象的寓言性质是没有什么问题的，因为他明显地仅仅服务于一个寓言似的小小的故事，意蕴在故事中是连贯的、一致的，我们说他是寓言人物形象也不为过。可这在贾宝玉身上就不是如此，人们追寻"言情"背后的政治寓意是大胆的，而在肯定贾宝玉形象的寓言性质时要更加小心，因为这是一个陌生的问题。同时还有造成贾宝玉形象寓言性质的艺术手法是不得已而为，用"梦""幻"为此书的立意只不过是一个幌子。这样一来，使得寓言的意蕴是不连贯的，再加之《红楼梦》所描述的社会生活十分丰富和复杂，使贾宝玉有时不由自主地在完全裸露的现实中。不是说这样的情况减弱了贾宝玉形象的寓言色彩，而是造成了轻视或忽视贾宝玉寓言性质及整个《红楼梦》的寓言性，以致带来"被其寓言瞒过，所以义旨难悉，不免陷入幻阵"[①]的恶果。如果每每如此，那将是《红楼梦》的悲剧。

寓言的基本性质是隐藏起一部分东西再说出一部分东西，隐藏的目的是为了说出去，说出去是为了让人通过努力能领会隐藏着的。《老人与海》的桑地亚哥担负了这一寓言的主角，《红楼梦》的贾宝玉也同样的担负了这一"解味"的角色，但为何不能在承认桑地亚哥的形象具有寓言性质的同时，承认贾宝玉的形象也具有寓言性质呢？

---

① 梦痴学人：《梦痴说梦》《红楼梦卷》第一册，第 220 页。

　　《红楼梦》中的贾宝玉最能做一些"虽近荒唐，细按则深有趣味"的梦；桑地亚哥也在《老人与海》中时时做一些寓意明朗的、象征的梦。贾宝玉梦游"太虚幻境"暗示了那些所谓"异样女子"的性格和命运，以及寄寓了自己在"闺阁昭传"的"一段故事"中的主演地位。桑地亚哥开篇梦见狮子，中途梦见狮子，结尾依然梦见狮子，这深刻地寄寓了这个自信、天真的美国人"一个人并不是生来要给打败的""你尽可以把他消灭掉，可就是打不败他"的灵魂。《红楼梦》用梦做了许多文章，而"我希望这真是一场梦"也经常像伴音一样出现在桑地亚哥的嘴里，曹雪芹和海明威都在虚无主义梦幻的外壳下寄寓了深刻的社会政治、思想哲学。由桑地亚哥表现的《老人与海》的梦幻伴音对《老人与海》是至关重要的，它完全可以说是寓言为显露"冰山下的八分之一"而显露出重要的一部分，而实现这一目的的是桑地亚哥。《红楼梦》中的贾宝玉又何曾不是这样呢？"通灵"被借，也公然地被宣布去完成"一番梦幻"。用寓言手法获得寓言性质的艺术形象的贾宝玉，在整个封建社会没落衰亡的重大历史背景下，完成了曹雪芹赋予的种种寓意，这些寓意带来了"索隐派"种种可笑的"索隐"，但关于贾宝玉形象的种种寓意是千真万确存在的，对认识和理解《红楼梦》也是重要的。这方面，我们还可以从人物形象本身的寓言特性得到更深一步的理解，即两个人物性格上的寓言色彩。

　　性格是人物形象成形的基础，它的存在本来仅仅是为了塑造人物形象，但是如果作者在塑造人物性格的同时加入了其他成分，如寓意，那这种性格的单一性就变了，就有了外来的附加物。这些附加物与作品主题、人物形象等有机地结合在一起，同样也能活在作品中，并且与形象一起为作品的艺术目的服务。桑地亚哥和贾宝玉性格中的寓言附加物就是如此。《老人与海》的作者为何让桑地亚哥一生只喜欢狮子，喜欢到只喜欢梦见狮子的地步？又为何把桑地亚哥一生的经历都略去，单单留下他与一个最有手劲的黑码头工人抵手，并且整整抵了一天一夜，最后战胜了他这一情节呢？如果《老人与海》去掉以上这些情节，桑地亚哥的基本性格是存在的，但加上以上情节，桑地亚哥的性格则更为鲜明、更为丰富。为此，我们就不能说它们仅仅是为了完成桑地亚哥的性格的情节，而是寄寓着海明威强烈的个性追求和性格理想。同样，《红楼梦》的作者为何在三十五回中让两个老婆子议论宝玉说："……他家宝玉是外像好里头糊涂，中看不中吃的，果然有些呆气。"接着又说出议论的理由是"他自己烫了手，倒问别人疼不疼……""大雨淋的水鸡似的，他反告诉别人'下雨了，快避雨去罢'"。《红楼梦》在贾宝玉性格塑造上出现寓意笔墨的地方很多，但要数三十五回的这一情节最为典型，正是通过这些情节，表现了贾宝玉性格中的所谓糊涂、疯颠，大致形成了全书中的人都是聪明的、明白的、清醒的，唯独宝玉是个疯子的局面。这样表现贾宝玉性格上的寓意就深刻了。

这样一对比联想，贾宝玉性格上的寓意性还有什么要说明的呢？同时，曹雪芹的"其中味"这一点不也就一样明晰了吗？

一个艺术形象的寓意与形象本身并不矛盾，而且还能有相互彰显和促进的作用，这对于我们认识贾宝玉形象的寓言性质也很重要。不妨假设一下，在我们抛弃《老人与海》中的桑地亚哥的种种寓意的时候，是不是就失去了他的存在价值了呢？不，《老人与海》一发表，欧美评论界纷纷猜测桑地亚哥形象的意义，可海明威却一再强调桑地亚哥就是一个普普通通的老渔民。他对《泰晤士报》记者说："我企图描绘的是真正的老头儿，真正的小男孩，真正的大海，真正的鱼和真正的鲨鱼。"[①]

---

① 华中师范大学：《外国文学研究》第十期，1979，第 33 页。

这句话耐人寻味，这对于《红楼梦》中的贾宝玉也是如此，如果贾宝玉不是一个真正的令人回肠荡气的爱情剧形象，那他形象的寓意及其他内涵便是不存在的。这一点上，如果曹雪芹先生冥中能言，我相信他也会说他的宝玉先是一个"真正的宝玉、真正的情种的宝玉"。这表明，深刻的寓意依赖于鲜明的艺术形象，鲜明生动的艺术形象又借寓意来加大形象本身的丰富性和内涵，使形象更为丰满，更为厚重和意蕴无穷。这方面，《老人与海》与《红楼梦》已经有了很多的实践。

归结以上，虽然贾宝玉形象的寓言性质还有好多方面，但表明贾宝玉形象的寓言性质的存在和意义已经说明了问题。曹雪芹先生开篇便用"烟云模糊法"布下了许多迷魂阵，来保护自己和作品，这些迷魂阵的散布，寓言手法在其中充当了非常重要的角色。刘梦溪先生在《论〈红楼梦〉的书名及其演变》一文中曾说："研究《红楼梦》的书名，首先必须走出作者布下的迷魂阵。"[①]研究书名如此，研究《红楼梦》、走出"假"宝玉的迷魂阵又何尝不是如此呢？而寓言手法是散布"迷魂阵"的重要手段，因此走出此阵，从这方面着手是必要的。认识贾宝玉形象的寓言性质，不敢说是走出去的必经之路，但许多被《红楼梦》寓言瞒过去的人，主要是被贾宝玉这一形象瞒过去的。"满纸荒唐言，一把辛酸泪！都云作者痴，谁解其中味？""解味"是曹雪芹一生中最大的愿望，被瞒过去是谁也不愿发生的。认真地理解认识贾宝玉形象的寓言性质，也许是"解味"的又一条路子，至少能对正确理解《红楼梦》的一方面或多方面提供一条路径。

---

① 刘梦溪：《红楼梦新论》，社会科学出版社，1982，第 172 页。

母语教育中的寓言

　　任何一个国家和民族对其母语教育都非常重视，因为母语教育是一个民族文化培源固本、延续发展最基本的手段。人是文化的人，究其根本，人只能在自己创造的文化境域中生存，而这个文化境域的最重要依据也就是它的语言。我们在许多民族生存的事例中看到，当一个民族受到自然或人为的外力影响（不论这种影响是强制的还是自愿的），使其原本的文化逐渐消失，那最后一个消失的文化形态必然是其语言文字。可以说，语言文字是一个民族的文明创造物，特别是精神创造物的依存基础。这也就是几乎所有国家和民族都以自己的方式重视固有民族母语教育的根本原因。

　　这是大目标、大前提，在这个大目标下，一个国家和民族的语言文字教育又可展开许多分支，如为后代提供一种语言交际工具，一种思维的材料和方式以及认知和传承自己国家和民族的文化，等等。而实施这一切最有效的方式就是把自己文化中已有的、在语言文字上创造起来的、足以称为文学成就的东西拿来作为语言文字学习的范本。在对这种范本的运用中，世界大多数国家和民族的母语教育都大量使用了寓言这一文学体裁，特别是在中低年级的语言文字学习中更为广泛，使寓言这种古老而特殊的文学体裁，在一个国家和民族的母语教育中显现出很重要的特性。故而，认真探讨它是很有意义的。

一、人类的母语教育

往下叙述之前，有一点要说明，我在这里所说的母语教育是一种广泛、大概念的国家和民族的语言文字的传承教育，不论这种教育是国家和社会行为，还是个人或团体行为，再或是民间无意识的集体行为，都可归而纳之。当然，现今所有国家和民族的母语教育基本上都是以学校教育的方式来展开，因此学校是母语教育的主体。

据调查，世界上有五千多种人类语言，几乎每一种语言就是一种文化，或包含多种文化。在这些语言文化中，创造了辉煌的历史，并对世界文明发展有较大影响的民族语言至少有数百种。这些民族的语言多数都在这个世界上流传了数百年、数千年、数万年之久，而这些语言的发展历史也就是人类国家和民族母语教育的历史。对于自然状态下非组织化的母语教育历史已很难追述，就像我们追述人类史前史一样困难。故我们今天所叙述各国家民族的母语教育历史，实际上已是一种有文字史载的社会化、组织化了的母语教育。如中国古代的官学、孔子之后的私学、古代希腊的儿童语言学校，等等。

从古到今，世界上各个国家和民族的母语教学都是其语言文化发展中的一个极为重要的组成部分，但令人惊奇的是，在这些母语教育中，寓言都是其中的重要角色。在一般的母语教育中，各个国家和民族都会寻求出适合自己语言表述的经典（包含内容的经典和表现形式的经典），具体而言，就是戏剧、诗歌、小说、散文、寓言、童话、故事等。在这些人类文化的语言种类中，我们发现诗歌和寓言是整个母语教育过程中最为常用的体裁。在母语教育由低向高的过程中语言的品类、体裁有增有减，如初级阶段中很少有戏剧品类，而高级阶段很少有童话品类，也有的母语教育中不注重小说、故事，或不注重童话和散文等，但寓言和诗歌却几乎是所有母语教育中都注重的，并且几乎贯穿了母语教育的始终，即小学课本里有寓言，大学课本里也有寓言。

在古代希腊，母语教育的范本大致有：寓言、抒情诗、《荷马史诗》，也许还有一些戏剧作品，其中寓言被列为这些范本之首，是他们学习古希腊语言的基础。在中国古代，母语教育的范本最初包含两个部分，一是诗，二是文。诗歌品类的经典就是《诗经》，文的品类比较广泛，有史述、政论、言情、叙事等内容，而其中最能体现文学色彩和影响文体未来发展的品类就是叙事中的寓言了。但应该承认，在中国古代，特别是唐代以前，寓言的应用虽然很广泛，可它在体裁上还没有取得自己的独立性，笼统地被归为"文"的范畴来应用。而且《诗经》在中国古代民族的母语教育中比寓言要重要一些。在古代的希腊，不学《伊索寓言》可以说：无以言。而这话在中国古代，只能说：不读《诗经》，无以言。

在国家和民族的母语教育中，寓言的应用是广泛的，在古代中国、古代希腊是这样，在古埃及、古希伯来、阿拉伯文化中也是这样，即几乎所有在世界上有一定影响的语言文字的传承教育中，都有寓言这一文学体裁的影子。

世界上各个国家和民族在母语教育中对寓言应用的概况大致分两个部分，叙述于下。

二、寓言在国外母语教育中的应用

世界各个国家和民族在母语教育中大量使用寓言，这是一个普遍存在的现象。在印第安人、澳大利亚土著人、非洲的各民族中，人们，特别是儿童用寓言来学习语言和文化是很正常的事情。这在我收集的世界寓言中，以上这些民族的寓言作品，特别是非洲各民族的寓言就非常丰富。这些寓言故事在母语教育的应用中，情况也许不像我们今天在学堂里看到的那样，由教师讲一个寓言故事，风趣、有教训内容，并有多种语言内涵（文化的、精神的、经验教训的、语言表达上的）的讲解。也许他们的母语教育中讲授寓言是由母亲、歌手、老哲人等在火塘边、小院里、树荫下完成的。

这些在当今世界文化流中处于边缘状态的民族在母语教育中以自己的方式应用了寓言这种文学体裁，因而在历史上产生相当影响，并且现今仍然处于文化主流中的民族的母语教育中对寓言的应用更为充分。

《伊索寓言》是古希腊儿童语言教学中的基本读本，他们从中学习关于自己的语言精神、语言思维方式，以及相应的历史文化知识等，以此初步地认识这个世界，并与他人交流，获得基本的语言表述能力，再进而对古希腊社会生活的智慧结晶吸收和利用。当然，这种动机和过程是复杂的，影响也是很深远的，难以具体描述，但每个希腊儿童从这里走进希腊语言，走进希腊社会则是无疑的。再往后，古希腊的母语教育可能走向更高级的形态，这就是对《荷马史诗》的学习，但它的基础则是《伊索寓言》。古希腊的《伊索寓言》在语言教学上的魅力是人所共知的，这里我们引一则古希腊的悲剧之父埃斯库罗斯的寓言，就可看到《伊索寓言》在古希腊民族母语教育中的影响力。这则寓言是这样的：

老鹰站在高耸陡峭的危岩上，看着兔子在田野上奔跑，想伺机捕食它们。

埋伏在旁边的射手看到了，精确地瞄准后，给予了致命的一击。

老鹰看到箭已穿透了自己的心脏。在一瞥中发现箭上的羽毛正是自己的。它哀叹道："对我来说这正是双倍的悲哀呵：我是死于自己翅膀上的羽毛做成的箭！"

当意识到由于自己的过错而带来不幸时，会更加深他们的痛苦。

读罢则寓言，虽然是译文，但从中透出的语言魅力，也能让有着文化背景的读者产生很深的印象。

古希腊人把《伊索寓言》作为儿童语言教育的范本，几乎成为世界人类语言教育的一个经典作法。在 13 世纪前后，十字军东征使欧洲人重新发现了《伊索寓言》，它与受此影响而发展起来的法国的《拉·封丹寓言》、德国的《莱辛寓言》、英国的《盖依寓言》、俄罗斯的《克雷洛夫寓言》、以及意大利的《达·芬奇寓言》等，也就成了欧洲国家和民族儿童学习本民族语言的经典范本或范文之一，这种作法沿袭至今。寓言与神话、传说、童话、诗歌一起构成他们母语学习的基本素材。不管这个国家和民族的其他文化语言状态如何，《伊索寓言》肯定会选入他们一至十年级，乃至大学的语文课本。这种情况在欧洲是这样，在亚洲的许多地方又何尝不是如此呢？《伊索寓言》已是人类语言教育的共同财富了。

古代埃及的历史与古希腊一样古老，但它的文明对后世影响不大，许多成就都埋入了地下，但从现今的一些资料看，它们数千年的历史中也有这样的母语教育历史。在《人类早期文明的"木乃伊"——古埃及文化求实》一书中道："采用绘画形式的寓言故事，在新王国时期非常流行。这样的纸草与陶片已有发现……"①另外，我们在希罗多德的《历史》一书中，也看到了几则古代埃及的寓言。

《圣经》是古代希伯来、犹太人的经典，也是整个欧美文化的语言经典，它几乎赋予了所有世界上拼音类文字的语言精神内涵。这种语言精神的表达和语言思维方式的运用，其中也大量使用了寓言。如《圣经》中的《瞎子领路》：

> 一个瞎子在路上走着，他张皇失措，因为这条路他从来没走过，不知如何是好。这时一个好人走过来对他说：
>
> "喂！你到哪里去？我来给你领路吧。"
>
> 瞎子说他要到哪里后，便感激不已地拉着那人的手，一同上路了。
>
> 走着，走着，突然，两人都跌进了一个大坑里。
>
> 那个瞎子大声叫道："怎么啦？怎么啦？怎么咱们会摔在这大坑里呢？我是瞎子，可你……"
>
> 领路的人一声不吭，等瞎子埋怨够了，才慢慢地叹了口气说："对不起，我也不知道这里有一个大坑，因为我也是一个瞎子。"
>
> "那你领什么路呀！"那个瞎子大概是摔痛了，气得直摇头。

除了这样比较成型的寓言外，《圣经》中还有大量介于寓言故事和一般比喻的中间形态的语言运用。这些寓言故事在《圣经》这一语言经典中的作用是非常大的，特别是在《新约全书》中。如果不理解这些"比

---

① 汉尼希、朱威烈：《人类早期文明的"木乃伊"——古埃及文化求实》，浙江人民出版社，1988。

喻天国真理"的寓言故事，就谈不上得到天国的福音了①。

这样的情况在《可兰经》中也是如此，只不过受阿拉伯语言的限制作用不太明显而已。

在《佛经》中这样的寓言故事就更多了，可以说几乎所有佛的教义都是用寓言佛说的。宣教是一种语言的传输，教化的根本也是一种语言的教化，如中国古代的"书同文"，而这些存在语言教化的寓言比喻故事是这种形式母语教育的重要部分。这些方面，我们如果认真去阅读欧洲各国的语言文化、文艺史就会发现，中古时期欧洲国家语言的产生和发展，以及文学品类的产生都与《圣经》在各国的语言传播（或教化）直接相关。故人们说，要想深刻理解欧美国家的语言文学就必读《圣经》。

三、寓言在中国母语教育中的应用

从历史上看，中国古代的母语教育中所依托的主要文体范本并不是寓言，而是《诗经》。这与古希腊有很大的不同。不学《诗经》，无以言。不学《诗经》，你是不会讲话的，也就不会用语言进行书面的表述。

这种情况在历史上经历了一个很长的时期。在中国古代的母语教育中，先秦诸子散文也是一个经典范本，古代的中国人主要从"诗歌"和"文章"中学习自己民族的语言和语言精神、语言思维方式，而"文章"中就有许多是寓言。这种书面化的学习，多在士（文士）的这个阶层，并不是全民性的，即社会有一批专门读书写字的人，而同时也有一批不读书不写字、只说所谓民间"粗话"的人。这时候寓言仅是古代中国母语教育的语言范本的内容，尚未成为一种独立的文体。到了后来，学"渐"民间，母语的书面教育向"蒙学"发展，又有了在文士范本

---

① 《圣经·新约》的"四福音书"是它宣教的主体。

基础上新编的语言范本，以适应"蒙学"的需要，其中最有名的就是《三字经》《幼学琼林》等。这些在中国的寓言文化教育还没发生历史性变化之前大致如此。受欧洲现代教育的影响，中国进行全面国家化、社会化、组织化、学堂式的国民教育之后，中国的母语教育中的文体范本运用便多样化了。这时候，就像欧洲人十三世纪发现《伊索寓言》一样，中国人发现了寓言文体的价值和意义，开始在学堂式的母语教育中大量的以独立的文体运用寓言。这种仿西方《伊索寓言》式的运用应该说是符合现代的、全民的、全社会性质的母语教育。经过百余年的发展，寓言与小说、诗歌、童话、故事一起在母语教育中被普遍运用，且寓言文体范本贯穿母语教育全过程。在中国一年级至大学的课本中，都有寓言作为课文或范文；在小学低年级课本中用的多是中国现代作家创作的寓言，如彭文席的《小马过河》；也有从民间寓言中选用的寓言，如蒙古族的民间寓言《空心树》。小学高年级到初中、高中、大学的语文课本中，就有多篇中国古代的寓言，其中又以先秦寓言为主，其次是唐宋寓言。另外，以《伊索寓言》为主的西方寓言也有入选。

　　在实际应用中，小学低年级的语文课本中多是一些浅显的、通俗易懂的、注重儿童情趣的寓言，到小学高年级，课本中就开始出现一些中国先秦时期的寓言，如《刻舟求剑》《揠苗助长》等。到了初中，寓言的选择就以中国古代各个时期的寓言精品为主要对象。此时，学生对母语的学习也更加理性和深入了，不仅要理解寓言文学字面上的东西，还要理解字面背后的东西。到了高中和大学，课本中的寓言就更倾向于叙事性，已经不停留在智慧、经验教训总结一类的东西上了。这个时候，对叙事、文体性的理解，又把母语的学习带到一个更高的领域。

　　这个过程是一个民族母语教育由低级向高级发展的过程，可以说各个阶段学习母语的要求和内容都不一样，但它却一直能让寓言这一文体品类贯穿全过程。这时，如果浏览一下中国现行的从小学到大学的课本，就能清晰地看到这条线索，并且在不同的线上可以看到不同的寓言。这又是为什么呢？

我以为，从文体上来说，语言有片段的表达、比喻、比喻的延伸、叙事的扩展，最后才有建立在语言叙述诸要素之上的文体大厦。而寓言正是在人类语言由比喻发展到叙事关口上的过渡性文体，它往回走一步，它就是一般的比喻、象征，往上发展一下，它就是一种特定的叙事文体品类。并且，这一品类的发展状态又将影响这一母语文学的许多方面，是后来小说、戏剧这种大叙事文体的基础。我们从中可以得到文体发展要素的观照，这也就是寓言能够在人类母语教育中得到广泛运用的根本原因。前苏联的一位心理学家于1965年写了一本名叫《艺术心理学》的书，其艺术心理描述的起点就在对寓言性质的分析和研究上。

寓言在人类母语教育中的运用机理是复杂的，包括许多有趣的、有意义的方面，如果今后能进行专题讨论，肯定益处多多。

（原稿发表于《图文天地》（台湾）2000 年第 16 卷第 12 期）

第四部分 作家与作品

　　在20世纪中国寓言文学的发展历程中，作品是核心，有作品才有作家，有作品才有文学的历史和理论研究，这在20世纪的中国寓言文学中也概莫能外。

　　20世纪的中国寓言文学有两个分期，一是现代寓言文学，二是当代寓言文学。现代寓言文学的作家群虽小，但与文学史大家关联度极高。当鲁迅、茅盾、冯雪峰成为中国现代文学巨匠时，不妨碍他们也成为最优秀的寓言作家。在中国当代寓言文学中，作家群体庞大，寓言作品众多，通过独立创作寓言成为中国文学史上具有较大影响力的寓言作家，也有一定的群体，其中金江、湛卢、盖壤当属中国当代寓言文学前期最为优秀的作家代表，黄瑞云、凝溪、胡树化当属中国当代寓言文学后期优秀的作家代表。

鲁迅与中国现代寓言

　　鲁迅是中国现代著名的文学家,也是中国现代文学的奠基人之一。他的创作对中国现代文学乃至中国当代文学都有相当深远的影响。人们对鲁迅诸类作品和论著已有很多的论述,并且已有相当的研究成果。虽然人们对鲁迅在文学、美学、文艺学等各个方面均有不同的关注,但对鲁迅在寓言文学这一小领域的关注较少,并且较为浅显。实际上,鲁迅不仅在中国现代文学方面是大师,其对中国现代寓言文学也有相当的贡献。

　　鲁迅一生写下了不少光辉的文学篇章,有《呐喊》《仿徨》等小说集,也有《朝花夕拾》《野草》等散文集和散文诗集,还有如《坟》《热风》等杂文集,同时,他还有一些有意无意间留下的寓言文学作品。这些作品散见于鲁迅的杂文集和散文诗集中,如《桃花》《螃蟹》《古城》《立论》《狗的驳诘》《聪明人和傻子和奴才》《他们的花园》《人与时》《影的告别》《战士和苍蝇》等。

　　首先应该承认,鲁迅的这些寓言作品并不是在明确了寓言创作目的后创作的,而是在一些其他的创作环境,如"杂文""散文诗""散文"

中自然出现的。有幸的是，这些无意间的创作，为我们中国现代寓言提供了较早的一批纯粹的白话文寓言作品，这无疑是对中国现代寓言文学的一大贡献。

中国的现代文学，从根本上说是随着中国的白话文的兴起而出现的一种全新的文学。这种文学是在西方先进的科学文化的东渐或参与下出现的，这也是伊索寓言在中国大地兴起的原因。中国虽然在先秦及历代都有许多优秀的寓言作品，长期以来有形成寓言的基本精神，但现代的寓言文学概念还是在西方文学伊索寓言的影响下，综合了中国古代传统的寓言精神而形成的。这一影响的产生距离中国现代寓言文学创作还有一定的时间，即中国过去的寓言创作和现代的寓言创作之间还有一个过渡。从文体上来说，中国古代寓言创作使用的是古文，现代的寓言创作使用的是白话文，它们二者之间有一个过渡，这就是半文半白的寓言作品的出现，最鲜明的例子就是吴研人的寓言集《俏皮话》。

经过很长一段时期的寓言文学的发展之后，1917 年，中国现代另一位伟大的文学家茅盾先生编选了《中国寓言初编》。随后在 1918 年 8 月，茅盾又创作出版了中国最早的真正的白话文寓言，如《狮骡访猪》《狮受蚊欺》《傲狐辱蟹》《学由瓜得》《风雪云》等数篇作品，这才真正拉开了中国现代白话文寓言创作的序幕。而几乎就在同时，鲁迅的作品中出现了像《桃花》这样的文字：

> 春雨过了，太阳又很好，随便走到园中。
> 桃花开在园西，李花开在园东。
> 我说："好极了！桃花红，李花白。"
> （没说，桃花不及李花白。）
> 桃花可是生了气，满面涨作"杨妃红"。

好小子！真了得！竟能气红了面孔。

我的话可并没得罪你，你怎的便涨红了面孔！

唉！花有花的道理。我不懂。

这则文字是鲁迅作为散文诗对待的，但它不仅仅是散文诗，而是一则散文诗化了的精美寓言，很有自己的韵味和特色。寓言以特有的方式，形象地揭示了人性中心胸狭窄、嫉妒心强的缺陷和弱点。

这则寓言大致是 1918 年创作的（收在《集外集》中），与茅盾的寓言创作几乎是同时出现，也是中国现代寓言中最早的一批白话文寓言。这时鲁迅的寓言还有 1918 年 7 月 15 日发表在《新青年》上的另外两则，分别是《他们的花园》和《人与时》。《他们的花园》寓意深刻，《人与时》则显得精巧、幽默轻松。《人与时》这则寓言是这样的：

一人说，将来胜过现在。

一人说，现在远不及以前。

一人说，什么？

时道，你们都侮辱我的现在。

从前好的，自己回去。

将来好的，跟我前去。

这说"什么"的，

我不和你说什么。

这是一则纯粹的哲理寓言，虽然文字简略、明了，但寓意深刻。

以上提到的这些寓言，应该说都是很精湛的，因此，鲁迅不但是中国现代伟大的文学家，其在寓言创作上也是很有大家风范的。

1919 年 8 月 20 日，鲁迅又在《国民公报》上发表了《螃蟹》《古城》两则优秀的寓言。后来在各种集子中又有些寓言作品出现，一同构成了鲁迅的寓言创作。

《螃蟹》这则寓言写道：

> 老螃蟹觉得不安了，觉得全身太硬了。自己知道要脱壳了。
>
> 他跑来跑去的寻。他想寻一个窟穴，躲了身子，将石子堵了穴口，隐隐地蜕壳。他知道外面蜕壳是危险的。身子还软，要被别的螃蟹吃去的。这并非空害怕，他实在亲眼见过。他慌慌张张地走。旁边的螃蟹问他说："老兄，你何以这般慌？"他说："我要蜕壳了。""就在这里蜕不很好么？我还要帮你呢。"
>
> "那可太怕人了。"
>
> "你不怕窟穴里的别的东西，却怕我们同种么？"
>
> "我不是怕同种。"
>
> "那还怕什么呢？"
>
> "就怕你要吃掉我。"

这是一则辛辣的讽刺寓言，包含了鲁迅对自己同胞既惋惜又悲愤的心情，现实感非常强烈。这则寓言创作的社会背景是 19 世纪 20 年代，虽然已十分久远，但是我们还能从中感受到鲁迅对生活的切肤之痛。

《古城》是一则精湛的哲理寓言，内容是这样写的：

> 你以为那边是一片平地么？不是的。其实是一座沙山，沙山里面是一座古城。这古城里，从前一直住着三个人。
>
> 古城不很大，却很高。只有一个门，门是一个闸。青铅色

的浓雾，卷着黄沙，波涛一般地走。少年说："沙来了，活不成了。孩子快逃罢。"老头子说："胡说，没有的事。"这样的过了三年和十二个月零八天。

少年说："沙积高了，活不成了。孩子快逃罢。"

老头子说："胡说，没有的事。"

少年想开闸，可是太重了。因为上面积了许多沙了。

少年拼了死命，终于举起闸，用手脚都支着，但总不到二尺高。

少年挤那孩子出去说："快走罢！"

老头子拖那孩子回来说："没有的事！"

少年说："快走罢！这不是理论，已经是事实了！"

青铅色的浓雾，卷起黄沙，波涛一般的走。

以后的事，我可不知道了。

你想知道，可以掘开沙山，看看古城。闸门下许有一个死尸。闸门里是两个还是一个？

这则寓言中的老头子、少年和孩子是富有象征性的三代人。"古城"实际上就是那时的中国，"老头"代表着旧时代的力量，"少年"是希望打开闸门为未来留下一条生路的力量，"小孩"则是未来的希望。老头为了旧的东西，总想把一切都殉葬其中，而少年则要打破它，奔出古城……这则寓言实际上是鲁迅以寓言的方式对中国命运的思考，形象地揭示了当时生活的出路和希望。

在鲁迅的寓言中，除一般形式的寓言外，还有梦幻式寓言，如《狗的驳诘》，内容是这样写的：

我梦见自己在隘巷中行走，衣履破碎，像乞食者。

一条狗在后面叫起来了。

我傲慢地回顾，叱咤说：

"吠！住口！你这势利的狗！"

"嘻嘻！"他笑了，还接着说，"不敢，愧不如人呢。"

"什么！"我气愤了，觉得这是一个极端的侮辱。

"我惭愧：我终于还不知道分别铜和银；还不知道分别布和绸；还不知道分别官和民；还不知道分别主和奴；还不知道……"

我逃走了。

"且慢！我们再谈谈……"他在后面大声挽留。

我一径逃走，尽力地走，直到逃出梦境，躺在自己的床上。

这则寓言的讽刺意味更为辛辣，而且所表现的方式也很新奇，对势利小人的讽刺可谓入木三分。

以上几则寓言是鲁迅散文体的寓言创作，这是他寓言的主体，另外他的寓言中还有诗体的寓言创作，如上文所引述的《桃花》《人与时》。这两首寓言诗的艺术表现自不用赘言，它们同时还是中国现代寓言创作中最早的寓言诗作品。因此，可以说鲁迅不但是中国现代最早的寓言作家，而且是中国现代第一个创作寓言诗的作家，是他开创了中国现代寓言诗创作的先河。

另外，还有人认为鲁迅的《过客》是寓言剧，以及《起死》也具有寓言风格。虽然这种说法还有待商榷，但鲁迅在寓言创作中的表现形式很丰富则是肯定的。

鲁迅的寓言作品表现的艺术特色是显著的，大致上有以下几个方面：

一是富有战斗精神的文字内容，二是不拘一格的表现形式，三是散文诗化的语言表达。

在鲁迅的文学作品中，富有战斗精神一直是最鲜明的艺术特色。作为文学旗手的鲁迅希望每一个作品都是匕首、投枪，这对于寓言也不例外。在寓言中，鲁迅最常用的手段就是辛辣地讽刺和揭露敌人，当然也有用寓言正面交锋的，如有名的《苍蝇和战士》。这则寓言写苍蝇发现了战死者的伤口、缺点，就营营叫着，自以为比战士更英雄……从而有了脍炙人口的格言："有缺点的战士终究是战士，完美的苍蝇也终究不过是苍蝇。"

不拘一格的表现形式在鲁迅寓言中体现得淋漓尽致。鲁迅的寓言作品数量总的来说并不多，但它却包含了散文寓言、寓言诗、讽刺寓言、哲理寓言、梦幻寓言等多种内容形式。这充分说明鲁迅富有创造精神，并且善于选择合适的方式表达自己的感情。

散文诗化的语言表达是鲁迅寓言艺术特色的又一表现。鲁迅创作的诗体寓言自然是诗化的语言，语句十分优美流畅。他的寓言故事的寓意一般都比较深刻，但叙述简洁，分段很多，跳跃也较大。

鲁迅寓言对中国现代寓言有着巨大的贡献。虽然茅盾的寓言创作比鲁迅稍早一些，但茅盾的作品多处于一种模仿和学习阶段，真正独立构思创作的寓言很少。而鲁迅的寓言基本都是经过独立构思后才会创作的，有些作品的艺术表现不一定完全成熟，但能摆脱模仿、独立地塑造自己的寓言形象，这不得不说是一个进步和胜利。

上面举的例子是独立成篇的鲁迅寓言，但这还不是鲁迅寓言的全部，他还有一些穿插于文中的寓言。在鲁迅的文章中，极善于用譬喻和引述来自民间和古代的寓言作品。在前者中，如果譬喻用得好或用得富有情节，那么就能称得上是一则好寓言，如鲁迅 1927 年在广州黄埔军校作的讲演《革命时代的文学》中有这样一段话：

> 为什么人类成了人，猴子终于是猴子呢？这就因为猴子不肯变化——它爱用四只脚走路。也许曾有一个猴子站起来，试用两只脚走路罢，但许多猴子就说："我们的祖先一向是爬的，不许你站！"咬死了。它们不但不肯站起来，并且不肯讲话。

不用过多的解释，这实际上就是一则完整而又优秀的寓言。鲁迅的创作中还有许多譬喻的文字，如《论语一年》中用蛆虫作譬，《新秋杂识》中谈武士蚁作譬，等等。当然，不是所有的譬喻文字都能成为寓言，但鲁迅寓言文学中的譬喻运用得却是恰到好处，称得上是点睛之笔。

在作品中引述中国或外国寓言对于鲁迅是常事，如《谈蝙蝠》说到中外有名的表现蝙蝠两面派的寓言；《知了世界》引用了拉·封丹的寓言；《死所》引用了一则日本笑话寓言；《狗、猫、鼠》生动地记述了"猫是老虎的师父"的寓言故事；等等。这些寓言肯定不能与鲁迅的寓言创作相提并论，但它们反映了鲁迅很注重寓言的文学修养，同时培养自己的寓言兴趣。也就难怪在文学创作中，他会不由自主地创作出寓言作品，原因大致于此。

鲁迅还做了一件对中国现代寓言文学有贡献的事，就是 1914 年捐资刊刻佛经寓言集《痴华鬘》①。鲁迅捐资六十个银圆刊刻此书本身并没有多少特别的意义，但由于他在文学上的地位，使人们更加注目这本佛教寓言集，再加上他有"大林深泉"的赞语，更加扩散了这本寓言集的影响。可以说，没有鲁迅对此书的"发现"，今天要出现近十个原刊本和译述本，就很艰难。

---

① 也就是今天的《百喻经》。

正如林植峰先生所说的那样，鲁迅的寓言作品是其文学作品的一个重要组成部分，也是构成鲁迅作品美学特质的一个组成部分，很值得我们探讨、借鉴，并使之发扬光大。

茅盾与寓言

众所周知，茅盾是我国现当代最著名的文学家之一。他的笔触涉及现代文学的许多领域，如神话、神话研究、童话、小说、文艺评论等，也涉及到寓言。他的寓言作品与五四运动之后的白话文寓言的兴起，以及中国现代寓言文学史的发展结下了不解之缘。在现代文学史上对寓言创作有贡献的几位寓言作家，如冯雪峰、张天翼、鲁迅等，都有人对他们作了一定的评价和研究。在目前所出现的以《中国现代寓言集锦》为首的数种权威性的寓言选集中，也都选辑了他们的作品，却唯独没有茅盾先生的寓言作品。对茅盾寓言作品的忽略是一个失误或者是一种遗忘，要知道茅盾先生凭借卓著的寓言创作实践，完全可以作为中国现代文学中的一位具有开创性功绩的寓言作家来评述。

按一般文学惯例，五四运动作为一个历史的分界线，即中国的现代文学从这里开始，不管这个历史分界线的准确性如何，对作为中国现代文学一个组成部分的中国现代寓言文学来说，这个分界线也是相适应的。故中国现代寓言文学也是以五四运动开始，至 1949 年结束。

在中国近代以前的数千年的封建文学中，中国的寓言自先秦寓言始至清末的寓言作品均是古文寓言，即以古代汉语的风格创作的寓言又统称为中国古代寓言。到了近代，即所谓的旧民主主义文学时期，出现了用"半文半白"的语言创作的寓言，如吴研人的寓言集《俏皮话》。

这些"半文半白"的寓言为中国现代新文学中白话文寓言的出现作了历史性的准备。在这一系列的历史准备之后，五四运动来临，全国规模的新文化运动兴起，中国的寓言创作也随着白话文学的兴起而出现了。五四运动之后，中国新文学的变化不仅是文体上的，还有内涵上的，由于西方文学及其他文学的影响，形成了一股反传统的新文学洪流。在这一洪流中，尽管小说、诗歌、散文、戏剧是主流，但寓言也扮演着重要的角色。当时的寓言创作以中国古代的寓言精神为基础，融合了来自西方寓言的一些精神实质，一起汇入了反传统的革命文学洪流中。就在这种时代背景下，中国的现代文学作家中出现了许多有意识的和无意识的寓言作家，如茅盾、鲁迅、张天翼、冯雪峰等，正是他们创作的一系列寓言作品才构成了中国现代寓言文学。

以上诸位寓言作家都以自己的寓言文学实践取得了相应的历史地位。在和他们相关的研究中涉及茅盾先生的寓言文学实践的叙述最让人欣慰。我们从中发现，中国现代寓言文学的序幕是茅盾先生拉开的。

茅盾的寓言文学实践有据可依的是从 1917 年开始。这时候茅盾是一个初出茅庐的文学青年，他利用在商务印书馆工作的机会，在一些师友的帮助下，编纂了中国第一部古代寓言选集《中国寓言初编》。《中国寓言初编》由商务印书馆于 1917 年 10 月出版，此书收录了 126 则中国古代寓言。此书的编纂者为桐乡沈德鸿，校订者为无锡孙毓修。书前有孙毓修所作的序言，对之作了相当高的评价，但遗憾的是他并没有意识到这部作品的产生对中国现代寓言文学的历史意义。也就是说，五四运动后不久，中国现代寓言文学就以编纂中国古代寓言的方式开始对寓言文学展开推进。这件事又由中国现代文学的领袖人物之一茅盾先生为之，更是一件幸事。

正是由于此书的编纂，使茅盾先生对寓言产生了兴趣，从而关注到寓言这一文学作品的产生、发展，以至开始创作起寓言来。可以说，正是由于此，茅盾先生与儿童文学和寓言结下了不解之缘。1918 年 8 月，茅盾先生在他的十七本童话的第四本中编著了他的第一本寓言集《狮骡访猪》，此集中有《狮受蚊欺》《傲狐辱蟹》《学由瓜得》《风雪云》等篇。1918 年 9 月，茅盾先生创作出版了第二本寓言集《平和会议》，此集中有《平和会议》《蜂蜗之争》《鸡鳖之争》《金盏花与松树》《以镜为鉴》等篇。1919 年 1 月，他又出版了第三本寓言集《兔娶妇》，此集有《兔娶妇》《鼠择婿》《狐兔入井》等篇。这三本寓言集共有 13 则寓言。在创作了这些寓言之后，即 1919 年，茅盾先生转向童话创作和神话研究、评价、编写创作方向发展，寓言创作也就没有再涉及了。但就此三本寓言集中的十多则寓言而言，已经为我国现代寓言文学的发展开创了多种意义上的先河。

《中国寓言初编》是中国新文学运动中出现的第一本整理介绍中国古代寓言的著作，它的出现对中国后来现当代寓言文学的发展有多种意义。一是辑录的书目非常经典。这本寓言集中的寓言一共有 126 则，主要来源《礼记》《孟子》《史记》《汉书》《晏子春秋》《魏文侯书》《荀子》《韩诗外传》《说苑》《韩非子》《墨子》等书。当时的《中国寓言初编》如此，后来几乎所有的不管从什么角度编撰的 "中国古代寓言集" 都没有摆脱这些基本书目。二是开创了独特新颖的编写体例。这本寓言集的体例为：引录原文，夹注疑难词句，标明出处，然后略作评论，这在此后的上百种 "中国古代寓言集" 中莫不如此，只不过后来的人们常常在夹注之后加上译文。三是第一次向世界介绍了中国古代寓言的风貌。17世纪，随着西方传教士的到来，在中国出现了一种叫"寓言"的东西。两百年来，随着伊索名字的广泛传播，中国的文学家从对比中发现了我国古代，主要是先秦诸子百家在散文中称之为"譬喻"的东西与伊索的文字极其相似。同时又发现，我们习惯称为"譬喻"的说法是不恰当的，于是又在《庄子》中发现了"寓言"二字。直到林舒翻译的《伊索寓言》大震中国文学界之后，中国人才统称此类文章为"寓言"。纵观过去几百年的中国文学发展历程，人们也并不知原来中国也有"伊索寓言"。茅盾创作的《中国寓言初编》一出，中国人和外国人才明确地认识了中国的"伊索寓言"。此书出版不久，很快也就有了英文译本外流，这也是第一次向国外介绍了中国寓言。这个开创意义具有深远的影响，对此，三十年代的寓言研究家胡怀琛作了高度评价，他在其《中国寓言研究》一书中第八章"近二十年来寓言的复活"中说道："'近二十年'，这四个字，是大概的数字，不十分确切，如果自林琴南介绍《伊索寓言》到中国来算起，已不止二十年；如果自茅盾的《中国寓言初编》出版的那年算起，又不满二十年……"从这里我们不难看出，胡怀琛是把茅盾的《中国寓言初编》等同于林琴南所译的《伊索寓言》，视其为中国现代寓言文学史上的一块里程碑。

在《中国寓言初编》出版的影响下，第二年，即1918年，茅盾在创作科学小说、改写古代民间故事传说和神话的同时，开始了他的原创寓言。这一时期寓言创作的成果就有三本寓言集，这里例举其中的13则寓言。

《狮骡访猪》说的是狮子与骡子做了朋友，并邀约骡子去抓猪。骡子把猪骗了出来，狮子把猪抓走了。路上他们中了猎人的网罗，被双双捉住。骡子对来收网的猎人哀求，说自己是好人，可是猎人却认为他虽是好人，但已和坏人在一起，只能把他当坏人看待。《狮受蚊欺》写了一只自以为了不起的狮子在一口井旁为喝水与蚊子打仗，结果被卡在井里送了命。《傲狐辱蟹》讲的是狐狸一时气盛，上了螃蟹的当，去与螃蟹比赛跑，结果被机智聪明的螃蟹夹住尾巴，输给了螃蟹。《学由瓜得》说的是古时候有一位先生在一棵无花果树下论说西瓜与无花果的大小，以为西瓜的藤那么细，结的果应该只有无花果那么大，而无花果则应有西瓜那么大。谁知话音未落，一个无花果落在了他的头上，转念一想，他吓坏了，如果无花果真有西瓜那么大，后果不堪设想，所以人不可妄论呀！《风雪云》写雪、云、风争论各自都神通广大，雪说它冻死了几万敌军，给庄稼盖被子、杀害虫；云说它给大地带来雨水，农民最欢迎他；而风却说雪和云两个都是它吹送的，它的功劳才最大呢。《平和会议》写牛、马和猪的争执。猪自以为能吃好喝好，不用受苦受累，主人对它好，还说牛马吃得不好，又受苦受累，主人对它们不好，可是待猪长肥了被主人一个个杀了吃肉的时候，牛马就明白了。《蜂蜗之争》写一群蜂与蜗牛的斗争过程，刻画了侵略者可恶的嘴脸。《鸡鳖之争》说鸡不容在一旁静处的鳖，大叫大骂，最后鸡听了鳖的劝告才平静下来，以此劝戒人们要和睦相处。《金盏花与松树》写一棵与松树一同长大的金盏花要跟松树争高低，无谓地增添了许多烦恼的故事。《以镜为鉴》说的是一个儿子照镜子，发现里面有人，就吓唬他，并伸手打他，结果手在玻璃上碰得很痛，他父亲教育他，镜子里的人都会"打"痛你，更何况现实中的人呢？劝戒人们要与人为善。《兔娶妇》讽刺了某种世俗的婚姻和虚假的夫妻关系。《鼠择婿》写的是一只老鼠要出嫁，有云时不合适，有太阳时也不合适，风也不合适，山也不合适，最后只有一只老鼠最合适。《狐兔入井》写了一只陷进井里的兔子，利用狐狸的贪心，机智地解救自己的过程。

这 13 则寓言大致分下来，其中《狮骡访猪》《平和会议》《风雪云》《蜂蜗之争》《鸡鳖之争》《狐兔入井》六则很明显是来自对我国民间故事的再加工创作。《狮受蚊欺》《傲狐辱蟹》两则寓言的"骨头"是外国的，而"肉"是中国的，即外国的故事框架，中国的故事内容，这两则寓言的故事框架都可以在《伊索寓言》《拉·封丹寓言》中找到。《狮受蚊欺》设计了一口古井，狮子的结局是卡死在井里，而不是逃跑，它反映的故事框架和道德教训是一样的，但意味就很不相同。《傲狐辱蟹》完全模仿《伊索寓言》中的"龟兔赛跑"，它把主人公改为狐和螃蟹，故事原本是兔子因大意和疏忽而输，在这则故事里则是螃蟹因机智而赢。像这样咬尾巴的情节在中国民间故事中还有多种表现，由于两者的结合，寓言的中国民间味儿十足。《学由瓜得》《鼠择婿》《兔娶妇》三则寓言完全来自于国外，而且改变不大。《学由瓜得》来自于阿拉伯民间寓言故事，《鼠择婿》源自印度的一个广泛流传的民间寓言故事，《兔娶妇》的故事来自一个在许多国家流传的民间故事。在这十三则寓言中，我认为属于茅盾先生自己构思创作的寓言有《金盏花与松树》《以镜为鉴》。

以上是茅盾先生的寓言创作，其思想内容、艺术表现等方面都在一定程度上呈现了茅盾早年的文学创作风貌。可话说回来，茅盾先生的寓言创作在他总的创作中肯定是微不足道的，如果我们过分地肯定其寓言超越了其他文学种类创作，那无疑是一种夸大。但他在这一时期的寓言实践对中国现当代寓言发展有多个方面的意义则是毋庸置疑的。这些意义表现在以下方面：

一是茅盾先生是中国五四运动以来，第一个尝试用白话文创作、改写寓言的人。他的三本寓言集最早的《狮骡访猪》出版时间是在1918年7月，而现代最著名的寓言作家冯雪峰是1947年开始创作寓言的，张天翼是1948年开始创作寓言的，连追溯最早的鲁迅的一些可视为是寓言作品的《螃蟹》《古城》等也是1919年8月才发表的，其他的如《立论》《狗的驳诘》则是 1925 年 4 月创作的。这样一来，我们不得不承认茅盾先生是最先使用白话文创作、改写寓言的作家，如果单从形式上讲，他的这一功绩完全可以同郭沫若先生开创的新诗相比，功莫大焉！

二是茅盾先生的这种基本处于模仿和转变中的寓言创作，真实地反映了中国现代寓言创作最初阶段的风貌。我们的白话文是从古文中发展起来的，白话文寓言也是从古文寓言中延伸出来的，这样它必然对新的文体、新的表述、新的形式有一个适应过程，这一过程正是中国现代寓言在寻找自己的现代生活题材、思想内容、表达方式的时期。在这样的一个时期中，其寓言创作必然反映多方面的因素和不稳定性，茅盾先生的寓言创作正好表现了这一历史特征。他的作品题材角度选择多样化；表现手法中既有西方的方式，又有中国民间的方式，还有流行于当时的一般方式；语言上以新语为主，旧语时见。这一存在，当然为中国的寓言文学研究提供了最好的例证。

三是茅盾先生的寓言创作还为我们后来的寓言文学发展在艺术表现上作了部分准备工作。关于这个话题，我们可以从以下两个方面分述。

第一个方面是改写寓言。改写寓言是寓言创作中最常用的一种方式，利用其他民族或国家的寓言故事、题材进行再加工，以之适应于本民族的文字表述、思维方式和欣赏趣味等，如法国《拉·封丹寓言》之于《伊索寓言》，《克雷洛夫寓言》之于《伊索寓言》等。尽管它们的故事是同一的，但在不同的民族寓言创作中，仍然可大放异彩。茅盾先生就在这方面最先作了大量的尝试，如前所述，再创作了不少这样的寓言。在这样的再创作中，他同时汲取了来自于外国和中国民间两个方面的特色。对中国民间的故事，茅盾的处理方式一是使语言文字更书面化，二是改造为更适合于寓言道德教训的故事。对外国寓言故事，他不像欧洲一些寓言作家那样对伊索寓言中的故事题材全面模仿，而是根据中国丰富的传统文化及民间寓言遗产的客观现实，取其基本框架，不作重复的译述，进行"换血式"的再创作。如《傲狐辱蟹》的故事框架是《龟兔赛跑》，内核却是狐与蟹的中国方式的表演，取得的寓言效果大同小异，但改编后的寓言故事更具有中国韵味。这些都反映了我们现代的寓言创作一开始就没有对西方伊索式寓言产生依赖，一直保持着自己的特色。茅盾先生在这方面的努力，实际上已为我们后来对外来寓言故事的改写、再创作定下了基调，并且提供了宝贵的创作经验。

第二个方面是文学表现。茅盾的寓言创作文笔成熟老练，故事形象生动，教训质朴鲜明，把生动的童话与寓言的寓意有机结合很有特色。这方面表现最突出的是《金盏花与松树》，这则寓言和《以镜为鉴》直到如今都可称为寓言的佳品。《金盏花和松树》描述了小松树与金盏花一起成长的过程，讲述松树小的时候常常受到金盏花的嘲笑，后来金盏花被长大了的松树遮住了阳光，又与松树争地盘而喋喋不休，无奈之下，金盏花只好离开了松树。在其非常动人的故事叙述之后，又出现了这样的文字："在下还有几句话道，凡人总有一个分层，身份高的和身份低的同在一起，是合不来的。身份低的想和身份高的强争，更是无益，须要估量着自己的力量，原谅别人的难处。若是一味倔强，终究是自己吃亏。金盏花和松树的这段故事，寓意只是如此，看官不要看错了才好。"这则寓言故事形象生动，道德教训也颇富人生哲理，虽然"看官"等字眼脱不了当时的时代环境，但其道德教训仍产生了不少有益的影响。

《以镜为鉴》中讲的故事十分风趣，构思巧妙，教训鲜明，也令人回味，其寓意对后代也颇有影响。在这则寓言里，张先生最后对自己的儿子说："我的儿呀，对人总要和气。镜子里的是假人，尚且不可怠慢，真人更不必说了。"这具有中国韵味的道德教训，与当代许多寓言的道德教训没有太大的区别。

　　总的来看，茅盾先生的寓言创作（包括改写）大多充满浓郁的生活气息，现实感强，表现了作者对世俗社会现实生活的关注和理解。这方面与其坚定的现实主义文学创作道路是相吻合的，因此他的创作对后来的寓言文学也有着深远的影响。另外，茅盾先生的寓言创作在存在多种积极意义的同时，还存在一些局限性。其寓言创作的局限性首先在于寓言创作的模仿，导致茅盾先生没有在其创作中为我们提供更多的寻找到自己生活立足点的寓言典范。其次，局限性主要在于作品中有些童话描述是增色的，但有些描述则是累赘的。这一现象反映了当时寓言与童话的界线有些模糊，一旦形成作品，其传播对后代具有很大的影响。也可以说，我们当代寓言创作在某些方面的模糊认识都与此有一定的关系。此外，局限性也表现在故事的不简洁上，中国古代寓言的故事是简洁的，西方寓言大多也是简洁的，但在中国现当代寓言创作中简洁却是一件难事，这与我们的历史自然相关联。

　　（原稿以"论茅盾在'五四'时期的寓言创作"为题发表于《六盘水师专报》1991 年第 1 期）

评冯雪峰寓言

中国现代寓言的历史起始于五四运动前后，并在以后的数十年中，有一定的发展。坦率地说，如果中国现代寓言没有冯雪峰寓言的出现，就会失色很多。冯雪峰寓言的出现，不但奠定了中国现代寓言的基础，表现了中国现代寓言的基本风貌，而且把中国现代寓言提升到一定的高度，使中国现代寓言从此走向成熟。

冯雪峰（1903—1976年），中国现代著名的寓言作家、诗人、文学翻译家、文艺理论家，笔名雪峰、画室、吕克玉、成文英、何丹仁等，浙江义乌人，1921年，在杭州加入朱自清、叶圣陶等人组织的"晨光社"；1922年，与汪静之、应修人、潘漠华组织成立"湖畔诗社"；1927年，加入中国共产党；1928年，编辑《萌芽》月刊，并与鲁迅共同编辑《科学的艺术论丛书》；1929年，参加"左联"筹备工作，曾任"左联"党团书记；1941年，皖南事变后被捕，在上饶集中营被关近两年，后又到上海工作；1951年至1957年间，历任人民文学出版社社长兼总编辑、《文艺报》主编、中国作协副主席；1976年1月31日，病逝于北京。其主要作品如下：译作有《社会的作家论》《艺术与社会生活》《文学评论》《夏天》等；论著有《乡风与市风》《有进无退》《鲁迅论及其他》等；诗集有《湖畔》《春的歌集》《真实之歌》等；剧本有《上饶集中营》等。

冯雪峰的寓言创作是 1946 年后在上海开始的，主要的作品集有《今寓言》《冯雪峰寓言三百篇》《雪峰寓言》《寓言》等。另外，他还改写了《百喻经》，题名为《百喻经故事》。

冯雪峰寓言基本上是 1949 年前创作的，1949 年后极少创作寓言，到 1975 年，也就是他去世的前一年，他写了一生中最后一则寓言。这则寓言叫《锦鸡与麻雀》，是这样写的：

> 有一只锦鸡到另一只锦鸡那儿作客。当它们分别的时候，两只锦鸡都从自己身上拔下一根最美丽的羽毛赠给对方，以作纪念。这情景当时给一群麻雀看见了，它们讥笑说："这不是完完全全的相互标榜么？"
>
> "不，麻雀们，"我不禁要说，"你们全错了。它们无论怎样总是锦鸡，总是漂亮的鸟类，它们的羽毛确实是绚烂的，而你们是什么呢？灰溜溜的麻雀？"

这则寓言可能表达的只是一种心境，对某种人生历史的见解。寓言本身并没有什么，但一个垂幕之年的老人把他的善良平和及悲凉无比的心情寄寓于寓言，可见寓言创作对其人生的重要性。这则寓言是属于冯雪峰的一则美丽的挽歌，也是一生中最后的寓言作品。

冯雪峰的文学实践是多方面的，有文艺评论、理论研究等方面的作品和著作，也有诗歌、杂文、寓言、戏剧等方面的文学创作。在众多作品中，尤以寓言创作最为突出。虽然他的诗歌、杂文、戏剧在中国现代文学创作上有一定影响，但给他带来决定性声誉的则是他的寓言创作。

冯雪峰不但用大量的寓言作品表现了广泛的社会生活，总结了带有时代印记的日常社会生活的经验教训；同时还在寓言中表现了他的艺术才华、世界观、人生观、哲学思想、文艺思想，等等。可以说，我们不了解冯雪峰的寓言创作，就很难了解他的文学创作的全貌。

冯雪峰寓言总共有 200 多篇，在这些作品中有中国现代寓言的一大批优秀作品，如《两盗与商人》《老妖妇与美女》《两个菩萨》《野猪、蟒蛇们的和平会议》《类人猿的音乐会》《旅行家与海潮》《柳树与落水的人》《猴子与养猴子的人》《十个老鼠的大团圆舞》《乌鸦养儿子》《水牛和货车》《两个鹿》《蛇和音乐》《朝霞》《乌鸦是一只有趣的鸟》《兔儿们》《熊和虎狼们》《狮子和羔羊》《猫和空罐》《雪地上的鸟》《鸟和烂苹果》《鸟儿们和吹笛的人》《牛和绳子》等。以上这些寓言是雪峰寓言的代表作，也是时代寓言的珍品。

《野猪、蟒蛇们的和平会议》是这样写的：

> 野猪、蟒蛇、狼、老虎等在森林里集会，它们轮流一遍一遍地发言，都主张和平，要达成一个和平的约定。并且它们一遍比一遍说得更热心。但是忽然间，它们又都凶暴地相互指摘着对方缺乏诚意，因为它们无论谁发一次言就都露一次牙齿，而那越主张和平、说的话越多和越热烈的，也把牙齿露得越多和越厉害，所以它们都感到了威胁。

> 但它们却谁都没有办法不露出牙齿来说话，这样，和平会议也就失败了。

这是一则时事感很强的政治寓言，它巧妙地利用了动物的特点，形象地讽刺并揭露了那些所谓的和平倡议者的嘴脸。这种地道的寓言式的表述，对如何用寓言来表现这类时事性很强的题材很有启示。

《类人猿的音乐会》是这样写的：

> 有一个类人猿，在一道轰轰鸣响的瀑布旁边，选了一个岩穴做它的新居。因为类人猿自己是古代悲剧的一个拿手演员，又是山中一个音乐队的队长，所以它乔迁的第一个晚上，举行一场音乐会，山上的所有歌者都来到它的新住宅，以作庆贺。
>
> 类人猿自己任指挥，猩猩拉大提琴，狼吹笛，猫头鹰击鼓，夜莺唱古歌，野驴扮作大花脸直着喉咙对唱，牡鹿则绕着圈子跳舞。它们通力合作，拼命演唱，一直到天亮；可是，它们越唱越不响亮，就连它们自己也听不明白它们到底叫唱的是什么。最后，类人猿摔掉指挥棒，揉着酸痛的手臂说：
>
> "还是休息休息吧，假如我们没有办法让我们旁边的洪流停止，那我们的音乐无论怎样美妙，也是不被听见的。"
>
> 我的意见可是：我并不停止我的细小的声音，而是力求我的声音融入在人民大众的轰响中。

这则寓言把丰富的哲理内涵与现实生活有机地结合起来，并紧扣时代的脉搏，让人叫绝。另外，这则寓言的构思之精巧，教训之鲜明，可称为现代寓言的典范。

《猴子与养猴子的人》是这样写的：

> 据说有一个人养了几百只猴子，却对它们很不好，不给它们吃饱，猴子们很不满意，相约逃跑了许多。那个人发觉以后，跳了起来恐吓那些没有逃走的猴子，说："我要把你们都捆起来，

一个一个杀死，免得你们再逃走！"猴子们一听，全都一哄逃散了。

这则寓言在春秋战国寓言中有原型，故事简练，形象生动，表现出冯雪峰寓言文笔老练的一个方面。

《狮子和羔羊》是这样写的：

> 一只羔羊，怪可爱的，却不幸被狮子捉住。羔羊哀哭着求饶，狮子看它可怜，就饶了它。但羔羊并没有马上走开，它想，狮子这么慈悲，一定还会加倍地爱怜它呢。它就放大了胆子，留在那里等狮子收它做干儿子。不料狮子绕了一个圈子，看看羔羊还没有走，又把它一口吃掉了。

《雪地上的鸟》是这样写的：

> 有一只鸟，在雪地上散步。它一脚一脚地把它的脚印印在雪地上，一面不停地自己称赞，说："好文章！好文章！"但它的尾巴，又当作一把勤快的扫帚，连忙把"好文章"扫得不留痕迹。总之，它是一面写，一面自己拍案叫绝，一面又马上抹得干干净净，不让别人看见一个字。

这两则寓言都描述的是现实生活中一些很平常的事件，在这些生动的描述中，作家挖掘出隐藏在生活背后最深刻的哲理，即用寓言的方式揭示人生所未见之物。《狮子和羔羊》是强弱对比最常见的题意，一般的寓言描述的是狮子的强暴，而此寓言却写了羔羊自以为是的天真，使寓意陡然一变，很有趣味。《雪地上的鸟》则是对孤芳自赏者最形象的描述，且表述的形象和方式非常新颖独特，想象此鸟形态不禁让人发笑。总的来说，这两则寓言都写得轻松自如，练达精湛，显示了冯雪峰的大家风范。

在冯雪峰以上一系列的寓言创作中，有对国民党统治下腐败黑暗社会的批判，也有对统治者种种无耻嘴脸的无情抨击和揭露；有其世界观、人生观、理想追求的表现，也有对哲学理性的形象认识，以及对世俗智慧、生活经验的总结等，其寓言内容的包容量是很大的，充分体现了冯雪峰在寓言方面的成绩。

就冯雪峰的几个寓言集子而言，抨击和揭露型寓言的代表是《今寓言》，这是谢德林式的寓言。在寓言历史的发展过程中，由于某些特殊的历史时期的需要，寓言的讽刺、影射作用过分夸张，故处于这种状况下的许多作品也就走上了"禽言兽语的故事"或"动物故事"的路子。《今寓言》是冯雪峰 1947 年出版的寓言，这时他的创作也正好处于"斗争的需要"的特殊时期，故《今寓言》中出现了许多上述风格的寓言，如《虾蟆国的议员们》《可尊敬的田鼠族长》《黄鹊鸽的不幸遭遇》等。在承认其作品具有巨大的斗争作用的同时，应该说这时冯雪峰的寓言不是很成熟甚至是相对变异的，但后来不久，冯雪峰的寓言创作就走上了常规的轨道。

《雪峰寓言三百篇》和《雪峰寓言》中的寓言比起《今寓言》中的寓言，就有很大的发展和变化，注重讽刺和影射的寓言在两个寓言集作品中还有存在，但已很注重寓言的表述方式了。在这两个集子里有许多成熟的精品，表现世界观、人生观、哲学理性的形象认识等已成为其作品的主体部分。

《寓言》是冯雪峰寓言创作的精华，其内容多为世俗的日常智慧和经验教训的总结。这部寓言集是冯雪峰众多寓言集中最有影响的一部，是冯雪峰寓言作品的精选本，此后出版的《雪峰寓言》就是以它为底本的。

冯雪峰寓言的思想内容是多方面的，可以说是中国现代寓言思想内容的集大成者，其思想内容表现的广泛性和深刻性都是中国现代其他寓言作家作品不可比拟的，这些内容的表现，我们都可以在以上的例举中找到印证。除思想内容外，其寓言在艺术表现上的贡献上也是很大的。冯雪峰寓言的艺术特色，简略而言有以下几个方面。

寓言具有时代特色是第一个方面的特色。冯雪峰是个认真、严肃的寓言作家，他把一切禽兽、人、无生物，置于鲜明的历史背景下来描写它们的活动，力求故事的情节与现实紧紧相联，寓言的寓意与时代进步的潮流合拍。这使得他的一些寓言带有很浓厚的时代色彩，在某种程度上成为献给时代的礼物。

寓言的深刻性是第二个方面的特色。寓言最忌肤浅，要有深刻内涵，而冯雪峰寓言基本上都准确地把握了这一点。他创作的寓言，讲究把深刻的思想渗透进浅显易懂的故事情节之中，讲究内容与形式的统一。

寓言目的单一、明了是第三个方面的特色。冯雪峰的许多寓言都寓意明确，恰到好处。他把寓言的整个故事巧妙地组织起来，表述了赋予这则寓言的目的，让一个个教训鲜明地突显出来，既不多一点，也不少一点。

另外，冯雪峰寓言在语言运用、表现手法、理性与感性的有机结合等方面也有许多突出的地方。

最后，冯雪峰对《百喻经》的译写也值得一提。在冯雪峰致力创作寓言的同时，还译写了全部的《百喻经》故事。《百喻经》是一本佛经寓言集，在中国流传广泛，影响久远，它的存在很早就引起了人们的关注，特别是文学上的关注。鲁迅就从此书中就得出了印度寓言"大林深泉"

的著名评语。像冯雪峰这样把它从古汉语译写成纯粹的白话文，这还是第一次。冯雪峰把译写本题名为《百喻经》，一共有 98 个寓言。《百喻经》的译写总结而言有两个方面的意义：一是同样表现了冯雪峰在寓言文学上的卓越才华；二是推进了佛经寓言的影响和大众化的进程。

（此文从《中国寓言史》第九章析出，笔者有多处修订）

评金江寓言

金江无疑是 20 世纪中国寓言文学创作中最为著名的作家，亦是 20 世纪中国当代寓言文学前期寓言创作的代表。金江先生已故多年，借此文缅怀这位为中国寓言文学创作作出卓越贡献的老人。

一、金江和金江寓言

1953 年，在浙江温州，一个在 1949 年前写过不少好诗的、刚进而立之年的中学教师，在全国儿童文学创作的呼声中拿起了笔。于是，一位中国当代寓言创作的开篇人出现了，这人就是金江。三十多年过去了，这个人在理智与激情的贝壳中，剔出了一批精美的文学珍珠——寓言。把这个人的名字与他的寓言作品相结合，在中国当代寓言史上就出现了一个组合——金江寓言。这个组合在寓言理论上意味深远，因为这是某一个寓言作家的寓言创作被世人公认，并具备了与众不同的特色时，才能得到的荣誉。这是世界寓言的传统，伊索开了西方寓言的先河，伊索二字几乎就成了寓言的代名词；拉·封丹把西方寓言全面诗化，使法国寓言名扬全球，因而寓言诗跟随在拉·封丹名字之后就能顿时生辉；克雷洛夫把寓言发展到世界高峰，使俄国人自豪地感到克雷洛夫就是俄国文学的骄傲。在中国也是这样，当我们从寓言这一角度提到庄子、列子、墨子、韩非子、柳宗元、刘伯温等人的时候，同样的感受也会出现在我们的心中。当然，这不是说一个寓言作家的名字能对寓言造成多么了不起的影响，基础还是这个作家的寓言作品，但这些作家的名字能前冠于他的寓言之前，那他的寓言必然是与众不同的，可以代表一个时代或一个时期的最高水平。金江寓言虽不能与那些世界寓言大师相提并论，但他的寓言作品在中国当代寓言史上被称为"金江寓言"是当之无愧的。

金江是中国当代最重要、最优秀的寓言作家，他把半生的精力都投入寓言创作，为中国当代寓言奉献了一大批优秀作品。虽然他也是童话作家和诗人，出版过童话集和诗集，但使他著称于世的还是寓言。他的寓言作品在中国当代产生了很大的影响，中国当代寓言创作的起步、繁荣和发展与他的努力是分不开的。因而，认真地分析研究金江的作品，探索中国当代寓言成功的创作经验，对进一步发展和繁荣今后中国的寓言创作是非常必要的。

二、第一篇中国当代寓言作品和金江寓言

金江第一次发表作品是在 1954 年 1 月 30 日的《大公报》上，一共发表了四则寓言，分别是《乌鸦和画家》《批评家》《小鹰试飞》《两段木头》。这对金江的寓言创作是一个非常重要的事件，它是金江寓言创作的良好开端。但它的意义远不止于此，因为据收集到的资料来看，这几则寓言的出现构成了中国当代寓言的起步。因此，金江创作了中国当代寓言的第一篇作品，又幸运地成为中国当代寓言创作的开篇人，这是一种历史的殊荣。也许有人会觉得我的说法不妥，认为这种荣誉应该是冯雪峰的，1952 年由人民文学出版社出版的《雪峰寓言》便是最好的

证据。中国当代寓言的历史分期是根据中国当代文学史的历史分期来划分的，即从 1949 年为中国当代寓言的起始年。以这样的分期时间来看上述问题，年代上是立得住脚的，但其实冯雪峰在《雪峰寓言》后记中为我们作了最好的答复。他在后记中这样写道：

在 1947—1948 年间，我在上海写了不少寓言，这是反动政权下言论极不自由的结果。1949 年 4 月，在上海解放前夕，我曾把已经发表过的和还没有发表的原稿加以整理，约 180 篇；加之我已经有的材料（大都是报纸上剪下来的）和有题意的文稿将近两百篇，如果都继续写出来，再加以挑选，总共约有 300 篇。因此当时就编了 100 篇，称之为《寓言三百篇上卷》，作品在上海解放后的第一个月，即六月间出版了。但在上卷印出后，到现在也快有三年了，在这三年中我不仅没有时间去写出那些准备写的，而且也没有兴趣去写了；就是新的题目，也很少能够引起我再写寓言的兴趣，这是十分自然的事情。在 1949 年后，也曾经发表过几篇，那也是旧稿的改作。这样，关于中卷与下卷，我决意不再去补足和出版了。现在就从印过一次的《寓言三百篇上卷》中选出一部分，又从未编印的原稿中选出一部分，共有 100 多篇，重新编成这一本寓言集，并说明这一点经过，算是对读者有一个交代。

从文中我们非常清楚地看到，属于现代著名寓言作家范畴的冯雪峰，1949 年后的寓言创作基本上是停止的。并且在 1950 年至 1953 年间，也没有任何资料可证实还有另外的新的寓言作家和作品出现。这种状况，在我的《中国当代寓言分期及概况》一文中称为"断了线的历史"，而在另一个时期第一个接续这条发展线的人就是金江。这个问题的澄清对于评价金江寓言的历史地位和作用是非常重要的。

三、金江寓言作品及其寓言创作分期

从《大公报》上发表的那批寓言开始，金江的寓言创作便一发不可收拾。三十多年来（包括反右斗争后被耽误的 20 年），他一共出版了 10 本寓言集，分别是：《小鹰试飞》（中国少年儿童出版社 1956 年出版）、《乌鸦兄弟》（少年儿童出版社 1956 年出版）、《知道了》（四川人民出版社 1957 年出版）、《好好先生》（少年儿童出版社 1957 年出版）、《狐狸与螃蟹》（四川人民出版社 1958 年出版）、《狐狸的"真理"》（中国少年儿童出版社 1979 年出版）、《寓言百篇》（天津新蕾出版社 1981 年出版）、《鸭子开会》（湖南少年儿童出版社 1983 年出版）、《猫的画像》（浙江少年儿童出版社 1984 年出版）、《猴子吹哨子》（少年儿童出版社 1984 年出版）。另外，少年儿童出版社还在 1981 年出版了金江与陈乃祥、海代泉、瞿光辉等人的寓言合集《老驴推磨》。再加上至今散见于各期刊的寓言作品，金江寓言的总和约有 300 多则。当年金江虽年事已高，但精力旺盛，创作寓言的热情不减，还可望在晚年有相当数量的寓言力作出现。

金江的寓言创作可分为前期和后期。前期从 1954 年至 1958 年，历时五年，出版了《小鹰试飞》等五本寓言集，总共有百余则寓言。后期从 1979 年至 1987 年，已有八个年头，出版有《狐狸的"真理"》等五本寓言集，总共有两百多则寓言。金江前期寓言创作的代表作中寓言集有《乌鸦兄弟》和《好好先生》，作品有《乌鸦兄弟》《蜗牛和蚯蚓》《白蚁和大树》《三只老鼠》《皮球》《兄弟种田》《狐狸和螃蟹》《泰山和老鼠》《神气的乌鸦》《鲤鱼和青蛙》《鹅》《猴子和栗树》等。后期的寓言创作的代表作中寓言集有《鸭子开会》，作品有《露出了马

脚》《猴子总管》《驴子总管》《跪在地上的人》《不喜欢奉承的狮子》
《乌龟爬竹竿》《鸭子开会》《老母鸡》《玫瑰的刺》《黄金翅膀》《麻
雀排队》《砍树》《金莲池边一株树》《猫和鼠》等。

　　金江后期出版的《寓言百篇》和《狐狸的"真理"》应该说是非常
好的寓言集。前者大多是金江寓言前期的作品，其中能代表他后期寓言
创作特色和风格的作品也有，但很少；后者则基本上是前期寓言作品的
选集。这样一来，大量包含金江寓言创作后期的作品集是《鸭子开会》
等另外三个寓言集。

　　金江寓言创作分为前期和后期是历史造成的。他1958年被错划为
右派后就此停笔，这一停就是二十年，直到1978年后才渐渐挥笔重操
寓言创作的旧业，但这时已今非昔比，坎坷的人生经历已经使金江的思
想、看问题的方法以及观察事物的角度等方面发生了很大的变化。历史
改变了金江，也改变了金江的寓言创作。因此，金江后期的寓言创作无
论在内容还是风格上和前期相比都相差甚大。当然，无论是今天的金江
还是过去的金江，本质上未变的金江仍然反映在后期的寓言创作中，这
与后期金江寓言的创作变化并不矛盾。

四、金江寓言的思想内容

　　金江寓言的思想内容主要有以下两个方面：一是对日常生活经验教
训的总结；二是对社会不合理现象的讽刺和揭露。另外，人生观及理想
寄托的寓言思想内容和哲理的形象认识也有表现。

　　对日常生活经验教训的总结方面的思想内容在金江的寓言创作中占
有主导地位，在他创作发表的300多则寓言中，有三分之二的寓言属于
这方面的内容。这方面思想内容的表现在金江寓言创作的前期尤为突出，
前期创作发表的百余则寓言的思想内容几乎都属于这一类别。1979年，

中国少年儿童出版社为金江出版了一本前期寓言创作的选集，叫《狐狸的"真理"》，这本寓言集基本上概括了金江前期寓言创作的珍品，共选录了 63 则，分别选自《小鹰试飞》等 5 个寓言集。在这个寓言集中，除了《玻璃窗》《树和泥土》是表达人生观的内容，《松鸡》是表现对社会不合理现象的讽刺和揭露的寓言外，其余 60 篇全是对日常生活经验教训的总结。这种现象在金江前期创作的最著名的寓言集《乌鸦兄弟》里表现得最为突出。这本集子有 20 则精美寓言，其内容无一例外都是对日常生活经验教训的总结。可以这样说，金江寓言是靠他前期的寓言创作奠定基础的，而前期的寓言创作从内容上来说，是靠对日常生活经验教训的总结的寓言创作起家的。关于这方面思想内容的寓言创作，是一条传统的老路，但传统也有永恒力量的良好前提，因为每个时代都有新的日常生活经验教训需要总结，这对任何时代都是有用的，比如印度寓言、伊索寓言的光辉几千年后都不曾熄灭，就与此密切相关。这方面思想内容的寓言世俗性都比较强，对寓言的流布、扩散及其带来的影响都有很大的好处。金江寓言就利用了这一传统内容带来的好处，以及各个时代都有新的日常生活经验教训需要总结的有利条件，巧妙地妥善解决了这一传统带来的题材雷同、表现手法陈旧、语言俗套等方面的问题，用清新流畅的笔调，耕耘了这块寓言土壤，结出了一批寓言的果实，开创了中国当代寓言创作的新路子，引起了人们的普遍重视。

二十年后的金江后期寓言创作的风格有了明显变化，关于日常生活经验教训的总结的寓言数量明显减少，而且从质量上也稍逊于前期寓言。此时，金江寓言的第二个方面的思想内容得到较为全面的展现，可以说金江后期的寓言创作从思想内容上进行了非常明显的新的探索，其结果就是产生了一批表现对社会不合理现象的讽刺和揭露为思想内容的寓言。

这种思想内容的寓言在 1981 年出版的《寓言百篇》中集中出现，

接着就大量出现在《鸭子开会》等集子中。表现这一方面思想内容最典型、最突出的寓言主要有《兔子的花园》《伯乐寻马》《要猫下蛋》《斧头和锯子》《鸭子开会》《沉渣》《猴子总管》《熊和猫》《厚皮的马屁股》《糖衣炮弹》《老虎伤风》《驴总管》《猴子写书》等。

《兔子的花园》讽刺一种令人痛心的现象；《伯乐寻马》《老虎伤风》《沉渣》是对"牛棚"及那个痛心疾首时代的某些人的愤激之作；《要猫下蛋》《斧头和锯子》《驴总管》直指一批无知、荒唐、愚蠢的官僚主义者；《鸭子开会》讽刺了一种会风；《猴子总管》《猴子写书》刻画、嘲讽了一批自以为是而又碌碌无为的小人；《厚皮的马屁股》《糖衣炮弹》揭露了社会上的某些丑恶现象；《熊和猫》是对一些趋炎附势的小人的鞭挞。

以上这些寓言均为金江后期创作的寓言作品。在金江前期创作的寓言中，《乌鸦兄弟》劝戒人们不能一味相互依赖；《小鹰试飞》叙说一种生活的哲理；《蝇虎和苍蝇》《老羊病了》表达两个不同的教训；《扇子和热水袋》教育人们要看到各自的长处和短处；《爱夸耀的乌鸦》和《牵牛花和松树》嘲笑了人们骄傲和吹嘘的坏毛病。

这两个方面的思想内容的区别是明显的，这些区别又正好体现在金江寓言创作的前期和后期。即金江在前期寓言创作中占绝对优势的日常生活经验教训总结方面的内容，在后期作品中继续存在的同时，又出现了一些非常显著的变化。对社会不合理现象的讽刺和揭露方面的思想内容，在前期只是在个别寓言作品中出现，而在后期就大量出现在作品中了。虽然其数量上没有像第一个方面的思想内容在前期寓言中的那种绝对优势，但在内容上形成了后期寓言创作的主导和主要倾向。

因为前期寓言的内容多为对日常生活的经验教训的总结，是一种普遍意义上的，所以表现的风格一般都十分平和，批评的多是一些人的性格缺陷和弱点，许多具有讽刺意味的内容在这里表现的强烈程度多在"嘲笑"。而后期寓言的内容占主导地位的多是对社会不合理现象的讽刺和揭露的思想内容，其中社会及政治方面的因素大大增加，社会的现实性增强，表现一般都较激烈，批评是怒指，讽刺在这里表现的程度也更为强烈。从这个对比可以看出，金江前期的寓言创作追求的就是一种"寓言的生活意义"，而后期的寓言创作则追求的是一种"寓言的社会意义"。

这个变化说明了什么呢？除了从一个方面证实了金江寓言创作分期的实在性外，我们也能从这样的变化中，窥见金江寓言创作从"生活"走向"社会"的变化曲线。虽然这一变化曲线对于金江寓言创作的价值和意义目前还不能完全下定论，但不容置疑的是这条曲线对于人们理解金江寓言作品是非常重要的。

以上介绍的是金江寓言思想内容的两个主要方面，还有另外两个方面的思想内容也不容忽视，即包含人生观及理想寄托的寓言内容。在金江前期的寓言创作中，表现人生观及理想寄托的作品有一定数量，但认识一般都较为浅显。到了创作后期，除寓言的数量上有了较大的增加外，其对人生认识的程度比前期要深刻得多。例如《跪在地上的人》中对人生观的认识和解读达到了炉火纯青的地步；《从岩缝里长出来的小草》和前期创作内容大致相同的《树和泥土》相比，变了一个角度，思想也更加深沉。

五、金江寓言的艺术特色

金江能作为中国当代寓言创作的一位大家耸立在中国当代寓言史上，其寓言的艺术特色在中国当代众多的寓言作家中独具一格是一个非常重要的原因。

金江寓言的艺术特色是一个综合呈现的整体，明晰而不浅淡是寓言的第一特色。

　　金江的大多数寓言的教训或寓意上看起来都是很清晰和明朗的。他让一只狐狸、两只乌鸦、几只老鼠出场表演，其中要说明的东西能让人一目了然。《乌鸦兄弟》指出了一味地依赖别人解决不了任何问题的道理；《小白兔的花园》讽刺了一批所谓的"好心人"。在金江寓言中，作者想表达什么，写得明明白白，决不绕圈子。别扭地理解和处理寓意，把寓意人为地弄得模糊不清，看完之后让读者不知所云，这不是金江创作寓言的特色。值得一提的是，金江寓言的一目了然并不是一般文学意义上的一目了然，而是有着浓烈寓言气氛的一目了然。同时，在金江寓言里，明晰还不是浅淡的代名词，他的许多寓言在寓意及教训的深刻性上为许多寓言所不及。他的某些优秀寓言，第一印象与读后感受相差很大，但同时又是统一的，从而构成了寓言表述明晰、寓意不浅的多层次和深度，使寓言非常耐读。比如寓言集《乌鸦兄弟》，一读耳目清新，使人有所教益和启发；再读新鲜感仍在，理解则更深一层。在寓言这浅如瓷盘的容量中，想要达到这样的效果是非常不容易的。

　　具有闪光的形象感是金江寓言的第二特色。

　　说教是世界上最令人厌恶的一种行为，但属于说教的一个部分的道德格言一旦穿上寓言鲜艳的外衣之后，则立即为人们爱不释手，这便是寓言形象感的重要所在。虽然真理是寓言的根本，但形象的外衣也非常重要。说教的文学、理性的诗歌、把感性与理性熔为一炉的文学体裁……不管人们对寓言如何定义，作品要有寓言的真理，还得同时喷射寓言的五色烟火，才能成其为真正的寓言。如何处理好二者的相互关系呢？金江在寓言创作中作出了示范。金江寓言在真理和形象巧妙的艺术表现中形象非常生动，形象感也非常强烈，这方面在中国当代寓言创作中十分突出，可以说是中国当代寓言创作的一个巨大收获。

金江寓言作品中塑造的寓言形象有一只鸟、一只狐狸、一只老鼠、一株大树……这些大都是真的乌鸦、狐狸、老鼠、大树。它们既服从于寓言艺术的需要，又是具有个性的鲜活的形象。在金江把这些形象融合在各个寓言中构成情节，再附之一定的经验教训、哲理的形象认识及其他内容的时候，寓言式的形象也同步塑造成功，并且十分鲜明生动、恰到好处，既没有掩盖和迷惑寓言的情节，也不会使人们对寓言的形象表达感到不足和枯燥。比如寓言《三只老鼠》中写道：三只老鼠有幸到了一口油缸边，想偷油喝，苦于油缸太深，缸里的油太浅，够不着，商量的办法是轮流着一个咬着一个的尾巴吊到缸里去喝油。接着通过三只老鼠的心理描写，由心理再现的形象鲜明地跃然纸上。再由人们原来储存在大脑中的对老鼠固有形象和性格的认识，加以创造性的想象，三只老鼠的形象完全活了起来。于是性格决定行动，那个寓言最需要的、最切合寓言实际的戏剧性情节出现了——第二只老鼠的嘴巴松开了第一只老鼠的尾巴，第三只老鼠的嘴巴松开了第二只老鼠的尾巴，都各自抢先跳了下去，结果大家都出不去了。寓言形象刻画成了，寓言的基本目的达到了。真理的五色烟火喷射得使人难以忘却那三只老鼠，也就很难忘记那一个寓言的道德教训。在这则寓言里，闪着外在光芒的老鼠形象和富有哲理的内在智慧有机地交融在一起，文学的珍珠——寓言在这里大放光芒。这是《三只老鼠》的成功所在，也是当代寓言创作的成功所在。

像《三只老鼠》这样的寓言在金江寓言中数量不少，金江寓言那么多年来一直为读者所喜爱，容易被读者接受，这与寓言中闪光的形象感分不开。

金江寓言中的形象感很强，这一艺术特色贯穿在前期和后期的寓言创作中。前期作品中第一类思想内容的寓言形象是生动鲜明的；后期作品中第二类思想内容的寓言形象，以及其他思想内容的寓言形象也是生动鲜明的。这自然指的是金江寓言中各类思想内容较好的寓言，并不包括他全部的寓言。

儿童韵味深长是金江寓言的第三特色。

从金江寓言的创作经历我们知道，金江创作寓言最先是从儿童文学的角度出发的，再加之金江同时又是一个童话作家，并且童话创作一直与他的寓言创作双线并进，从未间断过。这样一来，作为童话作家，他了解儿童，知道儿童的兴趣和需要，也知道儿童需要什么样的童话，自然容易地知道儿童需要什么样的寓言，这为他了解儿童寓言提供了最有利的条件。因此，金江知道如何为儿童写寓言，也为儿童写了不少寓言，这在他前期的寓言创作中更为如此。

金江寓言多数故事性都很强，十分留意于儿童趣味。他在寓言中贯穿一个儿童易懂和喜爱的有趣的故事并且具有一定的教训和寓意，使寓言在不失去本身特征的同时，适当地变形，以适应儿童对故事的喜爱，以及愿意从形象的故事中吸取教益的儿童心理。另外，金江寓言中还有一部分完全属于成人的寓言，但他也用的是清新、活泼、纯真的儿童语气和笔调来创作的，因此，金江的整个寓言创作充满了儿童韵味。儿童韵味是金江寓言的一大艺术特色，也是金江寓言的一大长处。但众所周知，儿童能读懂的寓言，成人更易读懂，那儿童能读懂的寓言在成人那里能不能耐读呢？这是儿童韵味运用到寓言中的一种考验，金江的寓言创作也成功地经受住了这种考验。实践证明，金江的寓言儿童喜爱，成人也喜爱；儿童读者从中得到他们所理解的道理，成人读者也能从中收获他们所需要的共鸣。就像法国拉·封丹寓言诗问世以后，高等院校用他的作品作为高级文法教材，小学用他的作品作为低级文法教材，不管是作为高级文法教材还是低级文法教材，都同样受人欢迎。虽然中国当代的金江寓言"高级"和"低级"效果的表现途径不同，但这样的效果是存在的，只不过程度不同而已。由此可见，金江在寓言中融入儿童韵味是非常成功的，作品中清新活泼的风大部分是寓言的儿童韵味吹来的，明晰而不浅淡的寓言效果也与此有关。

除了上述三大特色，金江寓言的语言清新优美也是寓言的艺术特色之一。他的寓言语言活泼精练，语句很短，形象性的词汇较多，音节的搭配也很明朗，读起来朗朗上口。金江写过不少好诗，对诗歌有一定的修养，因此对寓言语言的表达也自然而然地有一种诗意的追求，这就是他的寓言语言清新优美的最重要的原因之一。

金江寓言的长处和值得人们借鉴学习的地方不少，但他的寓言也有许多不足之处，这也是许多寓言作家创作面临的共同问题，如题材的雷同。在金江寓言中，《猪八戒看门》和《百喻经》中的《傻仆人看门》没有什么区别；《井底之蛙》是老庄寓言的无意义的翻版；《地主》则是从托尔斯泰小说《一个人到底需要多少土地》中挖来的题意；《王老三救火》则与广西的一则民间寓言很相同。以上的例子也许是有意无意间的结果，但这样的现象在一个著名寓言作家的作品中出现难免有些令人遗憾。有趣的是，这个问题在金江后期的寓言创作中出现得最多，而在前期的寓言创作中就很少。《乌鸦兄弟》有 20 则寓言，都是些传统的题材，非常陈旧，但金江利用这些传统且陈旧的题材写成的寓言却清新别致，耐人寻味，丝毫没有落入俗套，更没有雷同。

金江寓言的另一些不足之处是有少许寓言存在寓意简单化的现象，还有后期创作的个别寓言局限于影射和一般的譬喻，失去了应有的寓言效果。但应该承认，存在着这样或那样缺陷的寓言在金江寓言的总数中只是极少的一部分，白璧微瑕，这并不妨碍他成为中国当代最著名的寓言作家，也不妨碍他在寓言文学方面超越同时代的许多人。

评湛卢寓言

湛卢与金江是同时出现在文坛的中国当代著名的寓言作家，是 20 世纪中国寓言文学前期的两个代表作家之一。

湛卢（1922—1987 年），中国当代著名寓言作家，原名王文琛，四川夹江人，青少年时期在四川省乐山中学、上海法学院报业专修科读书。1945 年，他在万县与友人合编《诗前哨丛刊》，后到重庆担任《职业青年》期刊编辑；中华人民共和国成立后，曾编《川北日报》副刊和《川北农民报》；1953 年，调到重庆新华日报社担任编辑和组长；1954 年，担任重庆出版社任编辑和主任；1955 年，加入中国作协西南分会；1984 年，成为中国寓言文学研究会理事。其主要著作有曲艺集《三不管》，寓言作品集有《猴子磨刀》《狐狸审案》《审判伊索的寓言》《乌鸦开画店》等。

湛卢的寓言作品总数约 300 则，也有前期创作和后期创作的区分。他的成名作《猴子磨刀》是 1956 年出版的，此书一出，立即受到广泛欢迎，被译成多种文字，是当时最有名的寓言书籍之一。

湛卢在前后两个时期创作的寓言风格均不相同，前期轻松明快而直率，后期深沉有力而含蓄。前期的代表作是《猴子磨刀》，后期的代表作是《狐狸审案》《审判伊索的寓言》。

前期较好的寓言有《黄豆和松子》《公鸡和猫头鹰的争论》《驴子看书》《小老鼠眼里的猫》《猎人和老虎》《猴子磨刀》等。

《小老鼠眼里的猫》中这样写道：

　　小老鼠的哥哥被猫抓走了，它的妈妈非常着急，不准它朝外面跑。它只好躲在洞里偷看。

　　以前，听到猫的名字，小老鼠是害怕的。现在，它觉得猫的样子并不凶恶，而且还笑眯眯的，显得很和气。它还看到，猫不但没有咬死它哥哥，还高高兴兴地和它哥哥一道玩哩：猫一会儿把老鼠放走，一会儿又把它拖了回来，有时用嘴去亲，有时用脚爪去抚摸，甚至还把它抛得高高的，又立刻接在手中，像是玩把戏一样，玩得十分有趣。小老鼠看着，心里痒痒的，真想出去和它们一道玩玩。妈妈就是不答应，说去了会遭到危险。小老鼠有些想不通，嘀咕道："会遭到什么危险？我在洞里亲眼看到猫在和哥哥玩哩！"

　　在危险面前看不到危险，以天真的眼光去看待敌人，最终只能使自己吃亏上当。

这则寓言富有想象，采取顾左右而言它的方式，很有余韵。

后期湛卢写得较好的寓言有《鲤鱼的追求》《老鼠改名》《四不象》《鹿的出路》《熊妈妈赶路》《红公鸡和狐狸》《空手回家的猎人》《山猫借伞》《猫相信老虎曾拜猫为师》等。

《鹿的出路》中这样写道：

在一场规模很大的围猎中，鹿群正好在包围圈里。断断续续的枪声，人们的呐喊声和猎犬的吠叫声，使鹿群惊惶失措了。它们聚集在森林的一个角落，有的四蹄不断打抖；有的眼里发出恐怖的光；有的东张西望，想悄悄溜掉。

"怎么办？"许多鹿望着领头的公鹿，似乎在怀疑它能不能够负起这个艰苦的责任。

领头鹿伸直脖子，听了听，叫道："跟我来，冲！"

"怎么，你发疯了？"一头鹿跟着跑了几步，停下来指责说，"往喊声最大的地方冲！你会使我们全都遭到毁灭的呀！"

领头鹿叫道："别废话，快跟上吧！如果我们被那虚张声势的呐喊吓住，那才难逃厄运！"

鹿群果然从喊声最大的地区，胜利冲出重围。

脱离了危险后，领头鹿告诫道："记住！大喊大叫并不可怕，倒是表面显得宁静的地方，危险往往埋伏在那里。头脑简单而又内心怯懦，就一定要吃亏！"

《猫相信老虎曾拜猫为师》中这样写道：

猫对狗说："我听到人们讲了一个有趣的故事。"

狗问："什么样的故事？"

"我们猫和老虎的故事。"猫津津有味地说开了，"说是很久很久以前，老虎什么也不会，便去拜猫为师。猫教给了它许多本领，抓、咬、扑打、腾跳，等等。老虎学会后，就黑了心，想害老师。幸而猫留了一手，没把上树的功夫教给它，老虎一追，猫就上了树，老虎干瞪眼，拿猫没办法。你看，这这多有意思！"

狗想了想说："不过是个故事罢了！"

"不，"猫说，"我倒是相信的。你看，老虎现在还不会上树呀！"

狗反驳道："那有什么奇怪的！譬如牛呀，马呀，还有大象呀，它们也都不会上树。"

"但是，"猫坚持说，"人们都那么讲，总有道理。"

狗说："我只知道，你那么坚持，有你的道理。"

"是吗？你说说看！"猫很感兴趣地说。

"渺小者总爱拉扯强大者来抬高自己！"狗说，"你难道不是这样？"

前一则寓言写得很巧妙，一反空喊的表现写法，从新的角度切入，给人印象很深；后一则寓言刻画细腻，构思上也较巧妙，还富有幽默感。两则寓言都哲理深沉，教训鲜明。

湛卢寓言中第一个方面的内容是表现学习、生活中的经验教训，以及作者对这些教训的见解；第二个方面的内容是对社会的种种丑恶现象，以及人们普遍的性格弱点和缺陷的揭示和批驳。第一个方面的内容主要表现在《猴子磨刀》中，第二个方面的内容主要表现在《狐狸审案》等寓言中，而对人性的性格弱点和缺陷的批评则贯穿于湛卢的整个寓言创作。

湛卢寓言的艺术特色在中国当代前期的寓言创作中亦是非常显著的。

寓言的完整性和规范性是湛卢寓言最主要的艺术特色。在他的寓言中，绝大多数寓言基本上都讲述了一个完整的故事，从故事中得到一个相应的教训，即传统伊索式寓言的规范，并生动地把这种大家熟识的形式有机地与寓言内容相结合起来，使寓言工整完善，规范而不死板。他的这一特色在《猴子磨刀》中表现得最为淋漓尽致。

寓言中大量采用动物形象是湛卢寓言的又一特色。湛卢寓言中的多数形象都是动物，人物、植物和无生物形象的寓言数量很少。动物的活性等级、固有的性格概念等，给湛卢寓言带来了生动性、趣味性及诸方面的好处。

另外，湛卢寓言的现实意义、新鲜的时代背景，以及在后期创作中直接引入社会历史现象和事件的勇气都是很有特色的。

湛卢还是一个寓言诗人，发表过一批质量不低的寓言诗。

（此文从《中国寓言史》第十章析出，笔者有多处修订）

中国俗语文学的初典

——评盖壤的《中国俗语故事集》

在现今的文学中老生常谈、平淡无味的东西太多，让人失望，但偶尔也有使人感到鲜活、新奇、生动的东西出现，调动人们激昂的情绪，我手中的这本《中国俗语故事集》就是。但平静下来，掂量它，乃至进一步思索，追寻著者都做了些什么工作？它的现在乃至将来的价值如何？这又使一个文艺理论研究、评论妄称者难以按耐。

这部著作一共收有 435 则俗语故事，按著者自己的分类，其中有 134 则是利用古典小说、戏曲和民间传说改写而成的，有 268 则是利用俗语提供的题材、题意创作的，又有 33 则是模拟俗语为题创作的，即俗语、俗语故事全是著者所为。这部著作中基本上全是一些短小精悍的故事，有童话、寓言、民间传说、笑话、历史传说，出自古典小说、戏曲的故事，等等，每一则故事都归属于一个俗语，形成一个以俗语为中心的各种形式的故事集。

一般说来，俗语包括谚语和歇后语等，是熟语系列中的一大支脉，与成语相对。成语大多是有故事的，即一个成语依附于一个故事，或者说一个故事表现一个成语。俗语中的小部分也是有故事的，但这些有故事的俗语多数是根据古典小说、戏曲及一些民间传说中的某些人物、故事情节来提炼的。我们知道，熟语的产生大都是源于人们对社会生活和自然世界观察认识的经验教训、智慧的总结等，当然也有少数的熟语是为了生活情趣，因而富有机智的语言趣味。这样一来，除了根据古典小说、戏曲等提炼的那部分俗语之外，大多数俗语是没有故事的，因为它们仅源于一般的社会生活，是对民间口头语言的运用。这就是《中国俗语故事集》出现前的中国熟语状况，即成语大多有故事，而且为人重视，大多的故事都已结集出版，成为一种文学和语言的双栖生存状态。俗语则不然，它只有少部分俗语有故事，大部分俗语没有故事，并长期不为人重视，也没有人收集整理，更没有结集出版。

《中国俗语故事集》的出现则完全改变了这种状况。我们先不论这部著作的完备性和它的内在质量如何，仅从外部而言，它的出现就已经具备了创造性的价值。

俗语文学和民间文学在世界各国不管以什么方式生存发展，都在当地受到相当的重视，像《中国俗语故事集》这一类书籍在伊朗、法国、德国都有，并成为他们文学所包含的广泛的典籍。我国的文学家们虽然在这方面也做了大量工作，但令人遗憾的是，过去这方面的努力多侧重于对成语故事的收集整理、改写等，而对于歇后语和谚语这类俗语，特别是俗语故事的研究甚少（谚语和歇后语有结集出版的，但都没有故事）。这种冷淡的程度可以从人们对于对联这种语言形式的狂热中感受得到。《中国俗语故事集》的出现弥补了这种缺憾，它成为了俗语创作中的第一部经典书籍。但事物发展的客观规律又决定了它不可能是唯一的典籍，因为后来者的创作也许比它还要更丰富、更完备，故我们称其为"中国俗语文学的初典"是合适的。

这部著作一出现，有许多专家就认为这是一部能传世的作品，但我认为有些概念得弄清楚，即传名和传世不能混为一谈。有了"初典"的地位，传名是肯定的，但传世的依据还有待考证。那就要看著作的本身，因为作品的质量才是传世的根本依据，寻找这种依据自然得深入著作的内部。

这部著作有 435 则故事，也就是说同时有 435 个俗语，它们实际上是两个部分：一是故事；二是俗语。其中，俗语当然有其自身的价值，但它侧重的是语言上的价值，要说内涵就没有那么丰富了。从俗语的收集整理上来说，其中的选材只是现存俗语中人们最常见、最常用的一部分，而故事就不一样了，作者基本上搜寻了有故事的俗语，还自己独立创作了 800 多个俗语故事，尽管这些创作中有相互借鉴的成分，但这仍是一个了不起的创举。评价这本书给俗语插上了文学的翅膀，为俗语找到了栖息之地，或者说作者利用了俗语的智慧创作了一大批新鲜、生动的故事，其落脚点都在此书的故事上。因此，属于文学范畴的故事才是此书的重点。

在此书中，有童话、寓言、民间传说、生活故事，还有来自古典小说、戏曲的典籍故事，这些故事的形式、种类异彩纷呈，来源广泛，其中的 134 个故事来自典籍，另外 301 个故事有来自民间传说，有利用一定的成语故事再创作的，但大多数还是作者根据俗语的题材、题意，结合自己多年的观察感受和生活体验而重新创作的。

典籍故事部分包含了寓言、传说，但多数是历史传说故事，这也是典籍故事的特色。典籍故事在全书中自有它的价值，是全书不可分割的一部分，但从总体上说，编写创作的 134 个典籍故事大有收集整理、改造之功，可从全书俗语故事的创造性价值方面来看就不是很突出，因为不管是故事还是俗语，都是前人所为，因此书中的这部分故事就不是本文评述的主要对象。

另外的 301 则故事中，有动物故事、生活故事、笑话、寓言诗等种类的表现，可以说完全是由一个由俗语牵头的各类故事的文学展示，其中民间的、书面的、口头的、过去的、现在的，无论是追求哲理教训，还是追求生活情趣的故事，全部在这部作品里汇集，成为中国俗语故事的大观。

寓言在这部著作里大约有三分之一以上，出现如此之多，大概有两个原因，一是作者本人就是寓言作家，此书出版之前写过不少漂亮的寓言，因此，创作自然存在一定的重心偏移；二是存在于民间的许多俗语本身就是人们日常生活经验教训的概括，作者一拿来，自然笔下出现的就是一则寓言，如《前头追着麻雀，后面丢了母鸡》这个故事，内容是这样的：

有个胖大嫂，抱着个母鸡去赶集。想卖了母鸡给孩子买花衣，走在半路，遇见一只小麻雀，在前边扑拉扑拉飞。胖大嫂想：看来这只小麻雀是飞不动了，我把它捉住，拿回家给孩子玩，该有多好啊！

胖大嫂上前一扑，没有扑着。小麻雀飞了。不远，又落在地上。原来，那是一只刚刚学飞的麻雀崽儿，飞不动。胖大嫂看见小麻雀的黄嘴丫子没有退，来了精神，放下了老母鸡，一起一落地追下去。一直追到一块草地，也没追上。胖大嫂累了一头汗，眼见小麻雀飞过了河，胖大嫂才失望地停住脚。

没有追上麻雀，胖大嫂只好往回来。回到路上一看，母鸡没有了。地上只有一个装鸡的篮子，一撮鸡毛，一滩鲜血。显然，这只鸡是让野牲口叼走了。

"刚才，为什么连母鸡的叫声也没听见呢？"

胖大嫂懊丧地自言自语。她发了一会儿呆，只好挎着空篮子往回走。

读完这则寓言，你就会感受到作者盖壤就是利用自己对寓言的喜爱和对俗语的理解，在此书的创作中尽情地施展着自己的才华。

在此书众多的寓言中，还有这样一则寓言《宁做蚂蚁腿，不做麻雀嘴》：

几只麻雀在枣树下发现了一颗红枣，他们对如何处理红枣的问题发表了议论：

麻雀甲说："好不好吃？好不好吃？"

麻雀乙说："搬到窝里去！搬到窝里去！"

麻雀丙说："先嗅嗅味，嗅嗅味！"

麻雀丁说："这是谁扔的？蹭掉的？风刮的？"

一个孩子调皮地向麻雀扔过一个石子，麻雀们吓得飞到树上。他们又议论道：

"哪来的石子？哪来的？"

"看看少谁？看看少谁？"

"没关系，没关系。"

"枣子好吃，别忘了枣子！"

当麻雀重新回到地上想吃掉那颗枣子的时候，枣子早被蚂蚁分割成许多小块，搬走了。

我不想就此而展开对盖壤寓言的评述，但这则寓言表现的生动的故事，鲜明的教训，清晰的思路，不得不让人赞叹。这则寓言完全可以作为此书中作者根据俗语创作的那一部分寓言的优秀代表，也可以说是此书寓言的精品之作。

　　这是盖壤独立构思完成的寓言，也是此书寓言的主要部分。此书的另一部分寓言，则是在已有的民间故事的基础上完成的，即作者把一些故事改编后巧妙地与俗语相结合，使之融为一体。这样的例子有《一次说了谎，到老人不信》《下笔千言，离题万里》《一斗米养个恩人，一石米养个仇人》等，由于有这样的区分，独立创作的寓言就显得书面味足一些，而借用民间故事创作的寓言，就显得民间味足一些。有的寓言甚至跟一般的民间寓言区别不大，如《一斗米养个恩人，一石米养个仇人》中写了一只老鼠用一斗米救活了五只仙鹤，仙鹤对老鼠万分感激，视老鼠为恩人；而老鼠拿了一石米给猫头鹰，反而与猫头鹰结下了仇怨。尽管这则寓言的教训是建立在一个民间流传的动物故事上，但作者在保留了原本的故事的同时，又丰富了情节和趣味，与一般的民间寓言形成鲜明的对比。这样的寓言说明盖壤很善于从民间吸取寓言创作的营养，从而丰富自己的创作源泉。

　　此书的寓言由于多是利用俗语的题意、题材构思创作的，故而其中大部分内容是表现日常社会生活的经验教训，哲理寓言和把抽象概念形象化的寓言就很少见。因为俗语本身大多是对一些源于民间的日常社会生活的经验教训的总结和概括。这样的寓言世俗性自然很强，它不如先秦哲理寓言那样深邃，但对世俗生活的认识和理解是很深刻的。从这个意义上讲，拥有这种思想内容的寓言还有一种优势，那就是更容易被人们所熟识和接受，更容易在人们中间流传开来，产生广泛的影响。

　　中国的寓言作家在当代创作了许多优秀的作品，但像此书中这样贴近生活而又很有特色的寓言群在中国现当代还很少见。我认为，这是盖壤的幸运，也是中国寓言创作的幸运，同时也是此书价值的一部分。

　　民间传说、故事也是其中的一个重要的部分。这里的传说指的是利用民间传说承载俗语，没有什么寓意内涵，只为了解释俗语的产生依据、缘由的那一部分故事。这里的故事，大的概念自然包含了民间传说故事，但小的概念则专指没有传说依据，而仅凭自己生活体验、感受而为解释俗语的产生依据、缘由创作的那一部分故事。这样的故事自然也没有经验教训等寓意内含，其内容包含了生活故事，人们的善恶解释，以及为了某种情趣的表达，如某些笑话等。

属于民间传说的故事很多，如《狗坐轿子，不服人抬》《狼喂得再乖也变不了狗》《白糖不交蚂蚁保管》等。

《狗坐轿子，不服人抬》中这样写道：

> 有个县官太太，生了个瘫巴儿子。县官太太特别疼爱这个儿子，每次出门，都叫人用一台大轿抬着他，跟在自己后边。县官太太怕轿夫对她的儿子不好，就养了寻亲狗，让狗跟在大轿的后边看着。每走一步，这只狗就汪汪叫，以催促轿夫的脚步。

> 后来，瘫巴儿子得病死了。县官太太怨轿夫没有照顾好自己的儿子。为了惩罚轿夫，她让轿夫们去抬儿子的狗。出门时，她让狗轿跟在后边。尽管儿子死了，能够听见狗的叫声，她心里也是很舒坦的。

> 可是，走狗总不是个坐轿子的材料。轿夫们把它弄到轿上去，它就跳下来吼叫。这样弄上去，跳下来；跳下来，弄上去，狗把轿夫的手咬破了。轿夫急了眼，把狗勒死了，剥了皮，吃了肉。

作者在写这则故事时并不是站在一个作家的角度来创作的，而是以一个民间口头作家的角度，把原本分散的俗语整合起来，交相辉映。

这是在民间口头找得到相应故事的例子，但如果我们生活的四周只有俗语，而没有相应的故事，那怎么办呢？作者就根据自己的生活感受，以一个民间作家的角度，来创作一些切合题意的故事，这样的故事我们把它从小概念上归为故事，如《泥牛入海无消息》《苍蝇穿上白大褂还是苍蝇》《万川归海，而海不盈》等。

《苍蝇穿上白大褂还是苍蝇》中这样写道：

> 一只苍蝇飞进了医院，被医生打跑了。
>
> 苍蝇在窗外转了一圈儿，自言自语道：这屋子里的人有什么可神气的呢？他们不就是穿了一身白大褂吗？你会穿难道我就不会穿吗？
>
> 苍蝇在石灰堆里滚了一身白，又飞回到了医院的窗台上，很快，被那里的医生一下子打死了。
>
> "这家伙还挺会伪装呢？"医生说。

这一俗语的产生比较晚，并没有什么相连的故事，但著者给它创造了一个故事，使人们能对俗语有更深刻的印象和理解。

至于书中的童话也有一定的数量。童话一般分为文学童话和民间童话，但在此书中并没有什么明显的区分，一系列儿童趣味浓厚的动物故事在其中交融，为这一部分俗语故事增添另一种趣味。这些童话有《驮盐驴子过河——想轻松》《吃了两只鸡——在肚里斗》《老公鸡叼骨头——惹狗生气》《骑驴看唱本——走着瞧》等。

《吃了两只公鸡——在肚里斗》中这样写道：

> 两只公鸡在打架，被一只小狐狸看见了。他对两只公鸡大喊："不准打架！"
>
> 趁两只鸡愣神的时候，小狐狸猛扑过去，把两个家伙都捉住了。狐狸妈妈说：

"孩子，干得不错。你打算怎样来处理这两只鸡呢？"

小狐狸想了想，说：

"我吃一只，另一只嘛，留着明天给爸爸过生日。"

"好孩子！"

狐狸妈妈夸奖小狐狸。小狐狸把其中的一只鸡吃掉了。鸡肉太好吃了，小狐狸没吃够，他趁妈妈不在的时候，把另一只公鸡也吃掉了。

小狐狸吃得太多，胀得肚子痛，他捧着肚子"哎哟哎哟"地直叫唤。狐狸妈妈回来了，摸摸他的肚子，说：

"肚子这么大，是不是把两只鸡都装进去了？"

小狐狸点了点头。妈妈说：

"无怪你肚子痛，那两只鸡碰到一起，又在肚子里斗起来了。"

不管小狐狸信不信妈妈的话，从此以后，他再也不敢同时吃两只公鸡了。

这则故事虽然没有教训内容，只表现了俗语的一些生活情趣，但也是儿童趣味很足的动物故事。

就是以上这些种类的故事，为 301 个俗语插上了文学翅膀，与 134 个典籍故事，共同构成了《中国俗语故事集》。

《中国俗语故事集》在俗语方面的价值自不待言，它更重要的是作为故事艺术的存在。故事艺术不同于小说，它也注重情节、形象，但它又不能像小说那样篇幅宏大，过多描述细节和心理。它对艺术的要求是用短小的篇幅、生动的形象、简洁的情节直接表现自己。《中国俗语故事集》一书最直接、鲜明地证明了这一点。从总体讲，不管是寓言、童话、民间传说，其故事的叙述都是生动的，都注重了故事情节的自然流动，僵滞的、概念化的东西在其中很少见。

叙述生动的头功自然是语言，如前面的那则关于麻雀的寓言，在其流畅、简洁的语言叙述中，仅两次对话就把麻雀的叽叽喳喳的神态、天性表达得淋漓尽致。像这样的例子我们在书中随处可见。

情节的自然流动又源于巧妙的构思。134 则典籍故事也许用不着费力重新构思，只要用凝练生动的语言简述故事的情节即可，但在另外的301 则故事里则不然。实际上一则故事的起点是构思，没有构思就没有故事，没有好构思也就没有好故事，作者在这方面耗费的心血也最多，也因此创作出了大量的好故事。这方面的例子有《一百只蛤蟆拉车，只见头动不见车动》，故事说的是：

　　一位老太婆的柴车卡在水沟里了，一群蛤蟆去帮助老太婆，每只蛤蟆肩上都套了条绳子，大家都使劲拉，可车子一动不动。一匹马过来把车拉出去了，这一百只蛤蟆说原来一百只蛤蟆的力气没有一匹马大，可马说，你们这样往四面八方拉，一百万只蛤蟆也不行！

这则寓言故事的题意并不新鲜，克雷洛夫寓言故事里也有类似这样的题意。但故事的情节构思非常精巧，所使用的动物形象非常贴切精确、幽默风趣，因此它并不亚于同类的故事名作。

另外，这本书对故事的形象使用也很有特色的。通常情况下，俗语的世俗性都较强，一般的世俗生活中的形象、情节也能表现俗语含义，但该书中却大量出现了动物形象（134 个典籍故事中相对较少）。作者在寓言中使用了大量的动物形象，这不难理解，因为寓言中最主要的形象是动物，所以作者在创作的民间传说和大部分故事中也使用了动物形象。书中童话不多，也几乎全用的是动物形象，也就是说，全书除去典籍部分几乎全用的是各类动物故事来表现其俗语的含义。为何会出现这样的情况呢？我以为是为了获得以下一系列的便利和好处，如情节的构思依据、形象的简化描述、动物的天然习性的利用、人与动物情绪的结合，以及避免不必要的猜疑干扰，等等。这些都能帮助作者准确生动地叙述故事，达到自己的目的。作者正是如此最大限度地利用了它们，使此书在某种意义上成为一部生动有趣的动物故事集。

《中国俗语故事集》中的各种故事所表达的纷繁多样的思想内容也在很大程度上体现了它的价值。俗语单独存在时是一种语言存在，也能包含一些人们的思想认识和社会生活，但这毕竟太单薄，一旦将其与故事相结合，内容就大大丰富起来。在这样的俗语故事中，各种各样的社会生活内容、人类智慧的结晶、日常生活的经验教训、对自然事物的认识、人们的审美情趣等，全都有所体现。不敢说它是连续不断的历史画卷，但说蔚然可观的民间生活画幅则是不过分的。因此，人们在使用俗语的时候，不但是一个语言运用过程，同时也是一个文学欣赏、社会学习的过程，人们从中可以得到许多意想不到的、有益的东西。

当然，《中国俗语故事集》也存在一些不足之处，比如某些故事不切题，与俗语契合不好，甚而有游离的状况出现。另外，一些故事明为俗语故事，但渲染和揭示俗语的含义、依据好像并没有十分深刻，在大致表现了俗语的意思后就顾及故事自身的情节去了。还有一些俗语的选择不精，好像它仅仅是为了故事而出现的。但这些并不影响此书作为"中国俗语文学初典"的价值，因为上述的各个方面足以证明了它的传世是有基础和依据的。只希望将来的《中国俗语故事集》能更精巧、更丰富、更宏大。

评黄瑞云寓言和凝溪寓言

在 20 世纪中国当代寓言文学后期，出现了众多寓言作家，或以朴实的创作，或以新奇的开创，都在寓言创作历史中占有一席之地。但真正登上顶峰，成为中国当代寓言后期重要的寓言代表作家的很少，其中黄瑞云和凝溪就是当之无愧的成功者。

一

黄瑞云（1933—），中国当代寓言代表作家，曾用笔名彭山、山雨、胡天雁等，湖南娄底人。他在 1949 年以前参加农村基层工作，1954 年毕业于宁乡一中，1958 年毕业于武汉大学中文系，先后在湖北教育学院、华中师范学院、湖北师范学院任教，并担任中国作家协会会员、中国寓言文学研究会常务理事、中华诗词学会理事，湖北师范学院教授、副院长。其对中国古代文学颇有研究，出版的著作有《历代抒情小赋》《明诗选注》《魔镜》等。

黄瑞云的寓言创作是从 1960 年开始的，但真正发表和出版是在中国当代寓言后期。《黄瑞云寓言》是在 1981 年出版，1985 年又出版了增订本，书中共有 230 多则寓言，基本包括了他的大多数寓言作品。1992 年，此书又出版了第二版，寓言作品增至 300 多则。后来，《黄瑞云寓言》又出了新版，寓言增至 400 多则。

黄瑞云寓言的思想内容是多方面的，比较注重对社会事物内在关系的发掘，理性色彩较重，认识也非常深刻。他的寓言思想内容大致分为以下四个方面：一是对生活中一般经验教训的深刻揭示；二是对人性的剖析；三是对人生哲理的表达；四是对丑恶事物的揭露和批判。

第一个方面的思想内容在黄瑞云寓言中比较多见，符合寓言的一般规律。不少精彩的寓言都给读者留下了深刻的印象，如《刺猬怎样吃蛇》《戴金质奖章的信鸽》《独一个眼子的网》等。

《独一个眼子的网》中这样写道：

> 张网捕鸟是一种古老的捕猎方法，现在有些山区仍然采用。
>
> 灌木丛上张了一面很大的网，一只鸟儿被网在里面了。它对着网上密密麻麻的眼子乱窜，但没有一个眼子能钻得过去。末了，它对准一个眼子死命钻去，结果卡在眼子上，被抓住了。
>
> 这卡住鸟儿的眼子骄傲起来，它说："鸟是我独个儿捕着的。一张网要那么多眼子干什么，它们都是白费，只我一个眼子也就够了。"
>
> 张网的人信以为真，把所有别的眼子都拆掉，只留下那一个眼子。这张只有独一个眼子的网每天张在灌木丛上，许多鸟儿在它的旁边喧闹蹦跳，但它再也抓不到一只了。
>
> 那种小有成就便得意忘形，否认集体多方面协调作用的人，这独眼网的结局是一个很好的教训。

　　这则寓言的构思并不新颖，但作者的叙述总结却非常生动鲜明，从一般的经验教训延伸至深刻的哲理，堪称时代的佳作。像这样的寓言在黄瑞云的作品中还有不少。

　　第二方面的思想内容是对人性的剖析。黄瑞云寓言的剖析不同于一般作品对人性缺陷和弱点的揭露和批驳，它要更高一个层次，即黄瑞云用寓言对人性的某些缺陷和弱点进行了深刻的揭示。这样的好寓言有《菜盘里的两条鱼》《女贞与云杉》《一头学问渊博的猪》等。

　　《菜盘里的两条鱼》这则寓言写的是：

　　　　两条煎好了的鱼躺在菜盘里。

　　　　两条鱼中总是正确的一条对它的伙伴说："你知道吗？一条有修养的鱼就要善于总结经验。比方说，我们的经验就很值得总结。你得记住，游水不要离岸太近，不要随便暴露目标；对于漂浮在水面的食物，要研究一下看是不是钓饵、千万不要鲁鲁莽莽地去吞它。这可是极其重要的经验呀，是任何一条鱼都不可不知道的学问！"

　　　　它的朋友回答说："你的见解确实是高明的，可惜迟了一点。等到人家备好了姜、醋，准备在我们身上下筷了的时候，研究这些高深的学问意义就不大啦！"

　　这则寓言构思精巧，在浓烈的嘲讽意味中把虚伪和不正视现实的人性弱点表露得很生动。

　　第三个方面的思想内容是对人生哲理的表达。这个方面的内容在黄瑞云寓言中的份量亦很重，精美的寓言也比较多，如《啄木鸟和蛀木虫》《两只信鸽》《石头和海瑞》《佛光崇拜》等。

《两只信鸽》这则寓言写的是：

一个信鸽爱好者驯养了两只很好的鸽子，每次放出，它们都能准确无误地飞到目的地。但驯鸽者发现，它们到达的时间，总是有先有后；有时这只先到，有时那只先到。他认为这两只鸽子之所以有时这只先到，有时那只先到，显然是有时那只飞了弯路，要不然一定是同时到达的。他想，如果将它们拴在一起，共同辨认方向和目标，那一定能更加迅速、更加准确地一同到达目的地了。

他把这一设想付诸行动：用一根一尺长的绳子把两只鸽子并联起来，然后放它们飞行。

两只鸽子不能持续不变地保持同一距离、同一速度飞行。绳子使它们互相牵制，它们越是想尽快地飞，越是受牵制得紧，终于从空中摔了下来。经过几番剧烈的挣扎，无法飞起，结果死在路上。

只要方向和目标一致，让它们自由地飞行是能够到达目的地的，即使多少走点儿弯路也并无妨碍。取消这一点儿自由，它们就只能死在路上了。

这则寓言的创作有一定的社会背景，故而它的哲理不但形象鲜明，而且内涵非常深刻，并对这一问题的内在关系进行了很完整的描述。

第四个方面的思想内容是对丑恶事物的揭露和批判。这样的寓言体现了黄瑞云经过深刻的洞察后对现实生活丑恶事物的愤慨之情。这样的寓言有《龙斑和白额》《打破平衡的苍蝇》《老虎和兔子之间的协议》《钻营者》等。

黄瑞云寓言的艺术特色是鲜明的，大致有以下三个方面，一是寓言故事性强，富有整体感，显得很庄重；二是哲理深刻，力图解剖纷繁复杂的社会和人生，生活气息非常浓厚；三是对寓言道德教训的总结十分精湛。

第一个方面的艺术特色是从寓言总体的艺术感觉上而言的。黄瑞云创作的寓言在形式上很庄重，通常都是用最传统生动的语言刻画自己笔下的形象。形式上的变化和追求很少，通篇都是认认真真的文字，使寓言呈现在人们面前的时候，故事性、整体性等方面的感觉就很强烈。

第二个方面的艺术特色是哲理的深刻表现和对社会生活的关注。黄瑞云寓言大多都有深厚的生活基础和社会背景，因此我们在字里行间可以强烈地感受到作者试图剖析和把握纷繁复杂的社会生活的意识，并且取得了相当的成功，从而使寓言在具备深刻的哲理性的同时，又富有浓厚的生活气息。可以说，黄瑞云寓言之所以被称为中国当代寓言最重要的代表作，很大的因素上是源于他在这方面的努力。

第三个方面的艺术特色是对寓言道德教训的精湛总结。黄瑞云寓言的故事不但生动、引人入胜，而且其寓言所表达的寓意也显示出他卓越的才华和深刻的思想。一般说来，寓言教训的总结是寓言故事的二次创作，创作得好是锦上添花，创作得不好则是画蛇添足。在这一点上，黄瑞云把握得非常好，他的寓言不一定每一则都有教训话语，可一旦有，就会很精辟，如一连串精湛的格言。

二

凝溪（1943—2010 年），原名李治中，中国当代寓言代表作家，白族，云南大理人。他初中毕业后进入美术学校学习绘画，并喜爱音乐，1963 年参加农村文化工作队，1969 年开始当汽车修理工，1975 年调入云南省文化局创作室工作，后来到《边疆文艺》担任编辑，之后成为中国作家协会会员、中国寓言文学研究会常务理事。他的诗歌、小说等作品散见各大报刊，且创作成就主要表现在寓言上。自从 1981 年出版《猴子的舞蹈》后，十年间陆续出版了《猫头鹰的疑问》《狐狸的生日》《雄狮的画像》《无药的药方》《凝溪寓言选》《狮子与哈哈镜》《军犬立功》《伊索与富人与穷人》《一分钟寓言》等十多个寓言集。再加上报刊上发表的寓言，十年间凝溪发表寓言近两千则，1994 年，云南人民出版社出版了他的《凝溪寓言 2000 篇》。另外，他还出版了寓言专著《中国寓言文学史》。

1979 年，凝溪开始创作寓言。1981 年出版的《猴子的舞蹈》虽然显示了凝溪在寓言创作上的卓越才华，但陈旧的题意较多，模仿的痕迹十分明显。直到四年后，他的一系列寓言集陆续出版，其寓言创作的个人风格才趋于成熟，并且朝着更自由的表达方式和更深刻的思想方向发展。那段时间有一大批高质量的、艺术风格成熟的寓言出现，这使得他无可争议地成为中国当代寓言后期重要的代表作家。

凝溪寓言的思想内容与众多的寓言没有什么本质的区别，也是由以下四个方面组成：一是对世俗社会生活中经验教训的总结；二是对生活哲理的发掘；三是对人性弱点和缺陷的批判；四是对社会生活中的丑恶进行了无情的鞭挞。

第一个方面的思想内容在凝溪寓言中呈现得很普遍，因为有些其他内容的表现也是从这里来的。这方面较好的寓言有很多，如《落坑》《钉子》《蟋蟀过河》《小蛇》《笛声》《两只笼中的虎》《孔雀》《一篮桃子》等。

《落坑》这则寓言这样写道：

一只熊实在饿得没办法，见土坑里有一个苹果，便跳下去将苹果拾起来吃了。吃完苹果后才发觉土坑太深，无法爬上去。这时牛从坑边走过，熊就请牛拉它一把。牛说："熊先生，如果你先看到的是土坑的深度，而不是苹果的话，你是不会落到这步田地的。"

《麻袋与钉子》这则寓言这样写道：

装着钉子的麻袋请求钉子说："请你别再动了，你知道你轻轻一动我将受多大的痛苦哟！"

钉子说："请你放我出去吧，你知道我在难以转身的麻袋里比你痛苦得多呢！"

这两则寓言叙述的都是世俗生活中的经验教训，它们共同的优点就是教训深刻，形象生动，为凝溪寓言一个方面的代表作。

第二个方面的思想内容是对生活哲理的揭示。凝溪在这方面创作中投入了大量的精力，力求在一般的生活现象和事件中发掘出深刻的哲理，可以说这些已成为其寓言的灵魂部分。凝溪寓言的许多荣誉在某种程度上正是依靠它们而取得的。这类寓言较出色的有《音乐会》《四重唱》《笼中的虎》《大地》《一蓬竹》《木桩与小船》《草鱼和金鱼》《狼的声音》《山丘》等。

《音乐会》这则寓言这样写道：

熊在生日那天，请了驴、羊、牛、猴来参加他的音乐会。可乐队的音乐一响，驴、羊、牛、猴都起身走了。熊问为什么要走，驴指了指鼓师槌下的鼓说："你杀死了我们还不够开心，还要剥下我们的皮绷成鼓来使劲打，真把我的心都敲碎了。"羊指了指琴师手中的琴说："你吃了我们的肉还不够，还用我们的皮做成琴来给你开心，这琴声就像刀一样刺到了我的心中。"牛指了指号手的牛角号说："也许这只号就是用我母亲的角做成的，真使我听了心里难过。"熊被驴、羊、牛说得哑口无言，于是向猴子问道："那您该不会走了吧？"猴子回答说："驴、羊、牛兄弟们的遭遇已经使我明白，如果再和你交朋友的话，说不定明天你就把我的骨头制成笛子去吹哩……"

把自己的欢乐建立在别人痛苦上的人，永远也找不到朋友。

《木桩与小船》这则寓言这样写道：

公园的湖里，拴着小船的木桩对小船说道："哈哈！怎么样？你已经失去了自由。"

"是这样，"小船说，"可别忘了你也失去了自由。"

一心想拴住别人的人，自己也被拴住了。

《音乐会》这则寓言揭示的生活哲理自然很深刻，并把人在这方面的思索最形象地呈现了出来。在生动的故事和风趣的叙述里让人不免掩卷回味。

《木桩与小船》这则寓言以简练的笔法把二者相互关系的奥秘一瞬间暴露无遗，虽然故事没有上一则寓言那样完整，但对生活哲理的表现同样深刻。

第三个方面的思想内容是对人性缺陷和弱点的批判。在这类寓言中，凝溪把人的自私、盲目、短见、自满、骄傲、虚伪等都进行了批判和揭露，当中有许多寓言堪称极品，如《大零和小零》《一棵毛桃》《木头与大树》《狼养羔羊》《一个新痰盂》《两头猪》《铁水与铁渣》《麻雀》等。

《木头与大树》这则寓言写道：

一截锯断的木头对身边的一棵参天大树说道：

"朋友，看见我心中的年轮了吧？数数看，多少我已经有二十多年的历史啦！而你呢，人们除了能看见你那张老树皮外，谁知道你有多少生活经历？"

大树听了木头的话，心想：我在世上活了少说有五百年了，多少朝代的历史风云我见过，像我这样见多识广的大树，也许世上也不多。干脆，让人们把我从树杆中最粗的地方锯断，都好好看看我心中数都数不清的年轮！

谁知，当大树被锯断，年轮显示出来后，这棵大树的生命也就从此结束了。

自满的开始，便是自身毁灭的开始。

这则寓言构思新奇，想象丰富，故事、形象亦生动丰满，在同类寓言中十分少见。作品在批判人性弱点的同时，还揭示了一定的哲理。

第四个方面的思想内容是对社会生活中虚伪、丑恶的东西进行无情的鞭挞。凝溪的寓言创作非常贴近生活，这样的寓言有《对钱的态度》《老鼠啃绳》《本领》《熊与雨伞》《鸡》《选种》《蛆》《蚌肉与珍珠》等。

凝溪寓言除了上述提到的丰富的思想内容，还具有鲜明的艺术特色，大致有一下三个方面：一是表现形式短小精悍；二是注重从生活中发掘深刻的哲理；三是语言运用十分简练。

凝溪寓言给人最深的第一印象是短小精悍。他的寓言篇幅绝对短小，一般很少有超过 400 字的，虽然文字不长，但却最大限度表达了寓言所能表达的思想内容。有时这些简短的文字表达还相当深刻和丰富，这在以上的寓言例子中，读者不难体味到。凝溪寓言的这种短小精悍，由于非常整齐划一，变化很少，基本上又形成了一种表现模式，这与伊索寓言的表现形式大致相同。这种相同不仅仅是表面上的形式框架，还有叙述方式也是一致的。凝溪寓言在叙述中很明显地表现了他对伊索寓言形式的把握，其寓言一般都是两个或三个角色的情节同时演进，或用对话，或用叙述。因此可以说，凝溪寓言充分继承了伊索寓言的表现形式，并且表现得更为生动。

注重从现实生活中发掘深刻的哲理，也是凝溪寓言艺术特色的一个方面。他的寓言不管是表现哪一个方面的思想内容，都注重从现实生活中提炼素材，并在一定的题材中对生活和人生哲理展开揭示。这种揭示巧妙地使一个平凡的事物、生活细节都焕发出理性的光辉，使其再不是一个普通的故事。

语言运用十分简练是凝溪寓言的艺术特色的第三个方面。由于受形式和从生活中提炼素材的途径方面的制约，要求寓言的语言必须简练生动，凝溪很好地做到了这一点。他的寓言多的有数百字，少的有数十字，都能准确地表述寓言的情节、形象和寓意。不仅如此，寓言的语言运用十分简练，但大都趣味盎然，且有相当的艺术感染力。因此可以说，凝溪寓言在艺术上的突出表现均与语言的运用相关。

总归，黄瑞云和凝溪两人的寓言比较起来，前者凝重、肃穆、理性色彩浓厚，后者则轻灵、活泼、想象丰富、趣味盎然。二者的作品成功地表现了以中国先秦寓言为代表的中国古代寓言精神和以伊索寓言为代表的现代世界寓言精神，使他们成为中国当代寓言创作中重要的代表作家。

（此文从《中国寓言史》第十一章析出，笔者有多处修订）

评胡树化寓言

　　中国寓言界应该记住 1984 年的山东寓言，应该记住《弄蛇者与眼镜蛇》这本寓言集，还应该记住山东惠民县的一位名叫胡树化的中学教师。1984 年是中国当代寓言创作取得可喜成就的一年，一批新老寓言作者奉献出来的寓言作品让人不得不为之注目。与此同时，有一片阴云和一种苦闷笼罩着中国寓言界。题材的狭窄和题意的千篇一律使许多寓言作品缺乏新意、浅薄且粗俗，让人不堪卒读。因此，新寓言题材的开拓和旧的寓言题意的发掘就成了中国当代寓言创作面临的关键性问题。尽管寓言作家们在寻求新的突破口，寓言研究、评论者也在寻求解决问题的方法，但这些努力都收效甚微。正是胡树化寓言的出现，为中国当代寓言创作摆脱了那片阴云，让人们看到了曙光。他在对新旧寓言题意的挖掘和创新的基础之上，将现实意义与永恒哲理相结合，加之浓郁的生活气息和生动活泼的艺术风格，为中国当代寓言创作带去了一阵清风，使寓言界为之一震。因此，可以说胡树化寓言的出现，预示着中国当代寓言创作的好前景，我们认真地评述它是很有意义和价值的。

寓言是一个古老而又短小的体裁，想献身于它，说容易也容易，说不容易也不容易。如果仅用一些粗糙的语言来编造一两个故事，含沙射影地把某件事、某种人讥讽、谩骂一通，那是容易的，但它却不能称得上是好的寓言。反过来说，作者能够把自己置身于浓郁的寓言境界中，深刻地理解寓言对于现实世界的真实含义，认真地握住笔，克服不亚于创作小说的艰难，在中国乃至世界众多的寓言著作中独树一帜，那是相当不容易的。胡树化就是走过了这样艰难的历程，他用自己的聪明才智在寓言创作上呈现出引人注目的形象。

相对来说，寓言的题材范围并不广泛，再加上几千年来中国寓言作家们对各方面资源的开拓，使得当今寓言创作的天地更加狭小。所以，可以这样说，题材如果开拓成功，就能在很大的程度上决定寓言创作的成功。要是谁能在生活中用独特的目光发现种种矛盾斗争，种种相互关系的寓言含义、寓言内容（这些含义和内容有很大一部分是旧有的或寓言已经利用过的），再从中挖掘前人所发现的和今天刚产生而人们还没有发现的属于寓言的东西，并把它用适当的艺术形式表达出来，那么他就获得了寓言艺术的存在价值。胡树化的寓言创作正是实践了这一过程，这也是《弄蛇者与眼镜蛇》一书让人耳目一新的秘诀。如《气象学家、牧童、渔民》这则寓言，拾起了我们在现实生活中视而不见的东西，道出了"先生虽然不熟悉我们这儿的地理，可并不妨碍他精通奥妙的气象呀"的客观真理。我们可以看到，寓言中的生活现象是普遍存在的，但要发现其中的寓言内容，虚构出一个故事，表现一则道德教训，却很少有人做到，而胡树化就是凭借敏锐的眼光，及时发现，及时开拓，成功地做到了这一点。类似的好寓言还有《惩治老鼠的人》《乌云与太阳》《肥猪和猎犬》《倒地的白杨树》《放大镜与猫》《苦李树的埋怨》等。因此在寓言创作中关于现实生活的内容对每个作者都是平等的，但差别在于：谁能发现，谁能开拓，谁就成功，否则相反。

　　胡树化在开拓寓言题材新领域的同时，对旧寓言题意的发掘也不同凡响。《别扭的马》就是一则名叫《抬着驴子走》的印度寓言的成功变形。这则印度寓言的题意是说：有父子两人赶着一头驴去赶集，儿子骑在驴上，人说儿子不孝；换上老子骑驴，人又说老子糊涂，不照顾孩子；于是，父子两人都骑在驴子上，人又说他们一点也不爱惜牲口；父子两人都下了驴，赶着驴子走，人又说他们傻瓜一双，有驴不骑。最后父子无法，只好把驴子捆起来，抬着走……这故事表达的是一个关于没有主见的教训，题意与《别扭的马》完全相同，但后者没照老套路去写这样一个题意，而是省去直接批评，把批评给马造成的无所适从，通过内心独白的方式由马自己说出来，达到了同样的艺术效果。

　　如果说《别扭的马》是胡树化对古老的寓言题意的成功翻新，那么《公鸡与太阳》则达到了化腐朽为神奇的境界。公鸡与太阳是当代寓言创作中用得最滥、雷同现象最严重的寓言题意之一。大多数寓言作者笔下的公鸡与太阳都简单地停留在对公鸡狂妄自大的讽刺批评上，而更深的哲理意味却没有人触及。可是，胡树化的寓言《公鸡与太阳》就在这个几乎泛滥成灾的题意上把闪光的金子挖出来了。这则寓言是这样的：

　　　　"喔，喔，喔，我叫太阳出。喔，喔，喔，我叫太阳出。"
　　　　骄傲的公鸡每天早上总是站在高墙上朝东方喊叫，似乎没有它，太阳便不出来似的。它狂妄地说：
　　　　"没有太阳就没有我，没有我就没有太阳！"

　　至此，一般的寓言便在后面加上"第二天公鸡不叫，太阳照样升起"的字样就算完成了寓言，但胡树化却把它的笔深深插进寓言的土壤中，继续写道：

东海对太阳说：

"让那只不知天高地厚的小公鸡喊叫去吧，你别让地球转动了！"

但是太阳却说：

"不管公鸡喊叫什么，我总是要按时间与地球见面。我虽然能够给人类送去光明，但我的一切也是伟大的宇宙决定的，我没有权力随随便便更改自己的行径。太阳不过是宇宙中一颗微不足道的小星，我只是尽着自己的义务而已。"

说着，太阳便依旧升上来了。（当然，实际上它并没有动）

"咯嗒，咯嗒！"公鸡拼命拍打着翅膀，恨不得向全世界宣布，"你们大家看见了吗，伟大的大阳听到我的呼唤，大驾光临了。呵，我是太阳伟大的使者！"

不平凡的人总觉得自己平凡，而平庸的人觉得自己很不平凡。

就这样，真理披着寓言优美的外衣发出了金色的光芒，这个结果使人颇感意外，但意外之余又不得不拍案叫绝。可以说，胡树化几乎把这则寓言题意的全部内涵都展示了出来，我相信后来者很少有人在这方面超过他。胡树化的这则寓言还给我们一个有益的启示：反复利用陈旧的寓言题意并不是寓言创作的绝路，而关键在于是否真正发现。我相信，对于陈旧的寓言题意每个时代都有每个时代的发现，从伊索寓言之后的整个欧洲寓言史都证明了这一点。我们还应该看到，胡树化寓言在这方面成功的作品数量还不少，如《盆花》《绵羊和狼》《野鸭的儿子》《〈狐狸和葡萄〉的续篇》《地球和航天飞机》《野草的苦斗》等皆属上品。

在找到对新的寓言题材和对旧的寓言题意的开拓的路子之后，把握寓言普遍的哲理与现实的内容的矛盾性，是寓言创作的另一个重要的方面。寓言现实的内容指的是那个时代从精神、意识诸方面对寓言内容的综合影响，具体为讽刺、影射、批判等。这方面的内容与普遍的哲理内容是相矛盾的，普遍的哲理可突破时空，给寓言带来一种永恒的本质，而现实的内容很少如此。这是因为普遍的哲理是从教训中得来的，这种从教训中得出的东西不是特指的，它对不同民族、国家、时代的人都是有用的；而讽刺、影射、批判等内容则不一定依赖于教训，大多数是通过其他表现方式来特指一些含义，这样它的普遍意义就有很大的限制。但是，任何一种文学作品都是时代的产物，通过寓言表现的现实社会也是不容忽视的。所以，寓言在表现普遍哲理的同时对现实内容的把握就成了时代的需要，而中国当代寓言创作的许多失误就在于对这一矛盾的把握不到位。在这方面，胡树化为我们探索出了一条新的道路。

胡树化的寓言把现实内容与普遍哲理有机地结合在一起，在发挥现实内容的批判、讽刺等具体、生动的力量的同时，把寓言道德教训的普遍哲理深深地包含其中，使寓言的形象生动，教训深刻，具有很强的时代感。如《狐狸的审美观》这则寓言把深刻的现实内容和道德教训自然而然地表达给读者。吕洞宾笑着说出的那句话，既有普遍哲理的存在，又使人联想起特殊时代里某个荒唐的插曲，使人看到那动乱年代留在人们心灵上的阴影。再如《蚊蝇与纱窗》这则寓言，用寓言的思维和想象准确地表达了当前国家对外开放政策的内在含义，同时又把"接纳任何事物都是有选择的"这样的哲理表现其中，使寓言在这种矛盾的对立统一中相得益彰。

胡树化寓言对这种矛盾的探索是有一定广度和深度的。在他的寓言中，大多体现了这种矛盾对立统一的精神，既有特指，又有普遍意义，既超越时代，又不脱离时代。因此我们可以相信，他的寓言在这个时代受到人们的欢迎，在下一个或更远的时代也会受到人们的欢迎。

胡树化寓言在题材的开拓、题意的创新、把握现实内容与普遍哲理之间的矛盾方面有许多长处，除此之外，他的寓言在其他方面也毫不逊色。

寓言的第一要素是情节，胡树化在这一方面颇下了一番功夫。他的寓言作品的情节大多十分完整，很符合寓言情节的基本要求。像一些寓言作品最易出现的"纯象征描写"的毛病，在他的寓言作品中很少出现，这给他的寓言带来了简洁、明快、精练的种种好处。一旦寓言有了符合规范的生动的情节就仿佛充满了一种顽强的生命力，这在寓言文学上也可称"弦上黄鹂鸟"。

在中国当代寓言创作中有两种最流行的寓言形式：先秦式和伊索式。前者是用寓言情节的结果，如"猫死了""兔逃走了"等，来让人们从中领悟寓言的道德教训，这种形式起源于我国先秦寓言，故名"先秦式"寓言。后者指用一段故事——"身体"，然后由作者点出道德教训——"灵魂"，这种形式最先见于伊索寓言，故名"伊索式"寓言。在胡树化寓言的形式中，先秦式占主导地位，伊索式也交融其中，但后一种寓言形式的运用并不纯粹，而是中国化了的伊索式，比如在许多寓言中，胡树化不是通过纯粹的寓言道德教训的点化，而是通过故事中的人物以灵活多变的形式直接说出寓言的灵魂。这样做既不失伊索式的韵味，又充分体现了先秦式这一中国传统寓言创作形式的生动活泼。这类寓言比起胡树化创作的纯先秦式、纯伊索式的寓言来说不算少数，因此完全可以说作者在寓言形式的探索上取得了巨大的成功。

胡树化寓言创作的自控意识很强，在他的寓言中很少有寓言故事化和小说化的倾向，作品大都比较短小、精悍。

胡树化寓言的风格是清新、明丽、生动、活泼的，形成这种风格的原因除了语言运用和题意选择的成功外，还有一点值得一提，那就是寓言的构思相当成功。胡树化寓言的构思十分奇特，常常给人以清新巧妙之感。如《雄狮和狗》，这则寓言故事中说狮子因为小时候被狗欺负，无力反抗，长大了也不敢跟狗打仗。这样的想象既合情合理，又出人意料。文学上的"情理之中，意料之外"是一种最佳的艺术表现，要在寓言这样小容量的创作中，达到如此的艺术效果是很难的。而胡树化寓言在多数地方表现得颇为成功，他能使寓言的故事生动活泼的同时又使寓言的道德教训鲜明突出。

在高度评价了胡树化寓言之后，我们还应该承认胡树化寓言也存在一些不足之处。有个别寓言不得要领，使人们难于从中领会寓言的道德教训。如《哲学家照镜子》就让人不知所云，难以得出深刻的寓意。也许作者再稍加点化，便能凸现它的内涵。再如《野鸽》，它只是一个写忘恩负义的带有民间故事色彩的小故事，并没有寓言的情趣和内涵。还有个别寓言存在雷同现象，如《新〈铁杵磨成针〉》，这则寓言与《百喻经》中一则名叫《用大石头磨成小猴子》的寓言没有什么两样。

《弄蛇者与眼镜蛇》是胡树化出版的第一本寓言集，1984 年由山东文艺出版社出版。这本寓言集规模较大，有 180 多则寓言，由于寓言品种的限制，这样的规模在中国当代实属少见。这本寓言集几乎包括了1984 年以前胡树化创作的大部分寓言，这对胡树化过去的寓言创作是一个检阅和总结，也是胡树化寓言创作进入新阶段的标志。

胡树化寓言的出现是中国寓言界的一件喜事，同时也显示了山东省寓言文学创作雄厚的实力，前有申均之、鲁芝，后有胡树化。我相信山东省的寓言创作大家中还会不断有新人出现，也希望胡树化今后写出更多、更好的寓言作品。

结语：寓言理论的困境和路径

　　该文发表于浙江少年儿童出版社出版的集刊《中国寓言》(第二期)。其中的思考，正好作为笔者对 40 多年中国寓言文学研究的一种回应，故以此作为本书的结语。

　　中国的寓言理论是中国文学理论的一个组成部分，它的体量算是中国文学门类中最小的。不过，寓言又与其他文学门类不一样，它在散文、小说戏剧、词、曲、童话、诗歌等一系列文体还没有出现的时候就存在了。在古代诗、文、事、史混杂在一起的时候寓言就在其中，因此可以说它是故事的源头，是小说的源头，是散文的源头……寓言作为文学中比较成熟的一个门类，虽然有时候与故事、童话、小说等门类的边界不太清楚，但寓言是什么，寓言家是清楚的，这里的寓言家包括寓言作家和寓言理论家。如今，整个文学和文学理论都回归到正常的发展轨迹中，那种文学意识形态的年代，文学革命的年代，文学单纯为政治服务的年代已经过去，文学就是文学，文学理论就是文学理论，就连寓言和寓言理论也是这样。当然，不可否认的是文学理论还在，寓言理论也在，困境是时代的，而路径是我们自己的。

一、中国寓言文学研究会与中国寓言理论研究

中国的寓言文学研究会是 1984 年成立的。当时发起成立这个学会的有三种人：一是在各个学校从事古典文学研究的教授和教师；二是一批在 20 世纪 50 年代、60 年代就成名的寓言作家，其中包括不少在中华人民共和国成立以前就发表了大量作品的文学家；三是一批热心的编辑，其中不乏知名的儿童文学作家。1984 年，全国第一次寓言文学研讨会在吉林大学中文系的主办下召开，当时，著名作家张松如为中文系主任，他的笔名为"公木"。那个时代，多数人不知道张松如，但文学界的人都知道公木这个名字，因为他著有《中华人民共和国颂歌》。他们负责操办了这一次的全国会议，当时住在长白山宾馆。这次会议，全国对寓言文学感兴趣的人都来了，尤其是上述的三类人来得最齐。当时的会议与现在一般意义上的学术会议一样，就是一个以讨论寓言理论和实践为主的学术会议。记得好像有几十篇关于寓言文学的学术论文呈现在大家面前。

除讨论学术外，会议还取得了一个重要成果，成立了中国寓言文学研究会，而且挂靠在吉林大学的中文系。当时任何一个学校成立全国性的学术学会是一件平常的事情，学界和学校知道就可以了。

这应该是中国寓言文学研究会的第一个发展阶段，我认为可以称之为中国寓言文学理论与实践发展阶段，因为中国现当代的许多寓言文学研究成果基本出现在这一阶段。

这一时期，研究者梳理了中国历史上关于寓言研究的情况，发现从 20 世纪 20 年代开始，中国学者就展开了对国外寓言的研究，主要对象是《拉·封丹寓言》《克雷洛夫寓言》《伊索寓言》等；还发现西方著

名的文学理论家莱辛不但是一个寓言作家，而且是一个著名的寓言理论家，他著有一系列关于寓言本质、形象、分类、教育的高水平研究文章，在文学理论界有很大的影响。同时，老一辈的文学家还发表了一批文章，肯定了寓言和儿童文学的意义。比如周作人的《儿童文学》《论寓言与儿童文学》、郑振铎的《寓言的复兴》《论寓言》等。随后，还有一批文学家发表了寓言论文，比如胡愈之、张友鸾、莫干河、魏金枝、金江、蒋风、金燕玉等。早期，在中国现当代文学史上发表的专著有胡怀琛（1886—1938 年）的《中国寓言研究》（1930 年出版，3 万多字）、王焕镳（1900—1984 年）的《先秦寓言研究》（1957 年出版，5 万多字）。

在这些前期成果的基础上，1984 年中国寓言文学研究会成立前后，中国各个学术刊物上发表了一大批寓言文学研究的学术成果，其中大部分是建立在中国古典文学研究基础之上对于中国古代寓言文学的研究，当然还有一些对于国外寓言文学作品、作家、历史的研究，而对于现代和当代寓言创作的研究比较少。

在这个时期，公木、陈蒲清、鲍延毅、谭达先、凝溪、薛贤荣、吴秋林等人还出版了寓言研究方面的专著。公木出版了《先秦寓言概论》，陈蒲清出版了《中国古代寓言史》《世界寓言通论》《中外寓言鉴赏辞典》，鲍延毅主编出版了《寓言辞典》，凝溪出版了《中国寓言文学史》，薛贤荣出版了《寓言学概论》，吴秋林出版了《寓言文学概论》《世界寓言史》《中国寓言史》，等等。

在众多寓言作家中，陈蒲清的研究贡献最大，他开辟了中国古代寓言历史的研究，在研究中把中国古代寓言分为先秦寓言、两汉寓言、魏晋南北朝寓言、唐宋寓言和元明清寓言。他认为先秦是中国古代寓言产生和蓬勃发展的时期，其中的战国时代是中国古代寓言创作的黄金时代。两汉寓言的题材和手法大都沿袭先秦寓言，主旨是通过寓言来总结历史的经验和教训。魏晋南北朝寓言是中国寓言文学比较大的转型时期。唐宋寓言是中国寓言文学创作的第二个高峰期，具有讽刺性强、哲理性弱的特点。元末明初有两次寓言创作的高潮，因为加入了笑话，故人们称其为诙谐寓言，即元明清寓言。以上这些都是中国古代寓言研究的定论，其影响力延续至今。公木对中国寓言研究的贡献主要体现《先秦寓言研究》上；鲍延毅的寓言研究贡献主要体现在《寓言辞典》的编撰上；薛贤荣、吴秋林在寓言理论上有一定贡献；另外，陈蒲清、吴秋林、凝溪在寓言历史研究上也有一定贡献。

这一时期，寓言的翻译也有了极大的发展，不但世界上一些著名的寓言作家的作品进行了翻译，而且还有许多不知名的寓言作家的作品也得到了翻译和出版，其中还包括非洲寓言。

"对寓言的整理、收集、编选，在寓言文学中是很重要的，在中国寓言文学中尤为重要，因为我们中国拥有世界各国不可比拟的极其丰富的古代寓言文学遗产，以及广泛的多姿多彩的民族民间寓言宝库。"[①] 其实，这样的"整理、收集、编选"也是一种重要的寓言研究。

在这些年间，出版的具有中国古代全集性质的寓言有多个。最为著名的有王玄武等人编选的《中国古代寓言选》，刘国正、马达等人编选的《寓林折枝》，公木、朱靖华等人编选的《历代寓言选》，王景等人编选的《历代寓言名篇大观》……其中规模最大的要属中国寓言文学研究会的第二任老会长仇春霖领导大家主编的《古代中国寓言大系》[②]。另外，还有一些著名的中国古代寓言选，比如蓝开祥编选的《先秦寓言选》、冯宝志编选的《明清寓言选》，等等。还有一些具有专题性质的

① 吴秋林：《中国寓言史》，福建教育出版社，1999，第 468 页。
② 共三卷，收 282 人，1213 则寓言，总字数 161 万字。多数的中国古典文学研究方面的寓言专家都参加了编汇工作，而且出版后的编辑费全部给予了学会。

中国古代寓言选集，比如严北冥编写的《中国古代哲学寓言故事选》、马达等人编选的《中国古代寓言诗》，等等。

在其他寓言编选上也有一些表现突出的作品，比如中央民族学院汉语言文学系编选的《中国少数民族寓言故事选》、魏泉鸣编选的《乌孜别克族寓言故事选》、额博力图等人编选的《蒙古族寓言故事》、马俊明编选的《维吾尔族寓言选》、吴秋林编选的《世界民间寓言大全》，等等。

以上就是中国寓言文学第一个发展阶段的主要方向和成果。

后来，公木先生年事已高，继续把中国寓言文学研究会留在吉林大学已经不太合适，就计划把中国寓言文学研究会的挂靠单位迁徙到北京，会长换为仇春霖先生。仇春霖先生当时任北方工业大学校长，也是中国著名的寓言作家。后来，在中国作家协会韶华书记的努力下，中国寓言文学研究会在中国作家协会挂靠到了至今，并且成为一个国家一级学会。

在仇春霖先生任会长期间，中国寓言文学研究会处于一个艰难的转型阶段。体量不大的寓言文学研究基本触及天花板，大概只有我想写作的《中国现当代寓言史》因为种种原因不好动笔外，其他方面的研究已经走到底了。在这个期间，一批寓言研究家基本已老，或者不再写作和研究了，也很少有来自于学校的寓言研究者加入学会。好像就剩我一人在此坚持着，故寓言研究，包括寓言理论研究也就后继无人了。

回首上一届中国寓言文学研究会换届，这个学会似乎已经完成了从"中国寓言文学研究会"向"中国寓言文学作家协会"的转型。

二、当下的中国寓言文学研究会与当下的寓言研究

当下的中国寓言文学研究会确实更像一个中国寓言文学作家协会，我认为这样的变化是历史的必然，不要大惊小怪。虽然寓言研究有人去

楼空之感，但寓言文学还在，而且过去寓言研究的辉煌仍然是中国寓言文学研究会的重要遗产。别的不说，有一年我们去韩国参加东亚寓言文学国际学术研讨会时，深刻感受到中国的寓言文学研究水平是韩国、日本这样的国家根本不能够相比的。

虽然学会中寓言文学的研究者少了，但不代表中国寓言文学研究的停滞。从 21 世纪初开始，国内又成长了一批寓言文学研究的新军，只是我们对于他们重视不够。据粗略的统计，从 2000 年到 2019 年，约有百篇寓言文学研究的论文发表（当然，这与大学科的研究是不能够相比的）。主要来源有以下两个方面：一是学术刊物上发表的文章，分为中国古代寓言研究和中国现代寓言研究；二是博士论文和硕士论文。

中国古代寓言研究（按照发表年代排序）：

鹿琳（齐齐哈尔大学中文系）《浅谈柳宗元的寓言文学创作》；宋金华（河南医科大学）《论战国时代寓言文学的流派》；宋金华（郑州大学社会科学部）《先秦寓言文学的发展与繁荣》；杨振执、陈晓晔（浙江省中共苍南县委党校）《概论中国古代寓言文学的发展历程》；董华（云南农业大学）《庄子寓言文学的艺术精神》；祝良文（华东师范大学）《柳宗元寓言文学的审美特征》；马汉钦、马春玲（萍乡高等专科学校）《从修辞学看"庄子"寓言文学创作》；董华（云南农业大学人文学院）《论庄子寓言文学的艺术技巧》；王凌云（山东师范大学文学院）《双峰对峙，相映生辉——试论刘柳的寓言文学创作》；赵佳丽（惠州学院学报编辑部）《庄子寓言文学的特质》；何新华（湖南永州工贸学校）、蒋振华（湖南师范大学文学院）《"庄子"寓言文学的哲学范畴及其哲理内涵》；李建梅（西南财经大学）《翻译·寓言·想象——清末时期鲁迅翻译文学研究》，等等。

中国现代寓言研究（按照发表年代排序）：

　　吴秋林（贵州民族大学）《20 世纪的中国寓言文学》；李玲（洛阳师范学院文学院）《中国寓言文学的传统与现代化》；张锦贻（内蒙古社会科学院）《当代寓言文学发展势头、审美趋向略论》；张锦贻（内蒙古社会科学院）《寓言文学发展势头——审美趋向略谈》；储佩成（常州工学院人文社科学院）《浅谈中国新时期的寓言文学》；韩雄飞（东北师范大学文学院）侯颖（黑龙江工业学院人文社科系）《论寓言文学的发展及审美教育价值》；赵国栋（西藏民族大学科研处、西藏文化传承发展协同创新中心）《藏族民间寓言文学"茶酒仙女"研究》；周家春（安徽工业大学外国语学院）《中国寓言文学的译介与传播》，等等。

　　博士论文（按照发表年代排序）：

　　刘生良（陕西师范大学）《"庄子"文学研究》（2003）；南哲镇（复旦大学）《唐代讽谕文研究》（2004）；马世年（西北师范大学）《"韩非子"的成书及其文学研究》（2005）；权娥麟（复旦大学）《汉魏晋南北朝寓言研究》（2010），等等。

　　硕士论文（按照发表年代排序）：

　　易淑华（西北师范大学）《"孟子"的文学研究》（2011）；彭飞（吉林大学）《柳宗元、刘禹锡寓言文学创作论稿》（2007);徐安（安徽大学）《论"伦理道德影响下的中国寓言文学"》（2007）；扎西（西藏大学）《论藏族寓言文学的形成发展及特点》（2009）；刘枫（贵州民族大学）《先秦诸子寓言与"伊索寓言"比较研究》（2016），等等。

三、学会的本色与变迁及寓言理论的出路

　　从以上的寓言研究状态来看，中国古代寓言研究是中国寓言研究的重中之重。在学术刊物上发表的寓言研究文章有四分之三的文章为中国古代寓言文学研究，只有四分之一的文章为中国现代寓言文学研究。在

博士和硕士论文中，所列举的四篇博士论文全部是中国古代寓言文学研究，所列举的五篇硕士论文有三篇是中国古代寓言文学研究，只有两篇是其他寓言文学研究。这样的状态也符合中国寓言文学研究的历史，在中国寓言文学研究会成立之时，就有一大批学院里面的教授、学者加入学会，并且成为中国寓言文学研究的"底色"，但随着这样一批人的"退出"，这样的"底色"比较淡了。当然，产生这种现象还有一个外部原因，即中国寓言文学研究的新军没有及时加入到中国寓言文学研究会的队伍中来。

上文中提到的从事寓言文学研究的学者，除了个别人之外，基本都还不是我们学会的会员，原因有三：一是我们对中国寓言文学研究会本身的学术宣传力度不够，许多人以为我们不搞寓言文学研究，或者说根本不知道中国还有一个可以进行寓言文学研究的研究会。二是目前在中国进行寓言文学研究的主体是中国古代文学研究中的一部分人，他们的基础是中国古代文学。因此学术关注的热点主要在中国古代文学，寓言文学研究只是其中的一个比较小的部分。三是体制上的问题，中国寓言文学研究学会归属于中国作家协会，客观上大家都以为这不是一个学术研究机构，因此在学术研究的认可度尚不高。

发现问题所在，出路自然就有了。第一，壮大中国寓言文学研究方面的会员，加强中国寓言文学研究会在这方面的力量。第二，仍然要继承和发扬中国寓言文学研究会的学术传统。这里包含两个要素，一是中国古代寓言研究一直是中国寓言文学研究的重点，在今天依然如此；二是会外的中国寓言研究的重点依然是中国古代寓言文学，所以这个传统不能丢。第三，想要在当下的中国寓言文学研究中有新的局面，现代寓言文学研究和民族民间寓言文学研究是需要开拓发展的重要方向。这方面甚至可以借助一定的社会力量和资源，设立研究项目支持这样的研究。如此一来，中国寓言研究定会开辟出一条新天地！